君如初見

劉國玉

陈琪 著

学林出版社

陈琪

作者简介

陈琪，笔名虚谷，浙江台州人，军事学学士，公共管理硕士，马克思主义基本原理专业博士研究生，军界熔炼、政界磨炼、商界锤炼、文艺界淬炼、学界修炼、产投界砺炼，浙江省作家协会会员、上海市地方史志学会常务理事，江苏省习近平新时代中国特色社会主义思想研究中心南京航空航天大学基地特约研究员、高校中国共产党伟大建党精神研究中心上海大学分中心特约研究员，上海师范大学商学院兼职副教授、上海建桥学院客座教授，东华大学国际商务硕士生校外导师。“思无崖”集团创始人、总裁，编剧、策划人，2016 年出版随笔集《空谷随想》，2020 年策划执笔文化史专著《行歌九亭》，百篇作品散见于《新华每日电讯》《光明日报》《解放日报》《文汇报》《新民晚报》《文学报》等报刊，精通公文材料、散文、诗歌、随笔、小说、剧本等不同类型文体的写作，聚力品牌研究、咨询、塑造、传播、转化，创作校歌、影视主题曲和话剧舞台剧，策划出品制作宣发多部影视剧、微电影、竖屏短剧。

若如初见

我想到沙漠的那一边看看

父亲的能量

“原子弹”

攀登梦想的高度

闲话相思

孩子，陪你慢慢成长

虚怀若谷

（孙进将军　题）

书香剑气

（刘国玉教授　题）

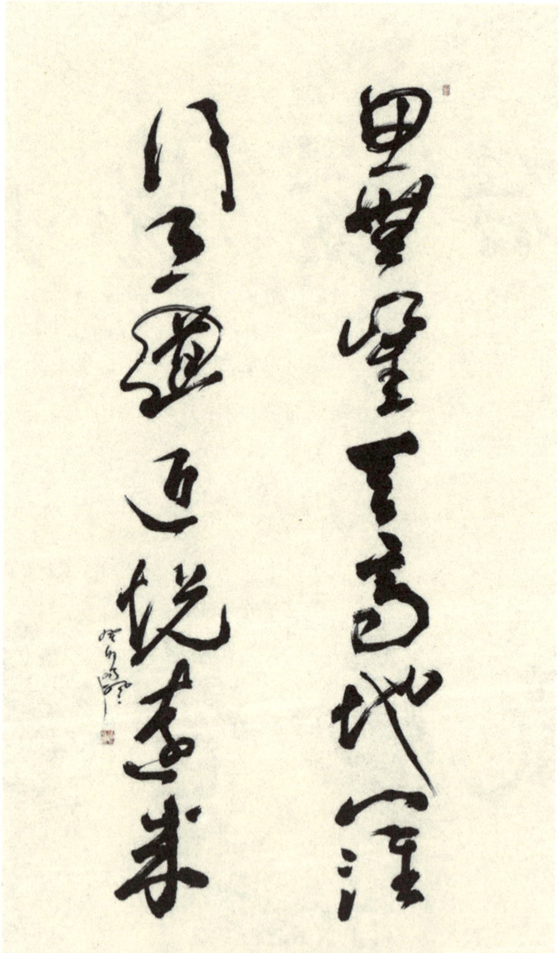

思无崖天高地阔　行有道近悦远来

（张高澄道长　题）

《山水清音》

（张尚明先生　作）

天台山“和合（荷）”之花

（丁必裕先生　摄）

浙江天台山大瀑布
（胡明刚先生　摄）

茶中有道

创业者的歌吟（代序）

邱华栋

陈琪先生的新著出版，让我来作序。我翻阅了这部书稿，觉得很有意思。我与陈琪见面次数不多，却相聊甚洽。那还是在上海的一次全民阅读活动期间，作为一个喜欢读书的人，他参与到活动中。去年的茅盾文学奖颁奖典礼在嘉兴桐乡举办，爱好文学的他从上海赶来，就为了一睹文学盛典的景况。桐乡的夜晚，小桥流水边的茶馆，看那人流涌动，看那灯光明灭，听那小船在河上游走，船桨的欸乃之声里，一起喝茶聊天不亦快哉。他讲了自己的经历，颇丰富传奇，也殊为不易。

陈琪的故乡在浙江台州天台县，是天台山、国清寺、天台宗的所在地，地处浙中。那里秀山丽水、文化昌明、文脉繁盛、人才辈出。陈琪出生的20世纪80年代初，传统赓续的同时，商品经济已在天台遍地开花，新的思想观念和生活方式，潜移默化地影响着少年陈琪，也塑造了他的性格和以后的人生道路，于是，他走上了自己的创业之路。筚路蓝缕，边走边想边走边写，怀着一颗写作的初心，他集腋成裘，凝露为霜，也许说不上披肝沥胆，但字字珠玑，发自本心的书写，构成了这本集子。一篇篇文章是他的心路历程的见证，也是他生命拔节生长的印痕。

正如陈琪自况，中学时，他已显露出写作才华，因“对班上一位文笔甚好的女生暗生情愫”，就笔下生辉地写起来。但正如鲁迅所言“究竟有文采”，情感是写作的基础，然而仅有情感是不够的。此后，上军校，在军队工作，转业，直到创业的各岗位、各阶段，写作能力一直是陈琪的核心竞争力，为他带来出色出彩的机会，也成为他人生奋斗的见证。“诗言志”，写作之于陈琪如是。

陈琪这本集子十分独特，并不拘泥于当代阅读市场和出版者对文体特征的划分。古人出集子，辑其文，原本就不分诗歌、散文、小说、戏剧等，是谓杂集，如《乐府诗集》即有“杂歌谣辞”。另外，历史散文与哲理散文融汇一体，古人并不将传说故事、历史、思想进行严格区分，比如《尚书》把上古历史典故和古代事迹汇编，《史记》则为“无韵之《离骚》”。鲁迅文集体裁十分庞杂，散文随笔杂文译文随感和散文诗，样样皆能。“在心为志，发言为诗。”“我手写我口，古岂能拘牵？”这是陈琪写作的追求。

对这部集子而言，用“文学性”不若用“文笔”形容更贴切。集子中的文章体裁不同、功能各异，风格亦有差别，文笔却一致地好。散文《华顶雾凇》，写地处江南的天台山雾凇现象。文辞优美、引人入胜，却又引经据典、条分缕析，从历史记载、科学研究、人生哲理等数个层面论述，虚实相依、情理相融、文质相生地描绘出天台雾凇的“奇中之奇”。《故乡那座山》则以深情的笔触唱出对于天台山的恋歌。作为中华文化的重要意象，围绕天台山的吟咏诗词、研究文章早已汗牛充栋，而从小生长于天台山下的陈琪，“游子思乡，眷恋山水，身在沪上，心系故里”，以赤子之心、之眼看天台、悟天台，自有所得，自出境界，自成高格。柔山秀水中，他却悟出“台州式的硬气”，风景与文化相依相生，升华了文章气象。

桐城派论文章写法，讲究“义理、考据、辞章”。陈琪的散文写作也于自然中循照古法，并以明丽通脱的现代汉语表达之。

散文在这本集子里占据了一半的篇幅。而集子中还有另一种类型的文章，同样独具价值，尤其对陈琪而言，那是专属于他自己的价值。发言、讲话、体会、总结、工作规划、策划文案等，通常而言，此类文字属工作性质，即使不按“八股”套路，想出新出色，也不太容易。但陈琪正在此处显出他的卓荦来。其不凡处，首先在善于思考。无论学习体会、工作总结，还是交流发言，全是陈琪自己认真思考后的结论，他不人云亦云，更没有官话套话，每一篇文章都是心灵与智慧相统一的结晶。其次，善于升华。人生数十年，匆匆碌碌，很多人往往一无所思，一无所获。陈琪主动走出人生“舒适区”，走入商海创业。这源于浙商精神、台州文化对他的滋养影响，当然也是他主动顺应时代潮流的自觉作为，其中甘苦，非亲历不能知。可贵的是，他一边奋斗一边总结，一面实践一面升华，将个案、经验提炼为规律性认识，并书之于文字，与同道、同学、朋友交流，以期共同进步。其三，金句迭出。作为一名作家，我对排比式的“金句”一向不太以为然，感觉为排比而排比，往往以辞害意，且违背自然为文的本质。陈琪笔下的金句，却常使我耳目一新，会心微笑。根本上，文字应出乎本心，去伪存真，只要讲真心真话，则骈散俱佳，均为上上好。

因而，陈琪这本集子，是他生命的刻度，是他生活中的感悟，更是他作为奋斗和创业者的自白。我祝贺他这本书的出版，也特别希望有更多人，能像陈琪一样，拿起笔来，写出自己与时代生活相遇的感悟。

2024 年 3 月

邱华栋，全国政协常务委员，中国作家协会副主席、书记处书记，著名作家。

目录

第二辑　静夜思

第三辑　思无崖

附　录

第一辑

情思录

绘画与散文相得益彰、美美与共。书画之美，“外师造化，中得心源”，“造化”即大自然，“心源”即内心感悟。陈琪先生的散文之美，美在真情流露，婉转自然，既有诗意的描绘，又有深邃的哲理，不仅有深度和广度，更让读者体会到思想情感的魅力、文字艺术的张力。文中有画，画中有理，一字一画，皆成故事。

——意象画派创始人　张尚明

情思录

若如初见

看到一则有趣的资料，据不完全统计，人这一生中可能遇见上千万人，两人相遇的概率仅有千万分之几，两人相知的概率只有亿分之几。站在光阴路口，相遇是上天安排的机会，也是命中注定的缘分。“前世的五百次回眸，才换来今生的擦肩而过。”张爱玲说：“于千万人之中遇见你所要遇见的人，于千万年之中，时间的无涯的荒野里，没有早一步，也没有晚一步，刚巧赶上了，那也没有别的话可说，唯有轻轻问一声，你也在这里吗？”《卡萨布兰卡》唱道：“世界上有那么多的城镇，城镇中有那么多的酒馆，她却走进了我的。”相遇一时，相知一世，人与人之间有种妙不可言的情缘。

“我们来到这个世上，就应该跟最好的人，最美的事物，最芬芳的灵魂倾心相见，唯有如此才不负生命一场。”人生际遇，不为缘由，不问结果，不求拥有。人有远近，缘有深浅。不是每一次遇见，都有意义，但总有一种遇见，值得纪念。正如牛维维在《雪赋》中所说“白头并非雪可替，遇见已是上上签”，这个世界很大，大到一生可能遇见千万人，但它又很小，小到一生也许只能容纳一个人。我们庆幸，世界何其大，能与她相遇；日子何其短，可与她相守。有的人擦肩而过、匆匆过客，有的人并肩偕行、如影随形；有的人无力抗拒、意乱情迷，有的人烟花易逝、风轻云淡；有的人陪伴一程、刻骨铭心，有的人片刻相逢、恍如陌路。在对的时间遇见错的人，在错的时间遇见对的人，或是在对的时间遇见对的人，于生命而言皆为特别的体验和特殊的养分。有情不必终老，暗香浮动恰好；相遇时珍惜，告别时祝福。你给我一分，我还你十分；你对我真心，我为你用心；你陪我风雨，我与你同行；你陪我一程，我念你一生。

电影《一代宗师》有一句评论：“一个人对爱情的信心，就是对整个世界的信心。”在时光的彼岸，回看此岸的光阴，万千红尘中每一场爱情，都是一种可歌可泣的遇见。六界众生，大千世界，万丈红尘，浮生如梦，命运无常，结局难料，熙熙而来，攘攘而去，何人能尽偿所愿？一片落红为谁叹，一句珍重为谁念？情不知所起，一往而深；恨不知所踪，一笑而泯。哭过笑过，都是人生的丰盈。好事坏事，都成如风的往事。热情耗尽，礼貌退场，从今往后，纵你阅人无数，再无一人恰似我。宫崎骏的动画电影《侧耳倾听》中说：“其实我很早就知道我们不合适，但我还是拒绝了所有人，陪你走过一段没有结果的路。虽然时间不长，但毕生难忘。”《问佛》中说：“留人间多少爱，迎浮世千重变，跟有情人，做快乐事，别问是劫是缘。”老子倡导的“失之坦然，得之淡然，争其必然，顺其自然”的格局境界，令人称道推崇。拥抱爱情的姿态是爱而不悔、求而不迫、痴而不怨、执而不迷，唯愿在灵魂最深处偎依。爱情中的恋人，既不想成为平行线，一步相间隔空观望，也不愿成为相交线，一次相遇渐走渐远。只求成为同直线，一生相携珠联璧合。

有人感叹：如今找到真爱比遭雷劈概率都低。“入目无他人，四下皆是你。”爱过一个人，就过完了一生。正所谓“金风玉露一相逢，便胜却人间无数”。爱一个人就像在海滩上捡贝壳，不要捡最大的，也不要捡最漂亮的，就捡最喜欢的那一个，捡到了就永远不要再去海滩。再多的怦然心动，也难以抗衡性格差异的互相折磨，难以抵挡天长地久的消耗，最终还是要和对的人在一起过日子才不枉此生。真正的爱情是“初见乍惊欢，久处亦怦然”。没有天生完美的婚姻，只有愿意经营的幸福。经营婚姻其实就是运营合伙公司，与其争执谁对谁错、谁大谁小、谁多谁少，一味想着说服或者搞定对方，不如尊重肯定对方，换位理解、求同存异，齐心协力化解问题。婚姻最好状态是“尊重与肯定”：我明知你的不好，但我眼里只保留你的好。最顺模式是“放小而抓大”：你对我的不好不一定是有心的，但你对我的好一定是有意的。最高境界是“相惜且相信”：遇见即是此生之幸，策马奔腾共享人世繁华。

纳兰性德词云：“人生若只如初见，何事秋风悲画扇？”时光是真情的见证，珍爱是长情的告白。感情是有保质期的，如流水没有常态，随性而起，随性而更，随性而灭，一切随缘而已。禅语云：“有缘相聚，有缘相识，有缘相见；无缘不生，无缘不灭，无缘不散。一切皆是因缘和合，惜缘，了缘，一切随缘。”花开花谢，潮起潮落，缘起缘灭，情始情终皆是天赐。我们应当接受命运恩典，定格初见时惊艳、欢喜、倾情、浪漫、甜蜜、感动的美好记忆。“曲终人散不是你，此生一程已足矣。”打开“若如初见，不负遇见”的格局，洋溢“你若安好，便是晴天”的祈愿。

爱在饺饼筒

对于珍馐美食，我总不过多属意。近日，沪上一同乡好友邀我赴家宴。席上女主人亲手做的家乡传统小吃——饺饼筒，我们吃得最是津津有味。慢慢咀嚼，细细品味，麦皮清香与菜馅多味糅合散发，一缕缕、一丝丝地缠上了味蕾，勾起了情思……

小吃承载着一个地方的人情风物。我的家乡在浙东天台山，享有“佛宗道源，山水神秀”的美誉。天台人世代居住在青山绿水中，浸润在释道儒的融合文化下，创制了品种众多、风味新奇的小吃。饺饼筒、肉圆麦饼、五味粥、扁食、糯米蛋糕、糊辣沸等美食，早已在当下的网络空间声名鹊起。这其中最具特色、最令人回味的就是饺饼筒。相传济公活佛在天台宗国清寺出家时，把每餐剩下的菜肴用一张张麦粉薄饼（俗名“糊拉汰”）裹成筒状，供僧众下一顿食用，受到大家喜欢，取名为“饺饼筒”。此后每逢清明、端午、七月半、过年等传统节日，天台家家户户都会做饺饼筒，用它当作祭品、招待亲友。按天台风俗，新媳妇下厨，夫家常以做饺饼筒来考考她的心灵手巧。外婆做的饺饼筒用料和手艺讲究，当属上等。

20 世纪 80 年代，我和姐姐一直跟随外公外婆生活。当时社会物资匮乏，外公在县城国有工厂上班，有一份固定的薪水，支撑着我们逢年过节吃上一次饺饼筒。一到传统节日，外婆就分外忙碌起来，又是捎口信让家人回来吃饺饼筒，又是从自家菜园割菜摘果。她让外公磨麦粉、去村庄集市买用料，还安排我和姐姐洗菜、烧锅灶。外婆先把猪肉、猪肝、溪鱼、嫩豆腐，以及黄瓜、金针、粉丝、笋丝、香菇、豆芽等原料逐一切好，并在大锅上炒熟，烹制出一盘盘色香味俱全的菜馅。我和姐姐忍不住想去夹一块吃，小手总被外婆轻轻打回："等一下再吃，先要祭拜老祖宗。"口水只能往肚里咽。

外婆出身大户人家，从小学琴棋书画，一心向善、虔心信佛，钟爱誊写佛经。外婆把做"糊拉汰"当成练书法，把麦粉调成稀薄而不失黏性的糊，放在特制的平底锅"鏊"上，逆时针慢转一圈后往中心和拉，心到手到，一气呵成，又好又快，一次一个，一张张"糊拉汰"大如盆、圆如镜、薄如纸。外婆领着我们铺开这些"糊拉汰"，将炒熟的原料在皮的一侧一字排开，依照先荤后素的顺序叠放，齐整均匀地卷成长条筒状。紧接着，外婆在"鏊"上轻敷一层猪油，把饺饼筒放上去烙。猪油受热滋滋作响，饺饼筒两面渐显金黄，满屋飘香弥漫。全家人围坐在八仙桌上吃，聊聊家常亲情融融。外婆还常做一些饺饼筒给街坊邻居分享，邻居们吃了交口称赞，一些小媳妇时不时登门向她讨教。

那时候我顽皮任性，一吃到饺饼筒里不喜欢的肥肉、豆芽等馅，就一口口地咬出来，吐在桌上，还狡黠地说饺饼筒难吃，甚至倒在地上打滚哭赖。外婆总是笑盈盈地劝开气盛难消的外公，毫不嫌弃地吃下我咬出的菜馅，再从极其有限的菜馅中挑出我喜爱的精肉、猪肝、香菇、笋丝等，单独为我做上三四条饺饼筒。她还特意用鸡蛋汁浇烫在我的饺饼筒上做记号，以防与其他的搞混了。吃上外婆"私人定制"的饺饼筒，我便破涕为笑、转阴为晴。

也正因此，我对饺饼筒有一种无法割舍的特殊情思，既在于外婆做的饺饼筒美味好吃，更源于其中蕴含了外婆对我最浓重的爱。在我 13 岁那年的端午，外婆为全家做了最后一次饺饼筒，后来一次走夜路时她被狰狞可恶的毒蛇无情地夺走了生命，心有不舍地离开了我们。每年传统节日不约而至，饺饼筒依旧是我的偏爱，但已然没有了当年外婆做出来的味道。

经过春来秋往的涤荡，经历日月交替的轮转，我循着文字的笔触，一层层撩开心灵深处沉积的外婆做饺饼筒的记忆。“情不知所起，一往而深。”我如此偏爱饺饼筒，应该是一种历经人生沧桑后的情之归依吧！

刊于《新华每日电讯》2014 年 5 月 9 日“草地”周刊，被新华网、凤凰网、微信公众号“神秀天台”等网络媒体平台转载。

教　养

外公在家族中排行老四，自幼跟着太爷经营药材生意，学文习武、走南闯北、见多识广，与货主店家结过患难之交，与土匪流寇有过生死之搏，有商人的精明能干和侠客的仗义豪爽，慎于言、言必行、行有格的个性，深受亲友同僚和左邻右舍的敬重。在我满周岁时，父母忙于创业经商，便将我送交外公外婆抚养。外公恪守“家有门风，人有教养”的信条，亲定家规，身体力行，曾四次严厉惩教我，让我永世不忘，受益终身。

家里平常只有外公、外婆、姐姐和我。吃饭前，我和姐姐先要帮着端菜，拿好筷子调羹，整齐地摆放在八仙桌上，然后各自去盛饭，吃多少盛多少，不够多盛一次，不可剩留浪费。各人坐在四条长方凳的半端，倚着四方大桌边的一侧，不能挤占空位，逾越空间。等到四人都坐上桌，外公作为最年长者先动碗筷，我们方可开饭。吃有吃相，坐有坐相，不疾不徐，细嚼慢咽，不许随意说话、乱吐垃圾，不可挑菜捡肉、东翻西夹，不能独食偏爱的菜肴。客人来家留下吃饭，只要他们不上桌，我们就不能先坐，最好与客人一道吃罢退席，若有要紧事先吃好，还须向客人说一声“您慢用”。

有一次，我玩累了回到家，肚子饿得“咕噜”叫。看到一桌味香扑鼻的热菜，又得知外公有事外出，食欲的召唤瞬间击败外公的管束，我“作嗲”央求外婆先吃饭，心慈怜爱的外婆默然。未等外婆答应，我就一屁股坐在方凳中间，占去原本两人的位置，手嘴并用，狼吞虎咽。恰巧外公推门瞧见，怒从胸口起，气从胆边生，揪着耳朵把我从座位上拉起来，拿出他惯用的惩戒工具——小戒尺打手心。外公板起面孔、硬起心肠，打得我手心肿痛，外婆泪眼婆娑。当晚我迷迷糊糊入睡之际，依稀听到外婆在埋怨外公下手重，外公则回应“孩子手痛，我也心痛；现在不长记性，日后就会丢人”。

外公上过几年私塾，懂得“黑发不知勤学早，白首方悔读书迟”的道理。在我六岁那年，外公牵着我的手到村小学报名，老师认为我未及学龄，又矮小孱弱，不肯接收。向来不愿求人的外公，硬着头皮找校长求情，费尽口舌终于使校长动了心。

可是我贪玩成性，并未用心读书，放学到家就扔下书包，奔出去和小伙伴撒欢疯玩。第一次放寒假前，老师布置了家庭作业，规定了每天的作业量，外婆时不时地叮咛，但我左耳进右耳出，根本不当回事，把家庭作业抛到脑后，沉湎于玩陀螺、捉迷藏、放烟花、打雪仗、走亲戚、看舞龙、猜灯谜……直到开学前一天，我才恍然想起这件大事，急得像热锅上的蚂蚁。到了晚上九点，临时抱佛脚的我才完成了四分之三的任务，还剩着一些平常不会做、疏于做的习题。我不得不把求助的目光投向屡受我欺负的姐姐，然而洗完漱躺在床的她，毫不同情，对我置之不理，只扔下冷冰冰的一句话“谁让你不早点做作业”，便倒头就睡。正为我们姐弟做木制文具盒的外公闻讯而来，手里提着一件半成品，眉头紧锁、脸色阴沉，瞪着眼质问我为什么不按要求做作业？我说忘了。外公突然扬起文具盒，重重地摔在地上，四分五裂。我懵了。“我从小就想多念点书，可是没有条件。你好不容易有机会，却任性、懒惰、撒谎，刚开始上学就吊儿郎当，以后能有什么出息？”外公紧闭双唇，呆滞的目光停留在半空，灼热的泪滴从他的眼眶中滚落，砸在我的脸上。我哭着跪在外公面前，抱住外公的双腿，坦白了错误，保证今后一定好好读书。外公扶起我，戴上老花眼镜，一题一题地辅导我做完……这是我第一次见到外公落泪。

小时候，令我开心欢呼的一件事是吃上外婆亲手做的猪肉灌鸡蛋麦饼。外公与我们有个心照不宣的约定，我和姐姐帮外公外婆干些家务活，便可得到这份垂涎诱人的特别奖励。每隔三天的傍晚，我从院中水井里手摇抽水，提着一桶桶清水，盛满厨房水缸；姐姐坐在屋灶台下烧火，察看火候，操控鼓风机，添柴减料。有一回，外公刚领到薪水，就去村里猪肉铺买些精肉，满足我们的期盼。外婆按照四个人的食量，盘算好做麦饼的数量：我吃两个，外公吃三个，外婆和姐姐合吃三个，剩余两个留给我和姐姐当点心。外婆一直称我“外孙皇帝”，爱孙护犊，做好的第一个麦饼让我先吃。麦饼金黄润亮、外酥里嫩，喷香入口、齿颊留芳，我蘸一蘸辣酱和米醋，肆意享用美味。下午一放学，我三步并作两步冲向厨房，顾不得洗把手、拿筷子，抓起麦饼就大快朵颐。吃完一个意犹未尽，眼睛直盯着另一个。想了又想，忍了又忍，停下又走，走开又回，我终究没能抵挡贪婪的诱惑，悄悄地避开外婆和姐姐，把留给姐姐的麦饼塞进肚里。等到姐姐肚子饿了，才发现她的美食不翼而飞。姐姐脑袋“嗡”的一声，委屈的泪水潸然而下。迎接我的又是外公那把令人生厌的小戒尺，我痛得连连求饶……夜深人静，空荡荡的堂屋，唯有忽明忽暗的白炽孤灯和面壁思悔改的独影，与我相伴。

小学三年级的一天，班主任动员同学们集体去帮村里一位孤寡老人割稻，希望大家量力而行，自愿参加。我从没下过田、割过稻，但当时急于表现自己，脑子一热就自告奋勇报名。到了割稻那天，我心神不宁地早早爬起床，坐在院子板凳上发呆，眉心紧锁不展，脑海中浮现割稻的情景：张牙舞爪的大蚂蟥，疯狂地叮吮柔嫩的肌肤，用劲地扯拉开来，殷红的鲜血直流；手足无措的我，眼巴巴地看着同学们干得热火朝天，密密麻麻的稻谷齐整地搁在身旁……猛然间我被一声发问惊醒：“你怎么还不带上镰刀去割稻？”外公疑惑地盯着我。我对割稻心里发怵，打起退堂鼓，涨红了脸，耷拉着头，支支吾吾，但外公对这句“我不想去了”听得真切。他半蹲着身体，双手紧按我的肩膀，用坚定有力的语气说：“人不可言而无信，你虽然不会割稻，但不能放弃兑现诺言的努力。”说完，外公拉着我朝那块稻田走去。他挽起裤腿就下田，边示范边指点，教会我割稻的姿势和镰刀的用法。羞愧忐忑的我，低头弯腰、小心翼翼地割起来，一手抓稻谷，一手使镰刀，一把一把地抓，一下一下地割，一堆一堆地放，显得有模有样。外公蹲在田埂上一言不发，注视着我的劳作，直至结束时欣然一笑。

二十多年过去了，永远定格在记忆深处的这四件往事，追随着对外公的思念涌入心房，像一泓清澈的溪流，无时无刻不在滋养着我。外公以言传身教的良苦用心，向我展现了可贵可学的人生姿态。当时我懵懵懂懂，长大后我才明白，外公给我的是生命中的必需品——教养。其实，教养是一种让人觉得舒服自然的生活之习、做事之法和为人之道，有时看得见，有时看不见。教养无关一个人的出身和背景，却受生活环境影响，它潜移默化地积淀在骨子里，在不知不觉、无声无息中流露出来。

在曲曲折折、坎坎坷坷的人生旅途中，在花花绿绿、形形色色的喧嚣光影下，一个人哪怕有再高的学历，再迷人的容颜，再超群的技能，缺少了这样的人生姿态，也会步履维艰。“木桶原理”告诉我们，人终将败在最短的那块板——教养上。

刊于《新华每日电讯》2015 年 10 月 30 日“草地”周刊，微信公众号同步推送；被《报刊文摘》《百姓生活》等报刊和人民网、新华网、解放网、西藏消防网、微信公众号“神秀天台”等网络媒体平台转载。

父亲的能量

“自古逢秋悲寂寥”，秋天来了，父亲病了！父亲因糖尿病导致的中风住院。中年，到了“上有老，下有小”的节点，人生就像季节变换更替，令人猝不及防。天空通透得像水洗过一般，我焦灼地盯着车窗外飞速掠过的绿化树一棵又一棵，飘落叶一片又一片，仿佛它们都在一个劲地催促我回乡。

病床上有些呆滞的父亲，看到我走进病房，突然睁大眼睛，嘴里絮叨却含糊不清，想抬起右手示意又动弹不得，瞬间几颗老泪从眼角坠落，母亲慌忙拿纸巾为他拭去。我无语凝噎，默默地接替疲倦的母亲，陪在床边照料父亲。在医院两个昼夜，听不到父亲排山倒海般的呼噜声，徒留我躺在折叠椅上辗转反侧。重现脑海中的历历往事，潜藏的印象被唤醒，记忆的碎片在聚集，父亲与我相处的点滴情景清晰浮现。

我幼时身体有些孱弱，有一天寒冬半夜突发高烧，昏昏沉沉做噩梦惊叫。父亲二话不说，披衣穿鞋，顶着刺骨的霜冷，背着我直奔邻村“赤脚医生”的诊室。我家住在公路南侧，诊室位于斜对面的公路北侧，这段路距离不过 800 米，却成了我人生中极其难忘的一段路。夜至深处，村庄岑寂空旷，四周荒无一人。半昏半醒的我，产生莫名的恐惧，禁不住啜泣起来。父亲一边“呼哧呼哧”地喘口气，一边轻声细语地安慰我，挪着肥胖的身躯，一深一浅地吃力前行。父亲使劲敲门，扯开嗓子，喊起睡梦中的医生。我哭天喊地，坚决不让扎针。父亲文化不高，但口才甚好，能说会道，连哄带骗，愣是令我相信他扎针不疼。他比画着粗糙又灵巧的大手，先在自己身上练习扎针，一下又一下，直到觉得火候和力道拿捏到位，他才小心翼翼地为我扎针，而我丝毫察觉不到疼痛，就像被蚊虫叮了一下。从此，我信任尊崇父亲的种子在心里生根发芽，我总觉得他是无所不能的超人，可以为我遮风挡雨，搞定一切事情。

父亲头脑活络、勤快上进，走南闯北、见多识广，敢想敢干、能屈能伸，先在乡里一家国营橡胶厂担任供销科科长、副厂长，后搭上改革开放的“顺风车”创业，后来又当过二十多年的村支书。他曾绽放高光，千辛万苦积攒家底，办物流运输企业，是 20 世纪 80 年代初的“万元户”。到了 90 年代初，他手持“大哥大”，腰揣“BP 机”，开着日本“本田王”摩托车，住着大别墅，拥有日本“大发”面包车，生意风生水起，事业风光辉煌。坐在摩托车后座的我，眼前是父亲浑厚壮硕的后背，风驰电掣疾驶的大道，以及蓝天白云之下的镜像，我憧憬有朝一日像父亲这般鲜衣怒马、春风得意。他也曾跌落高崖，沟沟壑壑起伏跌宕，错判形势放弃地产失策，盲目跟风投资开矿失误，听信谗言经营当铺失算，改行转战渣土工程失败，最终在市场的激荡洪流中不得不低头屈服认命。但乐观自信、豁达自强的秉性从未在他身上消退，哪怕老年迟暮，他嘴上仍挂着一句“没事的，我能办好”的口头禅。父亲负重拼搏的岁月可堪回首、可圈可点，闯出一条改革开放时代的农民致富路。历经岁月洗礼沉淀，这条路不断被他人开拓延伸，不断在各行开枝散叶，虽败犹荣，不可磨灭，弥足珍贵，成为一方村民的美谈，成为一个时代浓缩的记忆。我们往往只能在自己的认知天地里活出精彩，做人做事，知“道”难，践“道”更难，将“道”一以贯之，难上加难。“吾道一以贯之”，他打破安逸、冲破桎梏、突破自我的秉性，影响、培塑我青少年时期的性格。多年后我辞去公务员工作自主创业，天马行空，纵横跨界，成己立身，成事立业，亦是受他的影响。

父亲肚皮肥大、气量宽大，被人戏称为“大肚老板”。他对此不以为意，反以弥勒菩萨的“大肚能容，容天下难容之事；笑口常开，笑天下可笑之人”为信条，宅心仁厚，乐善好施，仗义疏财，舍得付出，盛宴宾客，门庭若市，各行各路的朋友甚多。中学时我乘坐私营中巴车从县城放学回家，司机与售票员是夫妻，询问我在哪里下车，我说去山庵村下塘，他们忙问我认不认识“大肚老板”，我说那正是我父亲。夫妻俩不收车费，激动地再三推辞，还当着一车乘客的面讲述父亲帮过他们一家，夸耀父亲是远近有名的贵人善人能人。我一连几次乘坐中巴车他们都不肯收钱，我只好向父亲和盘托出。父亲说他们夫妻起早贪黑，经营小本生意，告诫我“别把客气当福气，莫当方便是随便”，务必错开乘车时间和班次。每到春节，我的干哥干弟、干姐干妹都要登门拜年，聚会吃饭都得摆上好几桌。他们都获得过父亲的帮助，有安排工作的，有扶持学业的，有资助开店的，有举荐任职的，他们都敬佩父亲为人处世的本事。父亲教导我“落地为兄弟，何必骨肉亲”，把缘分情义糅合进去、传承下去，你来我往、有情有义，互帮互助、共享共赢。

我从小就被父亲寄予厚望，常跟着他去各种场合，拜访领导，探望朋友，洽谈商务。父亲一再叮嘱我“做人心里有谱，做事眼里有活”“待人接物，人情世故”，让我见世面、开眼界、识大体、懂分寸，雷厉风行，本分踏实。他与母亲商定操办，把家里的碗碟都刻上我的名字。一来是全村遇有红白事，各家都会拼凑汇集碗碟，就怕搞错混淆。二来是碗碟的类型和数量越多意味着家业越兴旺。三来是碗碟乃吃饭的家伙，更是家当的象征，警醒我要勤俭持家、和顺齐家、诗书兴家。我刚进军校一时难以适应，产生了严重的挫败感与失落感，竟提出退学。父亲心急如焚，星夜兼程赶回军校，以自身经历的成败得失劝导我，又以《漫步人生路》中的歌词“路纵崎岖亦不怕受磨炼，愿一生中苦痛快乐也体验”开导我，帮助我开始了人生中最大的蜕变。

“劳苦莫教爹娘受，忧愁莫教爹娘耽。”经过上海、天台医生的精心治疗与母亲、姐姐、姐夫的悉心照料，年至七旬的父亲康复超过预期。但毕竟年事已高，他体力日渐衰退，腿脚不如从前利索，沟壑满脸，两鬓满霜。我离别家乡二十多年，屡劝父亲来上海定居团聚，而父亲甘愿留在故乡，守着老宅，循着旧习，优哉地过着他的小日子。父亲的爽朗、宽宏、勤勉、聪慧、勇敢、负责与担当，悄无声息地融进我心中，成为我“日用而不觉”的能量。如今我要做的是竭尽全力照顾好父母亲，让他们颐养天年。我从父亲身上汲取有益的能量、养分和品质，使自己向下扎根、向上生长，向高攀登、向前奔跑，向善修炼、向好精进，经得起市场的狂风巨浪，对得起父爱的山高海深。

“原子弹”

提起原子弹，凡是有点常识的人都知道它的威力极其巨大。而原子弹的关键作用在于其战略威慑力，“不战而屈人之兵，善之善者也”。正如美国前总统艾森豪威尔所说的一句名言：“原子弹的最大威力是在发射架上。”当然，此“原子弹”非彼原子弹，说的是一位有故事的上海女人。

从战略学说，威慑有四层内涵：第一层是实力，没有实力就是虚张声势；第二层是决心，没有决心实力形同虚设；第三层是正告，示警对手预判结果而使其不至鲁莽妄动；第四层是止戈，引而待发又互不过线越界。擦枪走火引爆冲突不是战略威慑的目的。逻辑层层递进，要素缺一不可。而这位上海女人四层兼具，对我的威慑力尤甚。欲知其人，先说其事。

时光如沙漏，最怕念念不忘的遗忘。时空穿梭至那年底在上海警备区某旅新兵营的日子。我从军校毕业，分配在该旅担任排长，不到一年就因文字功底扎实被调入旅政治部宣传科。新兵营组建，旅政治部任命我为旅新兵工作指导小组政工干事，派我驻新兵营负责思想政治工作。为让新兵过好军旅中的第一个春节，疏导思亲想家的情绪，我请示旅新兵工作指导小组组长、副旅长同意，在除夕之夜举办一场由新兵自编自演的“春晚”。我从全营新兵中遴选出一批“文艺青年”，策划编创街舞秀、小品剧、歌伴舞、三句半、小合唱、音诗画、武术操等节目。然而演出人员都是男子汉，晚会还需要一位女主持人担纲点缀。巧妇难为无米之炊，女主持人的人选让我犯愁。恰好一位新兵连政治指导员撮合我认识这位上海女人，我干脆就请她救场，来当“新兵春晚”主持人。为表达真心诚意，一向与女生保持适度距离的我，厚着脸皮出马邀请她。

周末休整，我沐浴更衣、刮须擦脸，把油渍脏臭的迷彩服换成冬常服，好显得俊秀帅气、精干利索。素未谋面，线下“奔现”，必须有点“仪式感”，我就约她喝咖啡。她竟然把咖啡馆改成她家楼下的“爵鼎鸡”门店，边吃午饭边聊工作。我心想着，我是干部，她是战士，虽有求于她，但我气势上不能输。她与我先后落座，四目相对，只见她五官端正、清秀丽质，长发及肩、身材匀称，谈不上沉鱼落雁、闭月羞花，但英姿飒爽、落落大方。她反客为主，开门见山地询问“新兵春晚”的筹备情况，不拐弯抹角，不客套掩饰，直接提出自己的思路和见解。在一问一答之间，我大体看出她的个性：竹筒倒豆子——直来直去，心急口快、开朗爽气，风风火火、雷厉风行。我暗暗提醒自己，今后与她打交道要讲究方式方法，轻易不能招惹她。她是南汇（今属上海市浦东新区）本地人，刚从空军某部通信站退役，分配在南汇区一家机关事业单位，从事办公室党建宣传和文字材料整理工作。凭借三寸不烂之舌，再有“美男计”加持，我软磨硬泡地说服她受领这项光荣而艰巨的任务。她不仅满口答应，还把她同事的女儿小刘拉来演奏古筝。话闸一打开，越聊越起劲，不知不觉一盘鲜美的白斩鸡、两碗鸡汁拌面和全色血汤下肚，从此白斩鸡成为我和她一起吃饭的标配。副旅长知晓此事，有意当起“红娘”，为我创造条件做铺垫，以新兵营的名义在除夕中午宴请她、小刘和新兵营的军嫂们。面对旅首长邀约，拎得清、懂分寸、识大体的她携小刘欣然赴宴。

功夫不负有心人。经过我、她和全体演出人员精心打磨文案，加班加点排练，“新兵春晚”大获成功，思想性、艺术性、观赏性获得上海警备区和旅首长充分肯定。隆冬夜色阑珊，纷纷扬扬的雪花漫天飞舞，大院里一排排高大笔直的水杉在萧瑟寒风中挺立摇曳。新兵们摆脱思念家人的心结，放下训练苦累的包袱，情绪随雪花坠落大地瞬间绽放，沉浸在愉悦的文化盛宴中，欢声笑语飘荡在“橄榄绿方阵”上空。终场前，她借助主持人的舞台“话语权”，出其不意地将我一军，把我这位幕后总导演推到前台。赶鸭子上架，艺高人胆大。在她的循循善诱和新兵们的阵阵掌声中，我打破矜持、抖擞精神，移步至舞台中央。灯光映照，全场瞩目，我动情地清唱吕方的《朋友别哭》：“朋友别哭，我一直在你心灵最深处；朋友别哭，我陪你就不孤独。人海中难得有几个真正的朋友，这份情请你不要不在乎。”新兵们泪水夺眶而出，哭成一片泪海，全体演出人员冲到台上，忘情地围成一圈将我高高抛起。有哲人在 20 世纪 70 年代曾预言：“在未来，每个人都有 15 分钟的成名机会。”那一刻，这句话被印证为真理，我由此成为新兵营的“网红”。走心的旋律，催泪的场景，打动了新兵，也打动了她。“新兵春晚”的举办登上了“年度全旅十大新闻”。

柏拉图说过：“良好的开端是成功的一半。”新兵营领导和战友鼓动催促我：“你未婚，她未嫁，趁热打铁，一举拿下。”酒壮怂人胆，酒兴诗意浓。情人节前夜，微酣的我，文思如泉涌，奋笔疾书手写一封“恋爱申请”。巧妙的比喻是情书的灵魂，是穿在鱼钩上的鱼饵。我坚信，如果我能别出心裁，铁石心肠的她也会被文字吸引。我在情书里写道：“是你的出现让我有了可想念的人，你不用多好，我喜欢就好；我不是很好，你不嫌弃就好。如果你是熊猫，我愿变成鲜竹，让你享用不尽。”“从我遇见你那一天起，我就在心里祈愿，如果生活是一条单行道，就请你走在我的前面，让我时时看见你；如果生活是一条双行道，就请你让我牵着手，穿行在茫茫人海中不走丢。”第二天情人节，瓢泼大雨倾泻而下，我因参加全旅重大任务无法抽身，只能委派通信员冒雨代我送给她情书和鲜花。期望有多高，失望有多大。她收下情书退回鲜花，丢给通信员冰冷又不失礼节的一句话：“谢谢你的心意。”我首尝她原子弹般拒人以千里之外的“战略威慑”。原来爱情是一场博弈，必须永远保持与对方不分伯仲、势均力敌，长此以往，才能相依相惜，因为过强的对手让人疲惫，过弱的对手令人厌倦。

问世间做什么事最冒险？战争、登山、滑翔、极限运动、炒股、创业……说什么都有，但都不对。其实，感情才是最大的冒险，因为种种冒险行为大不了一死，而感情的折磨却让人生不如死。叠起又展开的是我字迹飘逸的情书，展开却叠不起的是她踌躇选择的心绪。聚，一定是开始；散，不一定是结束。“不经一番寒彻骨，怎得梅花扑鼻香。”吹奏记忆的笙箫，情感在时空中蔓延，一对翅膀被大雨淋湿，历历往事如梦蝶，终飞不出感情的天空。倘若将我和她交织的岁月编成诗集，“新兵春晚”是色彩斑斓的封面，“醉酒风波”是留白想象的扉页，“求爱遭拒”是未完待续的篇章。她的故事早已欣然开场演绎，而“原子弹”的印象永远定格在我的脑海里。

猜中了开头，却猜不到这结局。过往是永远回不去的记忆，未来只是一种臆想的美好。潇洒活在当下，珍惜此刻所有，这才是一种真正的永恒。这位上海女人名叫严智丹，用南汇方言称呼，音似“原子弹”。如今的她仍不失“战略威慑”，当然这仅仅是针对我和我的儿子管用——毕竟她是我的妻子。稻盛和夫说过：“人这辈子千万不要马虎两件事，一是找对爱人，二是找对事业，因为太阳升起时要投身事业，太阳落山时要与爱人相拥。”

人生是一场修行，我们都是自己的红尘，而婚姻就是最大的道场。爱从来都不是谁焐热了谁，而是相互信任、彼此成全，保持独立、共同温暖，一起承担、双向奔赴。爱情是享受，婚姻要忍受。幸福并不是寻找一个完美的伴侣，而是要学会用完美的眼光，欣赏一位志同道合、情趣相投的伴侣，无论她（他）完不完美。此后余生，静水深流，真爱无言，“执子之手，与子偕老”，我和她继续书写“若如初见，不负遇见”的美妙故事。

烟花之恋

军校明令学员不准谈恋爱，但爱情之花仍会盛开在情窦初现的学员心里，纯真而美丽，如同一颗青橄榄，酸涩的芬芳，苦味的甜蜜。

与她的相遇让文感怀，一个个精确的巧合才促成了彼此间的匆匆瞥见。大三暑假，中队指派文和十几名同学去某大学组织大一学生军训。她是文带训班级的一位美丽女孩，乌黑长发飘逸及肩，微微一笑露出小酒窝。最让人怦然心动的是她那汪汪的大眼睛，如同一轮皓月纯洁明亮。她小文一岁，同月同日生。也许是这两层缘故，不苟言笑、严肃认真的文在军训中对她格外关照，她也默契地接受。

一天晚餐时，她径直走向教官的饭桌，递给文一封信。信中只有短短的两个问题："烟花绚丽而短暂，真的能映在心底抹不去吗？你能陪我去看烟花吗？"文忽然想起前几天自己一篇短文刚发表在晚报上，会不会是她看到了？文爱写些"小豆腐块"，时而见诸报端。文难以抑制兴奋，冲破了中队不许谈恋爱的三令五申，与她约好当晚八点在校园外那条小河边碰面。月光轻柔，繁星点点，两人边漫步，边聊人生、谈价值、议文学。她告诉文："读了你那篇文章，触动心弦，然后就去翻找你的其他文章，仿佛一道电光穿越时空，两个互相寻找的灵魂相遇相识。"文笑笑并未作答，从携带的黑色袋中拿出两根细长的烟花，对着河面上空燃放。夜色静谧，一朵朵烟花在黑暗中盛开，瞬间绚丽至极，迸射出璀璨夺目的光彩。她痴迷地看着烟花绽放。文问她："你会唱吴奇隆的《烟火》吗？"她含笑地点点头。"我们一起唱好吗？"文追问。她将柔滑的小手缩进文的手掌里，跟着文一起轻唱《烟火》，绕着河边一圈又一圈……

那时军校既无互联网，又严禁使用手机，更不准私自外出。一切对外联络只能靠书信和周末轮流排队打五分钟的电话。军训结束归队后，中队干部紧盯学员们的书信、电话，并强调如有违规谈恋爱者，将视情节处理。她多次在信里提出，来军校探望文，或者让文请假外出见她，可惜都未能如愿。进入大四，文的学业更紧张，忙着迎接毕业拉练和毕业考试。文只能一次次把欢乐与忧伤隐藏在字里行间，让文字满载着它们，靠一张张小邮票寄去对她的思念和祝福。然而，没有不透风的墙。干部骨干察觉后，对文进行严厉的警告劝诫。在拉练前的一个夜晚，文独自跑到池塘边，抱着一棵大树失声啜泣，决意与她不再联系，让纯真而短暂的恋情永沉心底。两个月拉练回来已是春节前夕，文拿到了她写来的一沓信。她在信中反复说："我现在才真正体会到，烟花是如此绚丽而短暂，以至于映刻在心底无法抹去！只是，你还能陪我去看烟花吗？"

毕业那天，车子驶离军校大门的时候，文在欢送的人群中突然看到了一个久违的身影。"是她，真的是她！"文激动地叫出来。她一眼就发现了文，使劲向文挥手，哭喊着文的名字。文紧紧地贴在车窗上，一直看着她消失，拼命地想记住她的脸。在驶往火车站的路上，文默念书信里的一段段文字，回忆燃放烟花的一个个细节，一遍遍听着《烟火》，任由泪水潸然而下。因为这一刻，文知道昨天已回不去，再也难见到她。泪水只是用来纪念那无法抹去的印痕，感慨那藏在心底的曾经。

人生如雾亦如梦，缘生缘灭缘自在。《烟火》在文的脑海里潜伏下来，回环流转的忧伤旋律间闪现着那绚丽的烟花。这一段恋情，真诚得不能复制，纯洁得不容玷污，如绽放的烟花，以绝美的姿态短暂地摇曳在夜空中，没有留下太多欣赏和品位的时间。也许，有人可以做朋友，有人可以做恋人，而有人最适合在心底悄悄藏着，偶尔想起，微微痛过，苦楚一笑，也就罢了。

刊于《文学报·手机小说报》2014年3月31日，被网络平台、微信公众号广泛转载。

闲话相思

“人生自是有情痴，此恨不关风与月。”牛郎织女七夕相会，许仙与白娘子人妖相恋，韩凭夫妇生死不渝化作相思树，张生崔莺莺终成眷属，梁山伯与祝英台十八相送……相思是人人绕不开的情结，上至九五之尊，下至芸芸众生，无论富贵贫穷，无论男女老少，古今中外，概莫能外。

文人墨客心中的情之深、思之切，一点一滴地积蓄下来，化为诗情画意落在纸上。王维的“愿君多采撷，此物最相思”，李白的“长相思兮长相忆，短相思兮无穷极”，李商隐的“深知身在情长在，怅望江头江水声”，鱼玄机的“忆君心似西江水，日夜东流无歇时”，温庭筠的“玲珑骰子安红豆，入骨相思知不知”，晏殊的“天涯地角有穷时，只有相思无尽处”，朱淑真的“相思欲寄无从寄，画个圈儿替”，李之仪的“只愿君心似我心，定不负相思意”，元好问的“问世间情为何物，直教生死相许”，梁启超的“相思树底说相思，思郎恨郎郎不知”……这些传世名句写尽相思的百转千回，缭绕情韵徘徊在心头，或唏嘘凝噎，或温暖感动，或回味无穷。

久离别，长相思。离别与相思，是人生的二重奏。聚散离合之间，相思犹如泉水喷涌而出。“凄凉别后两应同，最是不胜清怨月明中。”李清照与赵明诚情投意合，然而丈夫辞别爱妻赴外地为官。独闺孤眠、凄清细腻的李清照，面对人生的短暂和重聚无期，触景生情、睹物思人，写下《醉花阴》。赵明诚收阅后赞叹，三分心酸，三分激赏，还有三四分自愧不如。他心有不甘、废寝忘食地按照李清照的韵脚填了五十首词，这首词也裹在其中，一并交给好友陆德夫品评。陆德夫思量再三，最后说“只三句绝佳”，便是“莫道不销魂，帘卷西风，人比黄花瘦”。词中未有“相思”二字，绵绵相思却溢于言表；未提“离别”一点，离情别绪却充盈全篇。“相见时难别亦难”“多情自古伤离别”，炽热真挚的情愫，漫长焦灼的等待，朝思暮想、翘首以盼，情深深，愁浓浓，正应了这句“欢乐趣，离别苦，就中更有痴儿女”。有人说，这样的相思，值得吗？“等待一小时太久，如果爱，恰巧在那以后；等待一万年不长，如果终于有爱作为补偿。”《极乐园》扉页的这句诗道出答案。纵使天各一方，唯见一株芳草，也请记取重逢时的满庭芳菲。

得不到，种苦思。佛教视“求不得苦”为“人生八苦”之一。向来缘浅，奈何情深，那种相思嵌入眉目、融入血脉，牵肠挂肚、揪心苦闷。“活佛诗僧”仓央嘉措，遇到美丽女子达娃卓玛，“蓦地一相逢，心事眼波难定”，一头扎进爱情的深井痛饮甘泉。“世间安得双全法，不负如来不负卿”，便是他情迷心困的见证，也是他惆怅纠结的呐喊。仓央嘉措走下莲花台，跪倒在尘埃，向至高无上的佛祖，发出了得与不得的苦楚追问。“如果遇到了可以爱的人，却又怕不能把握该怎么办？佛曰：留人间多少爱，迎浮世千重变。和有情人，做快乐事，莫问是劫是缘。”在这个青春叛逆的年轻人心里，佛法的能量，怎敌爱情的分量？森严令人敬畏的清规戒律，怎敌心爱姑娘的眼泪让人心碎？他以心抗世，以笔抒怀，甘愿放弃一切，任凭天空翻云覆雨，任由世间沧海桑田，纵然与全世界为敌，纵然老僧声泪俱下痛心疾首，纵然敌人虎视眈眈落井下石。可终究悲戚无奈留不住她。于千万次轮回中邂逅自己心动的人，明知没结果、难同行，偏要一往情深、飞蛾扑火，终酿爱的苦果。在最深的红尘里相遇，却又注定不逢时、不凑巧、不合适、不得已，心愿浮于空中，幸福不能把握，在最浅的流年中诀别。“十年踪迹十年心”，那些缱绻在心境的情思，成为生命中挥不去、拭不掉、割不断、挣不脱的彻骨遗憾。

已失去，存追思。生离死别，永无聚首，是比相濡以沫、白首偕老更为深邃悸动的记忆。清朝一代才子纳兰性德，与卢氏伉俪情深，然而妻子突然离世，爱情落地成灰。阴阳相隔，徒唤奈何，他悲怆欲绝，触物伤情，从此“悼亡之吟不少，知己之恨尤深”，发出“何当同心人，两两不相弃”的仰天长啸。唐传奇小说杜荀鹤的《松窗杂记》载，进士赵颜从画工处得到一幅画，上面画着一位美丽的女子。赵颜表示想娶这位女子为妻，画工告诉他，该女子名叫真真，只要昼夜不停地呼唤她的名字，到一百天，她就会答应，再用百家彩灰酒灌她，她便能重生。赵颜遂按此法去做，百日后他如愿抱得美人归。纳兰性德在短暂的一生中，经历了初恋、婚姻、丧妻、再娶的曲折坎坷，他借用此典故，倾诉“为伊判作梦中人，长向画图清夜唤真真”的衷肠。哀思忧恋，伤逝悼亡，李商隐说“此情可待成追忆，只是当时已惘然”，李煜说“层城无复见娇姿，佳节缠哀不自持”，苏东坡说“十年生死两茫茫，不思量，自难忘”，留下穿越时空、生死不渝的爱情绝唱。人生易逝，世事无常，爱别离无可避免，活在当下且行且惜。与心上人，一茶一书享受生活，一心一意享受天伦，足矣。

“天不老，情难绝。心似双丝网，中有千千结。”杨柳依依衬托多少恋，月光融融寄寓多少情，悲喜交加，离愁万点，丹心一片。相思，既吸引人又折磨人，来时无力抗拒，去时无从挽留，不过是孤独的自舞。在时光的彼岸，回看此岸的光阴，人海中每一场遇见，都是一次独特的美丽。对待相思，我们不妨学学老子“失之坦然，得之淡然，争其必然，顺其自然”的人生境界，爱而不悔、求而不迫、痴而不怨、执而不迷，但求在灵魂最深处偎依。愿天下有情人成为爱的同直线，携手一世如影随形。不是相交线，匆匆过客渐行渐远；也不是平行线，咫尺天涯恍如陌路。

刊于《益寿文摘》2015 年 10 月 30 日

内心的青春

不舍昼夜的时光之手，推动岁月年轮驰骋向前。南宋词人蒋捷说：“流光容易把人抛。红了樱桃，绿了芭蕉。”辞旧迎新，总有人感叹青春流逝，不想闻到年味，不愿记得年龄。

人生，从自己的哭声中开始，在别人的泪水里终结，青春不过是这中间的一段路程。青春如花开又落，过去的是时间，老去的却是心境。一位爱美女子揽镜自照，小心翼翼地问候一道初起的皱纹：“你是路过这里的吧？”皱纹不搭腔，亦不离开。几天后，她再讨好般地问一遍：“你是来旅游的吗？”皱纹不搭理，还不离开。女子恼了，遂对皱纹大叫：“你以为我有那么天真吗！我早知道你既不是路过，也不是旅游，你是来定居的呀！”“岁不我与，时若奔驷，有来无反，难得易失。”流水光阴不过是梅花三弄，扬手是春，落手是秋，在这一扬一落之间，寄托着一种对青春渐行渐远的无奈，一份对岁月洗尽铅华的不舍。

我的一位女前辈，纯良阳光，优雅端庄，简静淡定，虽已步入生命的成熟期，却难察岁月在她身上留下的痕迹。她把自己的年龄定格在“20 岁零几个月”，至于这“零几个月”是多少，也许是几十个月、几百个月或者更多，但心情只有 20 岁，她永远标志性地面露婴儿般的灿烂微笑。友人好奇地探问青春秘密，她总付之一笑：“每天给自己最好的交代，简单平和地享受生活，留出时间来阅读思索，把多彩世界装进心里，留住生命之初的那份纯真。”其实，青春不是年龄，而是内心。一些人一些事在心里安家落户，保持青春就需要清理释放心的空间。《金刚经》有句名言“应无所住而生其心”。一个人需要常向两个方位望，一端眺望无比辽远的世界，一端瞻望无尽深邃的心底，历经荏苒岁月、风霜雪露，积淀人生智慧，让心灵在红尘纷扰的大千世界中自由跳动，延伸青春的长度，拓展青春的厚度。

青春如花，静静地绽放，默默地芬芳，幽幽地凋谢。人生旅程是不断朝前的单向线，那一撇一捺就是青春鲜明的痕迹。我们不妨从苏东坡的“回首向来萧瑟处，归去，也无风雨也无晴”中体悟青春的洋溢，高山无语、静水无波，醇厚韵味、夺人心魄。

在快节奏生活里，多一种心灵的宁静；在时尚外表下，多一些思想的厚重；在市场化大潮中，多一份高尚的坚守。追求纯洁的信仰、美丽的梦想，秉持做人的品性、做事的品位。端坐磐石上，醉倒落花前，纵然无法阻挡岁月的流淌和命运的沧桑，我们却可拥有超越年华的青春。

刊于《新华每日电讯》2014 年 9 月 19 日“草地”周刊

孩子，陪你慢慢成长

高尔基说：“父爱如伞，为你遮风挡雨；父爱如雨，为你濯洗心灵；父爱如路，伴你走完人生。”父亲是孩子成长路上极其重要的领航者，传递给孩子无法割舍的情感基因和精神影响。奥尔罕·帕慕克说：“弱冠之年，我在很多时候会对自己说：我千万不要成为他的翻版。而时至今日，我几乎从每一件事情里都能看到自己在模仿父亲。”陪伴是我送给孩子成长最珍贵的礼物，少缺席、少错过、少疏忽成为我的信念和责任。

一

孩子的出生比预期来得早，也更令人惊喜。孩子在娘胎里不安分地跳踹，迫不及待地想迎接外面的新世界。孩子妈妈疼痛难忍，只好到医院待产，而那时的我还淹没在部队机关的材料堆里，心急火燎地抽身赶去陪产。静谧深夜，我不眠地守候着等待孩子呱呱坠地。从此，他无可替代地安放在我内心最为柔软的地方，成为我一生疼爱呵护的人。

对自己心爱的小宝贝，父母将所有美好的祝愿托付在他身上，而名字是最为形象、最有价值的标签，传承了人的情、意、志，蕴含了人的精、气、神。为了给孩子刻上一辈子的好标签，我抽出三天时间，一头扎进图书馆，在生辰八字、属相星座、祈求心愿、文化智慧等要素中综合考证，引经据典、思量权衡，从文山字海里请出了“荦俨”二字。

很多亲戚朋友都很好奇地询问“荦”的读音和名字的内涵。孩子属牛，我觉得应该把属于牛最重要的两样东西——青草和栅栏，放进他的名字里，于是就有了“荦”（与“洛”同音）。宝盖头意味一生有房子住，草字头象征一抬头有草吃，寓意食居无忧、富足幸福。此外，“荦”亦有卓越、高超、出众的含义，出自唐代韩愈《代张籍与李浙东书》的“惟阁下心事荦荦，与俗辈不同”。清代康熙年间有一位以诗享盛誉于文坛，工书画精鉴赏的政治家宋荦名列“十大才子”。于是，“荦荦”成了孩子的小名。孩子妈妈姓严，孩子出生时眼睫毛长扬，白胖脸圆，可爱又萌，连医生护士都误认他是女娃。《诗经·国风·陈风》中有“有美一人，硕大且俨”，“俨”这个字蕴含美俊、端庄之意，跃入我的眼帘。

二

孩子出生几个月后，发生了一段生死攸关、惊险交加的插曲。有一晚为孩子洗澡时，他突然眼白上翻，陷入昏迷，我们顿觉异常，急送儿童医学中心救治。医生告知我们，孩子脑部意外出血，情况十分危险，随即孩子被转入重症监护室，医生当场要求我们签下病危通知书，做好思想准备。

摆在我们面前有三种可能：上为有惊无险，安然无恙，健康痊愈；中为暂度险关，留下后遗症，影响孩子今后正常成长；下为持续恶化，生死未卜。我和孩子妈妈含泪誓约，无论孩子出现什么意外，我们都会陪伴孩子到底，不放弃、不离弃。在签字的一瞬，我是那样的悲伤无奈、苦闷无助，有一种天昏地暗、撕心裂肺的痛。那一段七天七夜的时光，成为我一生中无法抹灭的黑暗伤痕。

我 24 小时焦灼地等在医院，每天早早地候在监护室外，静静地透过玻璃窗，远远地看到幼弱的躯体上插满了管子和仪器，暗暗地为孩子祈祷加油，相信上苍一定会赐予怜悯和护佑，期盼孩子能够坚强地挺住。他在里面，我在外头，心串在一起。经过医护人员的精心治疗，孩子在 20 多天后转危为安、化险为夷，彻底恢复健康，也让我高悬心头的一块巨石终于落地。经历痛彻心扉的磨难，在出院那一天，我紧紧地抱住他虚弱的身体，深情地亲吻他消瘦的脸，坚定地告诉自己，要对他柔和温情、无限怜爱，倍加倾注、万分呵护。

三

“父亲是高山，母亲是大海。”大海给人温情和浪漫，高山却撑起孩子成长的脊梁。微信朋友圈里，一篇《爸爸，你再不陪我，我就长大了》的文章，让身为人父的我们感慨和唏嘘。孩子两岁前，我一直在部队机关工作，经常加班加点、挑灯夜战，典型的“5+2”“白 + 黑”，有时一个月都无法见到孩子。从军队转业，人生就此转身，给孩子更好的陪伴。

因我和妻子都在单位上班，孩子刚过两岁就进部队幼儿园，是托班里年龄最小的孩子。我很珍惜和享受与孩子在一起的亲子时光。孩子第一天背着书包上学，第一趟出去旅游，第一次看电影，第一个家长会，第一场亲子活动，我都亲历和见证，欢颜雀跃，就像实现自己的理想。我每天有两段快乐时光：一段是早晨牵着他的小手，一左一右踱步送他上学；一段是晚上边为孩子洗澡，边和他说说幼儿园里的趣事，聊聊他当天的好表现、好收获，问问他有什么需要我帮助。

有一天，孩子妈妈出差。我打起了十二分精神，全力以赴照顾孩子。这一天一夜对我和孩子来说，都有着特别意义，因为这是第一次由我独自负责孩子的饮食起居和上学放学。我和孩子妈妈都很忐忑，生怕夜里孩子没有妈妈的陪伴会哭闹，不肯入睡。孩子在睡前喊着“我要找妈妈”，有些轻声啜泣，有点躁动不安。我一直哄着他，“你是小男子汉”。经过循循善诱，他顿然安静下来，然后不断地摇摇头说：“我是小男子汉，自己的事情自己做。”我眼里慢慢地冒出不知忍了多久的泪花，他紧紧地拥抱着我，小手拉住我的手指就像抓住救命稻草，悄然入眠。

一个端午节的早晨，孩子与我展开了一次对话。孩子：“老爸，今天我上学吗？”我：“不上的，今天放假。”孩子：“哦，那么我现在可以不起床了？”我：“是的，你可再睡会。”孩子：“老爸，我突然想起来一件事。”我：“怎么啦，什么事？”孩子：“那么你怎么还不起床，跟以前一样去买菜买早点呢？”我无言。看着孩子期待的眼神，想着方才的一番话，我一天忙碌的帷幕就这样被拉开。像精心构思文章一样，我积聚三十年来仅有的厨艺细胞，使出浑身解数，极力勾住孩子的心，留住孩子的胃。孩子吃得津津有味，一会儿就风卷残云。孩子说：“老爸烧的菜就是比幼儿园的好吃。你不常跟我说，做对事就有奖励嘛！”话音未落，他把头凑过来，我的脸颊上多了一道吻痕。

四

罗曼·罗兰说过：“生命不是一个可以孤立成长的个体。它一面成长，一面收集沿途的繁花茂叶。它又似一架灵敏的摄像机，沿途摄入所闻所见。”孩子在成长，我在守护孩子，他同样陪伴着我；我在教养孩子，他同样地滋养着我；我在引导孩子，他同样地开导着我。

孩子三岁时，怯生黏人，胆量小，与其他小朋友互动不够。我就告诉他，要学会与其他小朋友分享好东西，分享零食，分享玩具，分享快乐，分享收获。一开始，孩子并不懂得分享的道理，依旧喜欢自个儿吃，自个儿玩。我就变着法子跟他说：“众人吃，喷喷香；一人吃，烂牙床。”把吃独食与烂掉牙联系起来，这一招果然管用，因为孩子觉得牙齿烂了既难看又很疼。有一晚，我设家宴招待好友，孩子抱出来一盒茶叶。此前我跟他说过，这盒茶叶价格昂贵，我轻易舍不得喝。他当着我和好友的面说：“老爸，好东西要和朋友一起分享的。”朋友一开始不让打开这盒茶叶，但听了我对孩子关于分享的教导后，他们不再阻止……我要求孩子不吝啬不自私，自己应率先做到真正的慷慨，因为父亲就是孩子心目中的一面明镜，照亮了孩子，也照见了自己。

一次我醉卧沙发，四岁的孩子先是急切地跑来询问我要不要紧，然后去洗漱间弄来了温热毛巾，敷在了我的额头上，嘱咐妈妈说要烧点水，把开水凉一凉，让我喝下去就会舒服好多。他颇费心思地将一个苹果洗净切好，一片片地喂进我嘴里，又吃力地抱来自己的小被子，轻轻地为我盖上，还把自己最喜欢的小牛吉祥物放在我肩旁，俯身在我耳边轻语：“老爸，让小牛陪你睡吧，我会照顾好你的。”孩子妈妈第二天告诉我，孩子一直坐在沙发上陪着我，直到我的鼾声雷动，才在她的劝说下不舍地去睡觉。我们总觉得自己无条件地爱着孩子，其实孩子也在无条件地爱着我们，因为他们可以承受我们的情绪，事过之后依然天真无邪地对我们微笑；可以承受我们的过失，事过之后依然亲密无间地投入我们的怀抱。遇见孩子，遇见更好的自己。

到五岁，孩子变得有点顽皮任性，我和孩子妈妈都忍不住滋生一种“小猫小狗都嫌他烦”的情绪。孩子沉湎于看动漫、弄玩具，有时任凭我们千呼万唤也充耳不闻；吃饭、洗澡、做作业，爱拖拉、磨洋工，不说不动，说了仍不动；“民主意识”初醒，时不时歪理狡辩，顶嘴抗争。面对他的这些缺点，我推崇《曾国藩家书》中的一句话，对孩子要“爱之以德，不欲爱之以姑息”。“姑息之爱”，其实就是“姑息之害”。所以，我对孩子要求严格，允许犯错，但及时教育批评他，传递正确的信息，帮助他长记性、知教训。我一直告诫自己做到两点：第一，不动手打孩子，不辱骂孩子，不伤害孩子的自尊心；第二，蹲下身子与孩子平视沟通，平等交流、尊重人格、以理服人。幼儿园四年，两所学校的六位老师对孩子有一条共同的评价：认真遵守班级和老师的各项要求，有礼貌，懂事理，好相处。我从不认为自己是一位好父亲，但我一直坚持自己的努力。

五

孩子的成长不是一次赛跑，而是一场旅行。孩子的童真是最美的。我觉得童年最重要的有两点：一是玩乐，二是成长。我摆正期望的天平，希望孩子健康快乐、自由自在，度过有意义的童年。生命本来就是创造的过程。什么是才华？能够坚持下去的情趣爱好就是才华。

4 岁的孩子仰头问，小朋友们都在学速算、逻辑思维、看图说话……我也可以吗？我将他拥入怀里，摩挲他的头发，握紧他的小手，蹲下来注视着他并认真回答：任何小朋友都可以，你当然可以。如果不喜欢速算、逻辑思维、看图说话，你可以选择绘画、围棋、钢琴、舞蹈、唱歌、手工或是乐高、轮滑、游泳等，重要的是选择自己心甘情愿为之付出时间与精力的事，并坚持下去。

很多人觉得我剥夺了孩子的玩乐时间和自由空间，我并不赞同。在孩子这段懵懂启蒙时期，我应为孩子把好关、定好向，创造各种有利条件，帮助孩子启发认知、培养情商、激发潜能、保护他的好奇心，增强他独立生活和自我保护的能力，开拓他发现世界、观察社会的视角，为孩子将来广阔的发展空间积蓄能量。经历岁月冲刷，孩子渐渐地懂事，学会独立地思考、判断和选择，我便尊重他的内心安排。我从不指望孩子有朝一日成为名家大师，对他唯一要求是认清自己的禀赋潜能，坚持自己的爱好乐趣，养成自己的学习习惯。我能给予他生命，却不能替代他生活；我能帮助他规划人生，却不能替代他实现目标；我能指点他如何使生命更有意义，却不能替代他绽放生命的精彩。

一次幼儿园组织绘画比赛，老师要求孩子们用手中之笔描绘“我和爸爸最喜欢的事”，我和孩子每天半小时坐在一起阅读的时光，成为他作品刻画的主题。幼儿园毕业前夕，老师希望家长抽出半小时为孩子们上一堂亲子课。儿子回家后真切地请求我成全他的愿望。我和儿子一道讨论小朋友感兴趣的话题，确定以“中国人民解放军军衔标识”为主题进行备课。课堂上，我特意与儿子问答互动，并把精心准备的礼物交儿子给所有小朋友分享。课后，孩子跟我说：“我对您很有信心，您不会让我失望的，老爸顶呱呱，小朋友都喜欢。”那种自豪感和崇拜感溢于言表。

在人生这条路上，我们只能陪伴孩子走上一段，但这段路最艰辛，最需要我们用心地陪伴。无论时代环境如何演变，不管孩子最终怎样发展，我都不会过多苛求和期冀，只是由衷地祝愿他充满行进的动力，保持上进的渴望，成为一个秉持理想、拥有善良、懂得感恩、善于学习、乐观阳光、坚强独立、敢为敢当的男子汉。心在路上，路在脚下，年幼的孩子，我陪你慢慢地向前走。

刊于《东昌月刊》2015 年第 4 期、《天台山》2015 年 9 月

挺胸收腹抬头　勇士雅士智士

——写给儿子十四岁生日的家书

亲爱的儿子：

家书抵万金。1999 年，我考入某陆军学院攻读本科，对军校学习生活极不适应，遭遇诸多挫折和坎坷。正当我失意沮丧迷茫之时，你爷爷写来一封家书，勉励和指点我闯关过坎，与磨难做斗争。

如今你中考在即，又迎来十四岁生日，我也写一封家书与你聊聊，回望往昔美好足迹，展望你的人生航向。铺展信纸，饱蘸笔墨，我提笔赋诗：“酒兴意浓笔端落，纸短情长祈卓荦。”

十四岁是一个人生命中的重要节点。以前，我、妈妈与你是共生关系，我们手牵手领着你跋涉。从嗷嗷待哺的婴孩到活蹦乱跳的少年，一个个“第一次”、一张张老照片，既是你自己亲历的见证，也是我们陪伴的记忆。你健康茁壮成长，我和妈妈含辛茹苦，一家人既有欢笑惊喜，也有摩擦碰撞，痛并快乐着，且行且珍惜。生活是酸甜苦辣的化合物，热爱生活、不负生活的人，终究不会被生活所辜负！今后，我、妈妈与你是共荣关系，我们放开手让你奔跑。你曾跟我调侃：“我是一只蜗牛。”你说无心，我听有意，我们都从寓言《牵着蜗牛去散步》中找到答案：父爱子敬、母慈子孝，放慢脚步、放飞自我，欣赏沿途的风景，品味生活的美妙，一起成长、相互温暖，彼此成全、共同进步。

“父母之爱子，则为之计深远。”每个人都是独特唯一的生命个体，人生何其多彩，若取一瓢饮，无疑会限制视野。我和妈妈初为人父、为人母，对你的教育培养也出于自学琢磨，难免“摸着石头过河”，但我们坚定不移地做好目标引导、正向激励、启发自觉，希望你“左手人文艺术成雅士，右手科技编程当智士”，打开启发认知，探索世界的窗户，拓展兴趣的广度，摸准特长的精度。一路走来，你遵从内心的召唤，听从我们的建议，怀着一颗勇敢的心，积极探索阅读写作、摄影、小记者、书画、机器人编程、机电模型等领域，用你自己的话说：“双子座自带双重气质，左脑严谨合规、右脑天马行空。”你和我、妈妈的体悟交织在一起，就是一笔宝贵财富。我和妈妈无论多么爱你，都没有能力和时间陪你走完人生下半场，只能全力以赴当好你生命中的北斗星、结伴人。我和妈妈一心助你成才成功，绝不是让我们有面子、有成就感，而是希望你奋力成为更好的自己，活出最美的样子，做“一个高尚的人，一个纯粹的人，一个有道德的人，一个脱离了低级趣味的人，一个有益于人民的人”。

善于学习、勤于思考是勇士、雅士、智士的核心竞争力。当下教育确有应试之风、功利之心、“鸡血”之势，我们身不由己，但不能随波逐流。你的分数仅仅展示你的一面，并不能代表你的每一面，考得好说明你掌握知识点，考得一般要警醒自己奋起直追，我与妈妈不断为你加油鼓劲。“明日复明日，明日何其多。我生待明日，万事成蹉跎。”学业就像一座金字塔，越努力就越能向上。只要拥有好奇心、想象力、求知欲和责任感，掌握科学的学习方法，当好时间的主人，为时间辛勤耕耘，拼搏得感动自己，你就能释放“洪荒之力”，横扫学习上的一切“拦路虎”。一分耕耘，一分收获。没有一次努力是白费的，只是有时它的效果在很远处显现，时间会给你证明，你付出的努力越多，时间管理得越好，将来意外收获的成果就越丰硕。

人出生就像一张白纸，纯正是本色。品格如金，纯度越高，越能成为勇士、雅士、智士。心善品自高，德馨有芳邻。善良，不可张扬，不图回报，大爱无形，大音希声，爱出者爱返，福往者福来。我讲英雄故事给你听，并不是一定要让你成为英雄，而是希望你具有纯正的品格。我鼓励你弹钢琴、学书画、听音乐，是为了让你的心灵充满高尚的理想、高雅的情趣。心向阳光，任何时候你都不会感到寒冷；手捧玫瑰，走到哪里都能够散发芬芳。我和妈妈唯愿你端正三观，勇敢闯荡、坚韧不拔，感恩做人、正直处事，独立人格、严于律己，与人为善、解人所急，成人之美、防人使坏，与自然和谐，与世界和睦，有鲁迅笔下“台州式的硬气”，如方孝孺所言“凡善怕者，必身有所正，言有所规，行有所止”。

没有一场胜利能够唾手可得，没有一个赢者无须风雨洗礼，温室里长不出参天大树，头撞南墙、碰壁磨难，都是你必须经历的行程和收获。人生之路没有直达快车，而是“踏平坎坷成大道，斗罢艰险又出发”，有时穿越沙漠，有时行经丛林，有时横渡江河，有时蹚过泥泞，摸爬滚打，跌宕起伏。终有一天，你将脱离父母庇护的羽翼，展翅高飞搏击风浪，追逐自己的梦想。“将相本无种，男儿当自强。”我们是浙江省台州市天台县张思村的陈氏血脉，宗族兴旺，崇文重教，人才辈出，既有明朝中书舍人、宫廷画家陈宗渊，也有任清朝金华教谕的陈邑周，还有民国时期办学兴教的善人陈宪邦等。清朝康熙三十三年（1694 年）族长陈廷赞撰诗《十劝》《十戒》《四箴》，为族人立规明德树标，口口相传，代代相承。面对“未知远远大于已知”的不确定未来，不要迷恋远处模糊的东西，而要动手做成眼前清楚的事情。作为陈氏子孙，要弘扬族风、传承族训、践行族规，修炼人生，描绘斑斓多彩的生命画卷。作为军人子弟，要时刻保持军人的姿态：挺胸，以无畏勇气超越自己、征服困难、战胜挑战；收腹，以无悔心态自在坦然、自主革新、自我提高；抬头，以无量境界开阔视野、扩展格局、赋能蓄力。博观约取、厚积薄发，静水深流、水到渠成，你将成为夜空中一颗闪亮的星，绽放出独一无二的璀璨光芒。

海阔凭鱼跃，天高任鸟飞。一个人心有多大，舞台就有多大，未来成就有多高。你属牛，我把诗人臧克家一首诗送给你："块块荒田水和泥，深耕细作走东西。老牛亦解韶光贵，不待扬鞭自奋蹄。"

亲爱的儿子，祝你生日快乐，飞扬青春，出彩人生！

疼爱你的老爸

2023 年 6 月 19 日

那些安放于心的歌

歌与人生像是两条相交线，各自散发着不同美感，挥洒之际留下回味无穷的聚合点。罗曼·罗兰说过："个人的感受，内心的体验，除了心灵和音乐之外再不需要什么。"流年如歌，生活也许不完美，但并不缺少美。我常不经意地被那些安放于心的歌唤醒，邂逅生命画板的五彩斑斓，接通丰满理想与骨感现实的"频道"。

故乡是生命的起源地，是情感的归依处。挤过高考"独木桥"，我顺利考入军校，成为家族和全村的骄傲。八月底一天清晨，家人亲友和街坊邻居不约而同地聚集在村口，站列在路两旁为我送行。我禁不住泪流满面，朝向他们深深地鞠了一躬。青葱年少的我，装着家人的嘱咐，带着乡亲的祝福，背上厚重的行囊，踏上从军的旅程，成为一个游子。夜深人静时，独坐孤灯下，当年情景历历在目，思绪遄飞。故乡的风，有一种怡人的暖；故乡的景，有一种痴情的醉；故乡的人，有一种天然的亲。每趟回归朝思暮想的故乡，我习惯地听王杰的《回家》："谁还记得当年我眼中的希望，谁又知道这段路是如此漫长；我不在乎有没有梦里的天堂，握在手中的票根是我唯一的方向。"故乡的名片已然镌刻在年轮的丰碑上，翻开故乡之歌的扉页，便是挥之不去的乡恋。

时空列车驶回 2005 年春节，上海警备区某部新兵营，为让新兵过好军旅第一个节日，减轻思亲想家的念头，身为新兵工作指导小组政工干事的我，从全营遴选了一批“文艺青年”，自编自导了一场“春晚”。歌伴舞、三句半、街舞秀、小合唱、诗朗诵……场上官兵演得用心，场下观众看得入心，欢声笑语飘荡在“橄榄绿方阵”上空。终场前，在主持人的热情呼唤和500多名新兵的阵阵掌声中，我站到舞台中间。在灯光映照下，面对一张张稚嫩单纯的脸庞，我不禁心头一热，情感的花顿时在心田绽放，片刻已是一片花团锦簇。我清唱起吕方的《朋友别哭》：“朋友别哭，我一直在你心灵最深处；朋友别哭，我陪你就不孤独。人海中难得有几个真正的朋友，这份情请你不要不在乎。”动情地开导新战友。一瞬间，全场新兵的泪水夺眶而出，哭成一片泪海，演出人员冲到台上，忘情地围成一圈，将我高高抛起。这样动容感人的画面，温暖了自己，也烛照了周围。

“爱你忘了苏醒，我情愿闭上眼睛，任凭此生此世长睡不醒，你就是我的来生……”熊天平和许茹芸深情对唱的《你的眼睛》，是让我入迷的一首歌，我不时哼唱。如痴如醉的爱情，如诗如画的歌词，如诉如泣的旋律，如梦如幻的意韵，穿透了灵魂，令人置身于爱到极致的境界：全世界只剩下你和我，所有风景都在彼此脉脉含情的眼中，唯有专注的一往情深。“人生无物比多情，江水不深山不重。”爱的眼神，不管沧桑变迁，那种莫可名状的思恋，如潺潺溪水，圣洁清澈，流淌心间；那挚爱依伴的灵魂，始终栖息于此，从未远离。纵然时光掠走青春、容颜和感觉的印记，那份忠贞不渝的爱情，一直静潜在我们坐看云卷云舒的眼睛里。

歌曲《我》从音乐电台里飘出来：“不用闪躲，为我喜欢的生活而活；不用粉墨，就站在光明的角落。我就是我，是颜色不一样的烟火；天空海阔，要做最坚强的泡沫。”我一下子就被张国荣凝重深沉的歌声和林夕寓意深长的歌词吸引，更被张国荣自信超脱、勇敢坚定做自己的人生态度感染。张国荣在高贵孤独的漫漫长夜中，不与传统相偎，不与世俗同流，展现了一种坚不可摧的倔强，透射出一种义无反顾的豪迈。这首歌也成了我的手机铃声。人生的本真，就是不断地写就“我”。一个人，在茫茫人海、芸芸众生中，面对千般过往、万般事物，要真正活出一个自己来，着实很难。我们时常为人生无常感叹，为纠结磕绊苦恼，极易迷失自我。人的一生，不仅有长度，还有高度、厚度和深度，短瞬的精彩胜过漫长的平庸。无论世界多么拥挤，社会怎样喧嚣，我们都应当生如夏花，任生命自在游弋，让心灵自由跳动，尽情演奏自己的人生交响乐。

那些歌汇聚成一条河流，历经岁月冲洗，仍馨香漫溢，拨动心弦，沁人心脾。累了，聆听歌曲，聆听心底的声音，让脚步停一停；烦了，走进歌曲，走进独特的意境，让灵魂静一静。

刊于《解放日报》2015年7月4日“朝花”周刊，荣登微信公众号“朝花时文”当月原创文章排行榜第三名，被各报刊文摘转载。

闻韶问道

2018年10月，岭南诗文书画名家、上海交通大学海派文化研究所直聘教授、翁山诗书画院院长刘国玉先生在钱学森图书馆举办“焦墨山水”作品展，特邀我参与策展。斟酌展览主题时，他不假思索，定为“此中有道”。布展时，我在他的作品前凝视良久。初见，淡雅沉雄、宏达高远；再察，狂狷从容、静水流深；深悟，明心见道、道感交映。展期半月，徜徉其中，耳畔“道”声呼唤，心中“道”意盎然，令我的诗书画爱好升华，与“道”合真。

2019年元旦，刘国玉先生再邀我参加他创立的翁山诗书画院十周年庆典活动。对于韶关，吾“心向往之”，今“百闻不如一见”。据传人类始祖女娲曾在丹霞山造人，并取五彩石补天。相传舜帝南巡登韶石山（丹霞山腹地）奏韶乐，连山上韶石都为美妙的乐曲所动容。孔子在齐国听到舜帝时代的韶乐，三个月都食不甘味，留下“闻韶忘味”的典故。故韶关取名自韶石，简称“韶”。我跟随来自北京、上海、浙江、广东、台湾以及美国、日本的作家、书画家、艺术评论家、文物鉴定家，一路登山泛水。马坝遗址寻祖，禅宗南华礼佛，丹霞胜景骋怀，阴阳奇石意会，诗书画院品艺，韶关的风物人情尽映现于刘国玉先生的笔墨里。那期待中的惊艳，意料中的精妙，低调中有腔调，品鉴中见品位。琢磨先生的作品展主题，从2014年“山居观道”，到2018年“此中有道”，以“道”为主线贯穿聚焦，展示了他自20世纪

90 年代以来倾注心血精力、专注诗书画创作的跋涉求索之“道”。

何为“道”，“道”在何处?

有人想到老子《道德经》的名言“道生一,一生二,二生三,三生万物”；也有人说出孔子《论语》的名句“君子谋道不谋食”“君子忧道不忧贫”；还有人记得《孟子 · 尽心章句上》的名段“天下有道，以道殉身；天下无道，以身殉道”。“道”，体系缜密、闭合循环，博大精深、常学常新，然莫衷一是、见仁见智，故有“道不同不相为谋”之说。“道”是中国传统文化中包括文化理想和社会理想的一套价值体系，是中国哲学的重要范畴，也是文人雅士的精神追求。失道则病，得道则圣。政治、经济、军事、社会、文化乃至诗书画，概莫能外。“道”为万物生命的本源，常指为人行事的途径、原理、方法、规律、法则、境界等。《中庸》说：“博学之，审问之，慎思之，明辨之，笃行之。”这既是治学的过程，更是问道的历程，从思道、辩道、行道、修道、证道到闻道、悟道、得道、布道、传道，层层递进，环环相扣，节节攀升。无怪乎中唐文学家、哲学家李翱求教药山惟俨禅师，顿悟后赠诗“我来问道无余说，云在青天水在瓶”。

“踏平坎坷成大道，斗罢艰险又出发”，这是《西游记》片尾曲《敢问路在何方》的歌词，也是刘国玉先生尘封往事的写照。他曾在广州美术学院附属中专求学，却因风云际变蛰伏十七年。“烦恼若尽，佛从心出；腐朽若尽，香从树出。”遭遇多大挫折，就会催生多强韧劲。历经磨难，从艺之志未曾磨灭，求艺之路砥砺磨炼，他一头扎进被同行视为“蜀道”之焦墨山水，在艺术大道上闻韶忘味、栉风沐雨。初心是一股满腔激情直面现实的勇气，又是一种顺其自然超脱喧嚣的淡泊。刘国玉先生保持初心，尊道而行，以笔为犁，以纸作田，点艺术火种之灯，立艺术盛放之命。

禅宗六祖惠能大师有一偈语：“欲得见真道，行正即是道。”人生如宣纸，艺术家则在洁白宣纸上挥毫泼墨，唯有在人事修为中立本固基、铸魂养正，才能智勇精进、行稳致远。“君子务本，本立而道生。”作品是艺术家人格修养的自我宣示，其灵魂就在于真实真诚。刘国玉先生的作品，与韶关山水灵犀相通，益于崇佛宗儒的义理，源于成长体悟的性情。他秉持“抱朴守真”的理念，守正出新，破字当头，立在其中，知白守黑，不屑拾人牙慧，用墨色和线条的变化，运笔的快慢疾徐、轻重强弱，独创焦墨之道，突破前人格局。他隐逸山区、安贫乐道，不为浮名所累，不为金钱所惑，把心性、见识、情怀、风骨熔铸于“道”，婉拒富商高价收藏，追求“意其飘然脱去世俗之乐”。用心的眼睛窥视，用真的眼睛观察，他的作品道行毕现，正可谓“其人如玉”。当代焦墨国画大师张仃评价题词：“气象浑穆，魄力雄强”。

“由艺臻道，以道统艺。”诗书画是综合性艺术，与笔墨、文学、篆刻、生命、情感构成一个有机整体，有文辞之境，墨韵之意才有味道。自王维起，经苏轼、赵孟頫、董其昌等先贤，中国文人画自成一脉，讲究诗书画印综合修养，追求笔墨情趣、和谐仁爱。诗者文之极，画者诗之极。刘国玉先生鉴古观今、融会中西，参差已见、南北宗一，寄兴托志、抒情达意，酣畅淋漓地表达着无限风光的艺术图景，不断开创写意新境，使道艺圆融一体，诗书画相互映衬、相得益彰，在中国书画界别树一帜。美国作家辛格说：“我们正生活在一个每个人都在寻找自己的根的时代。”我想刘国玉先生心中定有这么一条根脉，故而他孜孜求道有“路标”，既从形而下的造型风格去追求，更从形而上的审美观念去探求。正如龚自珍诗云：“从来才大人，面目不专一。”

“磨韧十年思接千秋道脉，立锥一隅情满万里江山。”刘国玉先生勇担“以文化人，以文育人，以文培元”的道义，筹资建成一方艺术天地，秉承“文以载道，士以弘道”的价值观，践行“志于道，据于德，依于仁，游于艺”的行为准则，施教启迪、指迷导悟、开枝散叶，吸引和汇聚粤北乃至全国各地的诗书画爱好者观摩学习、交流创作，厚实人文底蕴，造就可塑之才。“天下师传道，方来友辅仁。”翁山诗书画院十年坚守耕耘，成为韶关一张璀璨夺目的文化名片，刘国玉先生便是名副其实的文化布道者、传道者。

南华寺藏经阁有虚云老和尚一副名联：“肩膀磨穿到此般般放下，草鞋踏破从今步步登高。”放眼世间百态，各行各业皆需问道，天道酬勤，地道酬善，人道酬诚，官道酬正，商道酬信，业道酬精，不忘初心、不负韶华，一撇一捺放下，一脚一印登高，努力做一个“居尘学道，火中生莲；德润古今，道济天下”的真正大写之人。

登载于网络媒体平台“上观新闻”2019 年 3 月 31 日“朝花时文”

长随新叶起新知

在这个喧嚣浮躁的时代，依然有可贵的从容与坚守，总有些人不忘初心跋涉笃行，总有些人拥抱文学踏歌而行。从喜欢到专注，从播种到收获，其中便有一位我所敬重的前辈文友——袁定华先生。

2013 年 8 月，我初次收到袁老先生投寄《上海老干部工作》编辑部的《打乒乓伴我一生》。这位耄耋老者，对乒乓球运动情有独钟，在业余球坛奋战了 73 年，球技了得，至今体力充沛，与年轻许多的对手大战八十回合，度过别具一格的八十寿诞。他的文章文字朴实、笔力稳健，娓娓道来、可读有趣，既打动我的心，也驱动我深入了解作者。于是，我将此文编发在《上海老干部工作》2013 年第 9 期，并与他建立热线联系，邀约他多投稿。

"人有读书福，书福人亦康。"袁老先生博学善思、笔耕不辍，几乎每月寄来一篇文章。他的作品类型广泛，既有《雅趣盎然的人生境界》《读书偶得》《名人与读书》等评论，又有《暮年壮志——谈曹操〈龟虽寿〉》《缅怀靳以》《品味天目湖》等散文随笔，还有《端午赛龙舟源考》《旧上海的夏季露天音乐会》《桐庐情思》等科普介绍。每拜读一篇文章，我就加深一次印象，最终定格成一个标签：这是一位把学习看成生命的智者，也是一位矢志追求人生乐趣的强者。他在《惜时积累圆了我的出书梦》中写道："只要一息尚存，就应紧紧抓住时间这匹千里马的缰绳，勤勤恳恳地把有限的生命投入到无涯的学海之中。"在彼此往来中相识，在共同文字爱好中相知，我们成为忘年交。

书房的好处就是安静，但最大的不安应该来自“躲进小楼成一统”的生活现实。袁老先生坚持“我手写我心，我笔记我闻”，通过对身边人和事的述描，还原生活的五彩斑斓，讴歌生命的美好曼妙，连接精神空间与现实世界的通道。他把劳动当运动，在劳动中创作。《打炮眼》诗云：“当！当！坚强的铁锤啊！你是叩击大地沉重的门环，催它起来迎接共产主义的曙光；你是摇撼山岳的臂膀，要它献出地下的宝藏。”他以有正有反、有美有丑的两段亲身经历，写出一篇夹叙夹议、酣畅淋漓的《弘扬社会新风尚》，既评议凡人琐事背后的“道德高标”，更呼吁公众构筑心中的“道德长城”。他还是一位“驴友”，游览名胜、寄情山水，或对所到之处的历史典故和风土人情进行归类整理、诠释考证，或借景抒情、托物言志。武当山之游，他惊叹美景如画，大发诗兴，挥毫创作了一组《武当行》。“巍巍武当八百里，浩浩太极千万年。七十二峰展雄姿，峰峰俯身朝大顶。”“层岩叠嶂高入云，‘云中仙馆’敢攀登。峰峦环抱黄金殿，静对松竹清我心。”正所谓心中有爱、眼里有美，笔下方有情，纸上才有善。

读书就像一次次心灵之旅，作者就是一位位向导，带我们去一个个世界感知与探险，收获的不仅是知识，更有满足。袁老先生曾与我促膝长谈：“我们总是在期待什么，生命总是在期待中度过。生活可以简朴，理想必须高远，有朝一日希望能出版几本选集。”虽只有初中学历，但他历经世事、历练人生，坚持学习、坚定写作，产生了“滴水效应”，于2006年出版《诗文选集》，2007年出版《论文选集》，2008年出版《散文选集》，2012年出版《童话选集》和《论文续集》，并在全国各类报纸杂志发表了百万字。这些书籍文字，既是他几十年辛勤耕耘的斩获，也是他读懂生活这本大书的心得。他很知足：“一个人活着，如果能把自己想做的事大多做成，这便是对自己一生最好的交代。”虽然当下节奏快，但我读袁老先生的文字能慢下来，读者与作者穿越时空对话，在交流、交融中体悟快意人生，在沉静、沉思中构筑精神高地。

袁老先生说，他还有一个夙愿，想再出一本书，并诚邀我作序。“却之不恭，受之有愧。”我既感佩他热爱文学、执着追求，也感动他高看礼遇、抬爱晚辈。这本《诗文续集》，展示了袁老先生对学习的倾心不移，对文学的初心不改，传递了一种以学习为乐、以写作为荣的价值情怀。恰如诗人张载在《咏芭蕉》中所言：“愿学新心养新德，旋随新叶起新知。”

谨以此文向袁老先生致敬，也与乐于读书、勤于写作的文友们共勉。

刊于《上海老年报》2016年4月26日“红枫”，略有删节。

一诺画竹

初识朱一诺，缘于2015年12月她在上海星云文教馆举办“自在妙竹”作品展。我受艺术圈友人邀请观展，朱一诺精选50幅画作惊艳亮相。驻足凝视品赏，她的作品隽秀淡雅、诗意漫溢、张力劲道，打破传统方式，突破材料手法的限制，注重笔墨赋予的情趣和格调，令我眼界大开、赞叹不已。

从古至今，梅兰竹菊的品质高贵被誉为“四君子”。竹有十德：“竹身形挺直，宁折不弯，曰正直；竹虽有竹节，却不止步，曰奋进；竹外直中通，襟怀若谷，曰虚怀；竹有花深埋，素面朝天，曰质朴；竹一生一花，死亦无悔，曰奉献；竹玉竹临风，顶天立地，曰卓尔；竹虽曰卓尔，却不似松，曰善群；竹质地犹石，方可成器，曰性坚；竹化作符节，苏武秉持，曰操守；竹载文传世，任劳任怨，曰担当。”正因如此，文人墨客爱竹，挥毫吟咏，绘画抒怀，形成了独特的竹文化。司马迁说：“竹外有节礼，中直虚空。”白居易说：“水能性淡为吾友，竹解心虚即吾师。”“竹死不改节，花落有余香。”苏东坡写下“宁可食无肉，不可居无竹”的千古佳句。佛家把竹子誉为般若，比作智慧的化身，修得竹之一节一叶一性一品，则可醍醐灌顶、顿悟涅槃，宁静致远、返璞归真。

相遇即是缘，有缘再相见。我的笔名和微信名都是“虚谷”，寓意虚怀若谷，这正是竹的品德与特性之一。我有时会与一诺分享自己发表在报纸杂志上的文章，她时常邀请我和友人去她的工作室茶叙，探讨人生，碰撞思想，交流艺术，品鉴画作，一回生二回熟，三回成朋友。“竹影拂阶尘不起，清风穿池水无声。”竹叶随清风徐来，顿觉岁月静好、时光如画，对朱一诺的竹系列作品我也有了深刻的认知和感悟。2016 年初，我的随笔集《空谷随想》出版，出于对一诺竹作品的喜爱，经她授权同意，我将其代表作之一《冬竹》收录在书中。

古人说：“画到白头难画竹。”北宋《宣和画谱》云：“画竹乃‘词人墨卿，高世之士所眷意焉’”。元代李衎不仅善画竹，更著有《竹谱》，总结历代画竹技法。至明清，竹便成了画家笔下浓墨重彩的风情，“扬州八怪”之一郑板桥即以画竹闻名。朱一诺毕业于中央美术学院，传承中国竹文化，选择竹子作为主攻方向，一心画竹，艺心在竹，虔诚安然地沉浸在艺术求索中。她出生于浙江宁波一个依山傍水的千年古镇慈城，既有从小在乡下流连于竹林的独特经历，又有自己对竹之品性精神的独到理解。在她看来，竹有魂。她喜欢竹的挺拔与刚劲，竹的清新与飘逸，竹的恬淡与幽雅，竹的超凡与蓬勃，更喜欢竹的不张扬和不喧闹。“凌霜竹箭傲雪梅，直与天地争春回”是竹的自信，“咬定青山不放松，任尔东西南北风”是竹的坚强，“一节复一节，千枝攒万叶”是竹的清高，“宜烟宜雨又宜风，数枝穿翠好相容”是竹的可人。因为喜爱而一往情深，才能坚守一往无前。竹难画，雪中之竹更难画。如何表现大雪过后竹弯而不折的清贞与坚韧，历来是一道难题。她的作品出于女性视角的自然流露，源于内心深处的自由表达，秉持质朴纯粹、低调淡雅、平静自然、天人合一的艺术理念，创作推出了《冬竹》《独坐幽篁识素心》《竹影扫阶尘不动》《故乡的竹》《到凌云时仍虚心》《清风徐来》《满堂皆君子》等竹主题系列作品，拥有一批忠实的粉丝。美术界前辈评价她：“观一诺雪竹，竹叶劲挺，穿插得当；竹叶的聚散，疏密有致；用笔干脆爽快，无纤细柔弱之感，自有一种生气。”她的作品入选 2010 年上海世界博览会、上海国际艺术节、法国卢浮宫国际艺术展、美国纽约国际艺术博览会，被联合国总部、英国王室、英国牛津大学、美国俄勒冈大学、瑞士巴塞尔大学、澳大利亚皇家医院、尼日利亚国家博物馆、中国国家图书馆、中央电视台、钓鱼台国宾馆、孔子学院总部以及社会各界名流收藏。2015 年是联合国成立 70 周年，朱一诺被选为联合国“竹文化大使”。

2017 年 3 月，朱一诺找我商量举办作品展，邀请我出任两位策展人之一。我欣然应允，带领“思无崖”团队定人定责，加班加点，忙里忙外，经过 3 个多月紧锣密鼓的筹备，由浦东新区图书馆主办、上海思无崖文化传播有限公司和朱一诺文化艺术中心共同承办的“满堂皆君子——朱一诺作品展”，于 2017 年 7 月 22 日在浦东新区图书馆拉开帷幕，展期为 7 月 22 日—30 日。朱一诺携 80 余幅竹系列和莲花系列精品力作与广大观众见面，中国著名画家陈家泠先生、新华社上海分社副总编辑杨金志、上海警备区原副政委孙进少将、中国国家画院实验水墨研究所副所长兼秘书长陈建辉、知名书画评论家张培基、上海科技文献出版社社长梅雪林等嘉宾共同出席开幕式并给予高度评价。

竹的虚心有节、志存高远，莲的“出淤泥而不染”，都代表着中华民族的精神和信仰，令人崇敬向往。艺术人生如宣纸，画家的历程就如同洁白宣纸上的创作积淀，只有在思想求真、艺术求美中厚积薄发，才能真正驾驭画之魂。我以为，画家应当从两个维度去追求，一个维度是作为造型技艺的形而下，另一个维度是审美理念的形而上，全力以赴创造“嘴一份，手一份”的社会贡献。“嘴一份”是嘴上说出够分量的话语，“手一份”是手上拿出有够质量的作品。朱一诺以竹写意、以竹传情，通过细腻的笔触、逼真的视觉、完美的构图、现代的审美进行创作，构思匠心熟虑，技法别具一格，浓墨为面，淡墨为背，淡竹数竿，曲径幽深，将西方的理性和东方的感性结合，“意”与“象”融合，“形”与“神”契合，把中国传统文化的代表性植物表现得独具神韵、高雅凝重，展出的每一幅作品都给人留下鲜明直观的中国文化印象、深刻寓意的艺术演绎痕迹，体现“有筋骨，有品德，有温度”的厚重烙印，传递出触达生命源头的感染力、穿透力和张力。这场艺术饕餮大餐取得圆满成功，我没有辜负朱一诺对我的信任。

“物有甘苦，尝之者识；道有夷险，履之者知。”艺术从来都是在细微处见真章，见精神，见大千，见无我，见永恒。正所谓意到笔随，道法自然。凌云渡，是一座独木桥，源自佛家公案中常见的一个譬喻：独木桥，过去便觉悟，便是新生。凡事只要真心真意、一心一意，便是觉悟之道。朱一诺眼有星辰大海，心有繁花似锦，扬起理想的风帆，握紧志向的罗盘，向内而求、向外而生，不为困苦所屈服，不为艰险而低头，不为磨难所吓倒，灵魂与画、竹、莲花融为一体，在艺术天空下熔铸心血、沉潜专注、孜孜以求、积微成著、踏歌而行，轻舟自在，驶过万重山。

养眼养心

——品鉴丁必裕摄影作品《禅意荷花》有感

这是一朵含苞初放、娇羞静开的荷花，划破明暗天际，穿破光影斑斓，好似低首垂眉，浅吟轻诉她的心路，又似端坐凝重，冥思默想她的前路。

有一首禅诗：“我有明珠一颗，久被尘劳关锁；今朝尘尽光生，照破山河万朵。”“山光悦鸟性”，佛光悦荷性。一沙一世界，一花一如来。荷花纯洁、兰花清逸、菊花淡雅、梅花坚贞，花花世界，镜花水月；人生百年，刹那永恒。佳人如花，在40岁前养眼悦人，在40岁后养心怡人，就像托尔斯泰所说，趋于精神化，淡出养眼视线，归入养心境界。

有诗云：“看山看水独坐，听风听雨高眠。客去客来日日，花开花落年年。”在纷繁复杂的现实生活中，我们可能会遇到很多外界的评价和标准。真正的幸福和满足来自内心的平和与独立。一个人最高形式的自尊自爱，不在于讨好世界、取悦他人，而是有权选择自己的美好，接纳自己，爱护自己，赞美自己，取悦自己，正所谓“自重者然后人重，人轻者便是自轻”。

静坐深思，人这一生究竟该如何度过？见过世面，删繁就简；放下脸面，躬身做事；守住体面，不忘初心；素质全面，厚德博学。生命何其短暂，没有时间留给遗憾，若不是终点，请一直微笑奔跑向前。坚持不懈，坚韧不拔，坚定不移，积小胜为大胜，积跬步至千里，这样的努力必有所得，这样的人生必有收获。

人生的天平

生命旅程因有绿色装点而缤纷多彩，前进步伐因有军营历练而坚实稳健。我们行走在人生路上，沿途总会有独特的风景，总能留下刻骨的痕迹。

年少时，我对军校充满了好奇、向往和憧憬：清晨或傍晚，三三两两的学生漫步在林荫道上，倚靠在幽静的绿树丛旁，纵论方略，思辨人生。宽敞明亮的教室里，未来的军中骄子，聆听教官讲解战争谋略，探讨现代作战样式。

梦想遭遇现实，就显得格外苍白。高考后，我如愿进入某陆军学院。入学一个月，冷酷严厉的干部班长、严格死板的管理规定、难以招架的军体训练、枯燥单调的教室宿舍食堂训练场“四点一线”生活、名目繁多的勤务劳动，成为我每天必须面对的考验，犹如一道道利剑直刺我年轻脆弱而又敏感自尊的心。从剪枝打草、种花刷树，到木工电工、粉刷油漆，再到养猪喂鸡、育苗种菜，无所不能、样样上手。这对从小长在蜜罐里，几乎不干劳务活的我来说，简直难以忍受。于是，挫败、后悔、沉默、彷徨，阴云般弥漫在我脸上，压抑得令人窒息，一天天都是炼狱煎熬。我的口袋里一直揣着退学报告，退学念头如影随形，随时准备撤退。

秋日午后的阳光透过玻璃窗照射进来，映衬着我那布满了失魂落魄的脸颊。全班十一个人分成两路，坐在小马扎上参加班务会，接受入学教育。“你们不是想退学就可以退的，执意要退学，三年内不允许参加高考，当地政府还会通报批评。”班长疾言厉色。我腾地站起来，语出惊人：“走对了大学路，进错了军校门。这里不适合我，我也不适应这里。不管怎样，我都要退学！”班长顿时懵住，虽然新学员肯定不会很快适应以“魔鬼营”著称的军事指挥院校生活，但全中队还没有一个人正面提出退学。班长挥手示意我坐下，然后像《大话西游》中的唐僧那般，喋喋不休地灌输“革命大道理”，讲述一个个学长成功转变的事例。我一句话也没听进去。坐在我左侧的D同学偷偷递来一张纸条，歪扭潦草地写着“我们感同身受，可退学意味着当逃兵，将成为一生耻辱”。“我意已决。”我在纸条上回复他。他接着写：“逃避是怯懦者迷茫的背影，是失败者颓废的声音。你要撑住，前面就是火坑，你也得跟我一起跳！”我猛然冷静下来，随后果敢地、用力地朝他点点头。两只手紧握在一起，两个人忘情地泪流满面，手指缝里依然紧夹着那张在微风中拂动的小纸条。

D和班长帮助我，让我如梦初醒，收拾身心，开始重新打量军校生活。四年奋斗，苦尽甘来，我成长为一名优秀学员。离校那一刻我幡然醒悟，人生如同一座天平，一头承载着坚韧、崇高和辉煌，另一头承载着脆弱、低俗和平庸。面对困境，要学会直面和守望，在蒙眬中追逐理想，以意志驱赶痛苦，用坚强点亮生命之光。时间不老，文字不死，我希冀在永恒的记忆中感知人生的真谛和情趣。

刊于《上海老年报》2013年6月4日“红枫”

同窗的情谊

五公里武装越野是军校毕业考核的“重头戏”，也是军体科目最难啃的“硬骨头”。瘦小腿短的我，应付徒手五公里容易，但负重一把冲锋枪、四枚教练手榴弹、防毒面具和装满的军用水壶，想要跑出好成绩着实很难。足有十几斤重的装具，七缠八绕的绳结勒得我喘不过气，这个科目一直让我发怵，成了我综合成绩排名的“拦路虎”。

那天下午，一会儿是小雨滴滴答答地下，一会儿是阳光普照酷热难当，拨动着我那颗紧张踌躇的心。发令枪响前一瞬，X 同学出人意料地从黑压压的人群中挤到我身旁，悄声叮嘱我要紧紧“咬”住他，决不能拉开距离，还执意与我击掌为誓。X 是我的同乡，绰号“黑金刚”，面容黝黑，身体彪悍，五公里武装越野、400 米障碍、战术动作等“十八般武艺”样样过硬。飞奔在山间小路上，我和他展开了一段对话。“以前武装越野考核，你从未出手相助，还时而对我冷眼旁观。今天你怎么良心发现了？”我边喘着气边揶揄他。他朝我淡淡地笑着说：“其实我一直在关注你的每次成绩，之所以不帮你，是杜绝你的依赖心理，逼着你自我加压。今天你挺过这道坎，就开发了自己的潜力，也可圆了你的心愿。”说罢，他就迈开步伐，加快频率，领着我接连超越很多同学，并一个劲地催促我：“跟紧，加油，快到了。”我突然感觉有一股暖流在心底汹涌开来，如同独自行走在黑暗中，一回头发现后面有个人默默地陪伴你，那注视的目光一瞬间穿透黑暗、照亮心头。一路上，落日的余晖灿烂地洒下来，我像插了翅膀一样紧跟着他狂奔。在穿越终点线的那一刹，我隐约听到了考官报出成绩——“19 分 50 秒，优秀”。这是我的最好成绩，我也突破了自己的极限。

毕业到部队任职后，每次我带领战士进行五公里武装越野，就会想起 X 与我的那段对话。我不断重复他的话激励战士：“跟紧，加油，快到了。”时常教育战士：“真正的战友情谊，不是依偎在一起时的呻吟，而是面对风雨时相互勉励的呐喊。”风雨相伴的战友之间，一个会心的微笑，一个关切的眼神，纵然无言，那份淡淡的情谊也会沁人心脾。人生中有一种情，如阳春白雪纯洁无瑕，如寒冬蜡梅风霜中更显坚韧；有一种爱，如池塘荷花出淤泥而不染，如动人玫瑰零落中更显醇香。这就是同窗情、战友爱。也许岁月往事将褪色，也许彼此空间将隔离，但我和 X 同学相互挂念，时常交流分享各自的生活。

我想，军校那些记忆碎片，感念也好，释然也罢，不知不觉已成了生命的刻痕，凝结为生活的养分。

刊于《上海老年报》2013 年 8 月 13 日“红枫”

生命的画板

《麦克阿瑟回忆录》里有一句话："回忆是奇美的，因为有微笑的抚慰，也有泪水的滋润。"正月的某夜，我迎着簌簌而下的雪花，独自漫步在申城的一个十字街头。一串清脆的手机铃音在耳边响起，听筒那头传来了一个的噩耗——我的一位军校同学X走了。早悉春临寒彻意，宁伴冰雪守旧岁。这让新春徒增沉重和悲悯气息的音讯，与飘曳的雪花交织在一起，随风坠进我的思绪。X同学的形象在我心中闪现。那些平时不怎么想起的点滴，突然变得清晰起来，我甚至可以触摸到它们的热度。

X脸色透白、腼腆安静，常挂着浅浅的笑容，但笑脸背后隐隐透射出一丝忧郁。他的身体素质偏弱，每次参加军体训练特别吃力，时不时掉队拖后腿。大家一开始以为他训练态度不够端正，怕苦怕累，有些看不上他。他从不申辩，更不言输，一次次朝着自己的生理极限冲击、再冲击。在军事指挥院校，军体训练成绩"硬道理"，X是如此普通和不入流，以至于被大家遗忘在角落里。直到大三时他一夜之间成了"关注的焦点"，却是因为他被确诊为白血病。

可恶的病魔扇动着黑色羽翼，随时想将他从我们身边夺走。X并不自怨自艾，还是那么平静而坚强。同学们轮流去病房看望陪伴，他依然挂着那招牌式的笑容。记录生命中的黑暗是残酷的，尤其是感觉自己那盏生命之灯一点点暗淡时。他的"生命日记"扉页上一段话让我动容："无论面对怎样的生活，我都要露出笑脸。如果还有生存的权利，那就要好好活着，快乐过好每一天。即使安然离去，就把所有未竟的梦想寄托来世。”看着他的一瞬，我的眼睛模糊了，内心在受着煎熬，仿佛听到身体最深处的叹息和质问：老天，你为什么要让年轻的他承受如此悲剧？难道你不知道他才 21 岁吗？

毕业后，我和 X 相隔千里，再未见面，只是零碎地从其他同学那里得知他的状况。当年咫尺相近，如今阴阳永隔。其实，生命是自己的画板，不用别人来着色，也不必讨别人欢喜，更无须按照别人的剧本来演绎，关键在于自己是否真实地活过，追求过那份纯真的心灵和青春的梦想。如果一个人已经充分展示了生命的内涵，纵然刹那，这画板也是永恒的斑斓绚烂。

刊于《解放日报》2013 年 8 月 24 日“朝花”周刊

"双子星"

我从军队转业不久，有一次参加天台在沪同乡聚会，一位熟识的乡友向大家介绍我："咱们天台人在沪人数高达五万，藏龙卧虎、精英辈出，其中有两位是军旅才子、文采斐然，被称作'双子星'，一位是在座的陈琪，另一位是无法到场的'崔九千'。"第一次听见"崔九千"这个名号，我有些疑惑不解。我迫不及待地问起"崔九千"的真名，才知他竟是天台中学高我两届的一位学长崔天送。

不期而合

斗转星移十五载，恍然如梦在眼前。时光镜像与现实心境映照，将记忆碎片复拼，把尘封往事重现，那年那人那事涌上心头。1996 年 9 月，我从新中中学这所乡村学校，以优异成绩考入浙江省重点高中天台中学。高中社团丰富活跃，尤以文学社最亮眼，汇集了一群热血青春、热爱写作的少男少女，读书报告分享、文学创作讲座、诗歌朗诵鉴赏、周末景点采风等活动纷呈，崔天送便是社员簇拥的社长。当年的他，农家子弟，天资聪慧，身形清瘦不失挺拔有力，相貌平常不乏潇洒有型，才华锋芒不缺方圆有度。在人才济济的文学社，我是名不见经传的追光者，就像 1983 年版电视剧《射雕英雄传》中周星驰客串的"宋兵乙"，打酱油、跑龙套，与崔天送对照，相形见绌。高一学年结束，我知悉崔天送考入华东政法大学，此后与他失去联系。

分别多年音讯疏，他乡偶遇喜相呼。我索要了崔天送的联系方式，晚宴散去与他畅聊许久。出乎我意料的是，崔天送犹记得当年籍籍无名的我。一番寒暄后，我询问“崔九千”来历，崔天送答曰：“每月工资仅有九千元，心存坦然，荣辱不惊。崔是祖传，可视为一；九是两笔，可视为二；千是三笔，可视为三。正所谓‘道生一,一生二,二生三,三生万物’。”大道至简，九九归一。一个名号既是物质存在的反映，又有意识的引领作用，如此寓意与阐释，睿智哲理，清新脱俗，我为之点赞叹服。

第二天，崔天送发来他的散文《守得边关云和月》，语言洗练、动情细腻、娓娓道来，我一气读罢，细品回味、心潮澎湃。崔天送大学毕业后“携笔从戎”，历经半年岗位任职培训，在“惩罚肉体”与“拯救灵魂”交融中淬炼，成为某警务区的一名边防警官。那是地处上海最东端的小避风港，远离繁华都市，汇集船工渔民。他与鸡鸭鱼狗果蔬结伴，在巡逻出警处突一线锻炼四个月，燃烧了岁月、奉献了青春，磨砺了品性、涤荡了理想。阅文识真才，如今的“崔社长”早已打通文学的“任督二脉”，著文行云流水，功力炉火纯青，在文学殿堂里恣肆驰骋。在他调离后两年，我也从军校毕业，任某部排长，防区有一个哨所就在东滩，与警务区相隔不远。我轮值驻守哨所两个月，远观东海风起潮涌，仰望苍穹日月星辰，围墙外是滩涂的荒凉，围墙内是青春的寂寥，“我为何而来，我向何处去”的叩问萦绕脑海，与崔天送的体悟不谋而合。也许每个人的一生都有一个劫，熬过去就是渡劫重生。

情投趣合

时间回答成长，行动解答梦想。崔天送一如既往地出类拔萃，而我也在风雨兼程中厚积薄发。乡友对我高看一眼、厚爱一分，将我与崔天送并列齐名，赠予我俩“双子星”的美名，我愧不敢当、忐忑不安、婉言谢绝。我向来对待表扬低下头，藏巧于拙、用晦而明；面对批评抬起头，知过不讳、改过不惮。身居顺境，多一分“高处不胜寒”，少一分“皇都得意回”；身在逆境，多一分“柳暗花明又一村”，少一分“无可奈何花落去”。有感于“崔九千”的内涵，我相信崔天送深谙“大直若屈，大巧若拙，大辩若讷”的真谛，倘若那晚他在场，也会与我异口同声、看法一致。

“双子星”在乡友圈流传开来，一传十、十传百、百传千，竟成了我和崔天送参加乡友聚会绕不过的“梗”。近些年，崔天送担任天台联谊会秘书长、天台商会法律顾问，我也成为天台商会副会长。崔天送和我常为天台联谊会、天台商会起草文字材料，他擅长诗词散文、新闻通讯、法律文书，还开设微信公众号，发布他创作的作品；我擅长公文报告、言论政论、随笔剧本，在工作之余将文字付诸报刊文集。虽然文体、立意、格式、逻辑和用途不同，但我俩都赢得了各方好评。久而久之，我俩与各行各业、各界各圈的乡友熟悉密切，建立了广泛的交集，积累了口碑。

双木成林、两人成行，交往深入、促膝深谈，我俩无话不说、无忧不分、无事不扰。某日，崔天送将新作《赵二小姐》与我共飨，他以轻盈洒脱、诙谐有趣的一贯笔触，将他和他夫人恋爱结婚的点滴描摹得如痴如醉、如梦如幻，既无李商隐“深知身在情长在，怅望江头江水声”的清清凄凄，也没元好问“问世间情为何物，直教人生死相许”的轰轰烈烈，只有“心似双丝网，中有千千结”的缠缠绵绵。读罢我转发给夫人，她越读越来劲，一边乐呵呵地分享朋友圈，一边凶巴巴地扔下话“崔天送比你浪漫有情调，你赶紧也为我写一篇”。此情此刻，我终于领悟到

“香水有毒”的真谛，如此看来欣赏崔天送的美文可能也会“有害”。在我俩的影响带动下，至纯至浓的友情向家庭蔓延，各自的夫人与孩子都成为好友。

志同道合

2016年初，我在《解放日报》“朝花”周刊发表随笔《我想到沙漠的那一边看看》，三思而后行，谋定而快动，我义无反顾从某机关辞职，开启创业生涯。作家路遥在《人生》开篇说：“人生的道路虽然漫长，但紧要处常常只有几步，特别是当人年轻的时候。”没有早一步，也没有晚一步，刚巧赶上了，没有别的话可说，我决绝地与过去告别，仰天高声吟诵“一朝红日出，依旧与天齐”。前路崎岖君勿虑，扬鞭更上青云去。崔天送给予热忱无私的关心帮助，推荐合作单位，介绍资源机会，跨前倾力支持，雪中送炭解难，极其珍贵，令我铭记。

2018年，崔天送走入转业安置与自主择业的“十字路口”。有一晚，他携妻儿，约上我和我的初中同学赖天军三家聚叙，吃的是火锅烧烤和小龙虾，喝的是“酒鬼原浆”和“大乌苏”。酒过三巡，崔天送吐露心事。我一听就明白，兹事体大，犹豫难决，权衡待定。抉择方向决定人生走向。我先迈出了这一步，理解他的困境，与他推心置腹。“时来天地皆同力，运去英雄不自由。”在军队辛辛苦苦干了十几年，脱下军装是人生转身、身份转变、职位转换。苍茫的冬天，黑漆漆、夜漫漫、冷飕飕，原本热闹喧嚣、灯火通明的集市空荡荡，夫人孩子们先行离席，徒留一盏高悬雨棚、忽明忽暗的孤灯，一桌大快朵颐风卷残云后的剩菜，一地推杯换盏后滚滑哐当的空瓶。店家女子焦灼催促，三个酒鬼笑嘻嘻地拎上所剩无几的“酒鬼”，相依搀扶跌撞离去，含糊不清地嘶吼黄霑的《沧海一声笑》，渐渐消失在沉寂街巷的尽头。“江山笑，烟雨遥，涛浪淘尽红尘俗世几多娇”，歌声随风回荡飘落……

此后半年，军界少了一位英才，商界多了一名辩才，崔天送毅然自主择业，投身律师行业，扎根经商创业。我二话不说，聘请他担任我公司的法律顾问，为公司经营发展出谋划策，并将他力荐给客户和合作伙伴。“天助自助者，天弃自弃者。”崔天送为政法大学高才生，重拾法律专业素养，备战国家司法考试，迎考没有白走的路，每一步都可以算数他顺利拿下“天下第一考”，成为上海滩的一名“大状”，干得风生水起，在业界占有一席之地，业务遍布全国。

珠联璧合

“文人相轻，自古而然。”这是颇有意思的文化现象，值得深思。有些不明就里的友人，难免将我和崔天送对照比较，分辨伯仲，分判高下，有的还当面提问我俩。问者或许无心，听者反而有意。依我与崔天送的共识，这大可不必。其实，曹丕《典论》已有正解：“夫人善于自见，而文非一体，鲜能备善，是以各以所长，相轻所短。里话曰：家有敝帚，享之千金。斯不自见之患也。”每个人受时代、身份、阅历、个性、学识、兴趣、修养、审美等因素影响，形成自己独特的认知观念、思想方法、思维方式、价值取向、风格调性。公文学术研究、政论评论言论、散文随笔游记、诗歌作词小说、剧本台本演讲等类型多元，文无定法、文无止境，各有特点、各有千秋，众说纷纭、见仁见智，各美其美、美美与共。

文学创作就像一场漫无目的行歌，着重于启程与过程，而不是起点与终点，自我观照、自强不息、自得其乐、自在涅槃，创造属于自己的有意义、有价值、有情趣的人生。文字是思想的外壳，是心灵的窗口。一部文学佳作必有共性之处、同工之妙，思想之精深、立场之精准、意境之精美、情怀之精诚、艺术之精湛、结构之精巧、文字之精炼，不一而足。思想为隐化的根，其余为显化的相，浑然一体、融会贯通，相得益彰、交相辉映。创作者的姿态与格局应当是：文以载道、歌以咏志，跳出自身看待自身，立足自我发展自我；勇攀思想的高峰，永葆思维的无界，追求知情意，弘扬真善美；登高望远追寻诗和远方的“景象”“影像”，洞察深究识见人与生活的“本来”“本质”，不断增强作品的厚度、张力、质感、水准、分量。

星有星的方位，光有光的闪耀。借助“双子星”的美言，我与崔天送之间孰好孰优已然不重要，最重要的是幸会挚友、缘觅知音、棋逢对手，互动共享成功，互敬共荣成全，互助共赢成就。就像《天龙八部》中神功豪壮盖世的乔峰，内功浑厚超群的虚竹，轻功凌波蹁跹的段誉，一见如故、惺惺相惜，亲如手足、义薄云天。

听雨客舟时，灯火阑珊处。我与崔天送巧合“六同”：求学同校、文学同好、军旅同伍、在沪同乡，而这决定了我们认知同频，指引着我们奋斗同道。我俩不约而同地秉持一个定位与愿景：在商业（法律）界中懂文化、在文化界中懂商业（法律），一起在上海滩成就不负韶华的光彩事业，以专业专注造就利人利国之功，坚韧培植品牌形象，坚守担当社会责任；一路在文学灿烂星空下绽放不负遇见的光芒人生，以用心匠心铸就叫好叫座之作，温润心性人格，滋润精神家园。

刊于《文学报》2022 年 12 月 29 日

故乡那座山

“龙楼凤阙不肯住，飞腾直欲天台去。”每当吟诵李白《琼台》这熟悉亲切的诗句，我心灵深处那根柔软而不轻易碰触的思乡之弦便被撩动，脑海里依稀勾勒出故乡那座山的神秀。

故乡那座山，蜿蜒东海滨，峰峦叠嶂，如荷瓣裹着花蕊，登顶观沧海，云海茫茫，南朝齐、梁茅山宗道士陶弘景《真诰》述之“高一万八千丈，周围八百里，山有八重，四面如一”，唐代地理总志《十道志》谓之“顶对三辰，当牛女之分，上应台宿”，天台山由此得名。

游子思乡，眷恋山水；身在沪上，心系故里。故乡那座山，虽不似五岳奇险、黄山瑰丽，但兼蓄诸山之美，名刹古塔、奇石幽洞、飞瀑溪泉、珍草异木，浑然一体、情调无穷。春天，登华顶拜经台，俯瞰脚下群峰，观赏青山丛中亭亭舒展、灿若朝霞的云锦杜鹃，心生辛弃疾《贺新郎·甚矣吾衰矣》的“我见青山多妩媚，料青山见我应如是”之境。夏日，碧空晨游赤城山，拾级而上，朝曦当照，满山紫气氤氲、彩霞缭绕，流光溢彩、璀璨夺目，如慧光仙气普照苍茫大地。秋时，穿越琼台仙谷，领略八仙湖之清秀、双阙峰之雄奇、悬空廊之精巧、龙潭瀑之壮美、通天栈道之俊俏，渐行渐高、越入越奇。冬季，寻访天台宗国清寺，名刹依五峰、临双涧，植修竹，伫隋梅，立王羲之独笔“鹅”字碑，参天古树、佛经声声，静穆洁净的庭院，暗香浮动的空气，涤荡尘世间烦恼，心灵潜移默化。

无数古今游客在此驻足：名士硕儒为首，葛洪、王羲之、孙绰、李白、苏东坡、陆游、徐霞客、朱熹、康有为、郭沫若，间有王公臣将、僧侣道士、工农商学兵。造访者终年不绝，延续千年，其虔诚、庄重、执着、热爱，如同朝圣。东晋文学家孙绰提笔作《游天台山赋》。明代大旅行家徐霞客三上天台山，两篇游记问世，《游天台山日记》赫然置于《徐霞客游记》篇首。有道是："一切景语皆情语。"

人是自然的产物。地域的文化，也常是地理与环境的文化。天台山有气势、有内涵、有韵质、有风骨，以诗意般的泰然与端庄，赋予台州人诗意般的思冀与传承。鲁迅笔下的方孝孺、柔石万古流芳，堪称"台州式的硬气"的典范。活佛济公以"万重寻声救苦，当行则行"的大仁大勇，行善积德、彰善惩恶。隐居天台山的"和合二圣"寒山、拾得大师，曾有一段脍炙人口的对话。寒山问："如果世间有人无端诽谤我，欺负我，侮辱我，耻笑我，轻视我，鄙贱我，厌恶我，欺骗我，我要怎么做才好？"拾得答："你不妨忍着他，谦让他，任由他，避开他，耐烦他，尊敬他，不要理会他，再过几年，你且看他。"这一绝妙问答，蕴含了儒思、佛理、道法，展示了泰然自若、睿智通达、大气谦和的境界。这些先哲为台州人推崇仿效，也为台州注入了精神滋养和文化根脉。

置身于儒释道合一的思想熏陶与文化浸润，取食以乌药黄精、铁皮石斛之类的物华天宝，台州人孕育涵养了刚正不阿、坚韧不屈、践诺不移的硬气，勤思善钻、聪慧悟性、向善若水的灵气，豁达超然、大度洒脱、虚怀若谷的大气。台州人在代代相传、润物无声中将这硬气、灵气和大气，内化于心，外化于行，固化为立身做人、经商为政的品质和秉性。台州商人还以此塑造了"走遍千山万水，历经千辛万苦，说尽千言万语，想出千法万策”的“四千四万精神”，纵横四海、驰骋商界，勇立创业潮头，赢得对手尊重。这正是我盈满于怀，对故乡那座山魂牵梦萦的原因，生命的根须一头扎进了馥郁芬芳的人文土壤。

每游天台山，我最喜独坐石梁飞瀑旁中方广寺的亭廊，在群峰环抱、静谧空旷中，聆听深山古刹的悠扬钟声，眼观瀑布倾泻水雾飘曳；与仙人智者论道，追求“八风吹不动，端坐紫金莲”的宁静致远，让自己的心境恣肆汪洋、天马行空。面对此景此意，我情不自禁地吟诵歌德的《浪游者的夜歌》：

群峰　一片沉寂
树梢　微风敛迹
林中　栖鸟缄默
稍待　你也安息

故乡那座山，以唯美的毓秀景观和厚重的人文底蕴，成为我生命中熠熠生辉的图腾。这个图腾如钢似铁坚不可摧，又如时空隧道穿古透今，焕发出强大的精气神，带给我一种来自梦想源头的信仰和力量，烛照指引我的漫漫人生路！

刊于《上海老年报》2013年3月5日“红枫”、《天台报》2013年4月17日

华顶雾凇

岁将尽而年节至，乡友来电相告：天台山巅，严寒隆冬，雾凇频现，相邀同赏。我自忖既无名士硕儒的才情，也不具备圣僧高道的慧眼，但在一次次领略华顶雾凇的奇观丽景后，我不由一声声地叹服上苍造物之万千韵致。

雾凇乃奇观，天然去雕饰，逢时而生，由雾而成。“雾凇”一词，首现于南北朝。西晋吕忱所编的《字林》：“寒气结冰如珠，见日光乃消，齐鲁谓之雾凇。”宋代曾巩在《冬夜即事》中记载：“香清一榻氍毹暖，月淡千门霧凇寒。闻说丰年从此始，更回笼烛卷帘看。”明末清初张岱在《湖心亭看雪》中写道：“雾凇沆砀，天与云与山与水，上下一白。”雾凇常出现在寒冷湿润的北方，如松花江一带，然而很多人不知道的是，在浙东华顶亦可见雾凇，当属奇中之奇。

华顶雾凇之韵，源于独一无二的环境造化。天台山素有“集天下山水神秀钟灵于一身，聚人杰地灵风水宝地于一脉”的美誉，华顶为其主峰，海拔 1110 米，状如千叶莲花，得名华（花）顶。台州有“华顶山头无六月，一阵西风便落雪”的俗语，昔时“华顶晴雪”美景四季皆有，尤其“六月飞雪”屡现，因全球气候变暖，如今只在冬日出现。三九严冬，华顶山高气寒、云雾缭绕，长天断鸟迹，凄凄阡陌闲。尚未结冰的雾滴、水汽随微风起舞，不断地在林木、草丛、山石上沉积冻粘，雾凇一夜之间飘然而至，“忽如一夜春风来，千树万树梨花开”。登高驻足观望，雾凇与草木石岩相得益彰、浑然一体，似冰似雪银装裹，半云半雾满山景，宛如孩童信手涂鸦之作，千形万状，在暖阳映照之下晶莹闪烁。柳条“琼花”绽开，松枝“银菊”怒放，杜鹃林披上白纱更显风姿绰约，华顶茅庵半遮半掩若隐若现，人似置身如梦如幻、如诗如画的仙境。

华顶雾凇之韵，在于超群绝伦的灵性滋养。天台山是佛教天台宗的发祥地，是道教南宗的创立地，世称“佛宗道源”。身临天台山，一山一水有灵气，一花一草生慧性，生命在此一律纯粹归真。华顶雾凇，色之洁白，质之纯正，势之悠然，汲取修禅悟道的灵气慧性，将人与尘俗的喧嚣浮躁隔断，内生柔软与温润、坚贞与纯洁、宁静与清逸、淡雅与厚重，赐予人无尽遐思，带给人一种“空诸一切，无欲无求”的精神意象。庄子曰：“夏虫不可以语于冰。”人应追求永恒无限的真实生命，而不仅仅是蜉蝣若寄的几十载春秋，更需一种比生命悠长的精神引领。赏雾凇，亦是养性养心，一面陶醉眼前的神秀奇境，一面开发心海的本真秘境。雾凇的来与去、长与消、动与静，与“有枯有荣”的人生颇为相似，带来引人入胜的景致和发人深省的哲思。我们曾如此渴望命运的波澜，直到最后才发现，人生最曼妙的风景竟是内心的自在淡定与幸福安宁。

唐代天台隐逸诗人寒山诗云：“雄雄镇世界，天台名独超。”借用这句诗，雾凇韵天下，华顶名独超，胜境，胜人。

刊于《解放日报》2015 年 3 月 13 日“朝花”周刊，被“上观新闻”和微信公众号“朝花时文”“神秀天台”“风雅天台”等网络媒体平台转载，收录于浙江省台州市作家散文精品集《山风海韵》。

张思的摆渡

一座古村有摆渡，并不稀奇；一个地方因摆渡而成古村，那才令人惊奇。霞光灼灼，晨风柔柔，远眺群山叠翠，近看畎亩纵横，顺着敞直村道，走近，走进……

带着对尘封记忆的寻觅，我走进深秋的张思。张思古村，坐落在浙江省台州市天台县平桥镇区西部，临溪而筑、依水而居，状若一艘航船，停泊在天台母亲河——始丰溪北岸河谷这里有700余年历史，荣获“中国传统村落”“中国历史文化名村”等称号。身临其境，有一种清幽，与一条条日夜长流、穿村绕环的溪流融合，飘散在街弄角落；有一种厚重，从一座座青砖黛瓦、飞檐翘角的明清宅院流溢，充盈意念玄想；有一种韵律，在一缕缕婆娑光影、溢彩缤纷的交织中映现，拨动着衷曲心弦。

睹物思人，触景生情。外公陈炎友是张思陈氏廿四世孙，外婆张雪珍从外村嫁入，养育了四个女儿，妈妈是老大。改革开放初期，爸妈忙于经商打拼事业，将周岁的我和三岁的姐姐托付给外公外婆，直至我四年级转校跟随二姨求学。老宅旁有一小垄地，外公舍不得任自荒芜，就精心栽种满园的蔬菜瓜果，那心思如同外婆对待我们姐弟一般细腻。村中那条曲折蜿蜒的“霞客道”如故，有当年徐霞客游览寒岩明岩途经张思的足迹，亦是通往学校之路，湮没着我们姐弟波澜起伏的心事与思绪，编织着我们姐弟走向未来的憧憬与梦想。童年时光回味无穷，成为我与张思的美好遇见，被安放在心底。

驻足始丰溪堤坝，青山巍巍对岸屹，溪水淙淙向东流，十里滨江休闲道，四面观光悬索桥。铺展的是画卷，兴起的是诗行。独自徜徉，疏远喧嚣，无须渲染。摆渡踪迹已无处可寻，但岸边一组“张施义渡”塑像，还原了摆渡的场景，交代了张思的来历。张思与紫凝山之间隔着始丰溪。“山高自有客行路，水深自有渡船人。”一对张姓施姓夫妇，栖居在溪畔，以摆渡为生。某日狂风暴雨，几个无钱摆渡的路人涉水，却被洪水吞噬。张施夫妇深感痛惜、大发善心，改摆渡为义渡，风雨无阻，四季不歇。家住天台城内的陈广清，梦见高人指引，选中城西一处高土墩，遂举家迁入张思故地，与张施夫妇毗邻而居，相互帮衬，亲如一家。一日，两家孩子在溪中戏水，因水深流急陷入危险，张父闻声赶来，先救起陈家孩子，而张家孩子不幸溺亡。陈广清指令儿子跪拜张施夫妇为再生父母。张施夫妇过世无后，陈广清子孙满堂，开枝散叶、分户成村。为追思颂扬张施夫妇的大仁大爱、大恩大德，陈氏宗族把“施”改成“思”，将村命名为“张思”。犹记外公曾背着我蹚过溪流，前往紫凝山，向我讲起张思村民不姓张而姓陈的缘由，并以此教导我“做人要饮水思源，知恩图报”。人生如戏，最真诚的观众就是自己的良心。张施遇见摆渡，成了故事；陈氏遇见张施，有了张思。张思村的来龙去脉便是摆渡的因果轮回。

徜徉在南村口，只见一个“宗风远鬯（音同‘畅’）”的牌坊，寓意将宗族风范远播，发扬光大。外公深受宗规族训《十劝》《十戒》《四箴》熏陶，治家有方，刚中带柔，曾四次严厉惩教我，让我没齿难忘。外婆尊崇村约民俗，礼佛明理，乐善好施，引领我们向善向好向前进，争气争先争光彩。一位邻家男孩与我小学同窗，家境贫寒面临辍学，我偷偷把几元压岁钱给了他。外婆知悉后毫无责怪，反而与我和同学约定：每天每人做好作业，为家里打井水、捡柴火、烧屋灶，每月酬劳两角。其实外公经济条件一般，外婆省吃俭用才攒些零钱。我和同学说到做到，外婆掏出用手帕一层层折裹的小额纸币，双手递给我们说："人穷志不短，勤劳踏实干，自有出头日。"外婆以言传身教摆渡了我和同学，在我们内心深处播下善的种子。

漫步至村中央，那是肃穆地矗立着陈广清梦中的高土墩，建有一座亭台，称"墩头台"，两根石柱镌刻一副楹联："自婺迁务园置山口书田书香不断，由清溯宋代开墩头基地基业无疆。"这里是陈氏族人心中神圣的精神图腾，也是全村最热闹的地方。我和小伙伴常来此嬉戏，碰上放电影或做戏，就事先搬来椅凳，摆在台前空地占位，然后早早吃过晚饭，尽兴享用"文化大餐"。人立台上，仿佛穿越时空，聆听先贤的耳提面命，此情此意寄昭昭。墩头台北侧有一座四合院大宗祠，建于明末，屡经重修，内有正厅、两厢、戏台、门楼，藏有两块古石碑。一座宗祠就是一部浓缩的宗族史，犹如一扇历史之窗，打开便能认知血脉延续的生命力，感知族人眷恋的吸引力。陈氏宗族崇文重教、峻节懿行、人才辈出，涌现出明朝中书舍人、宫廷画家陈宗渊，清朝金华教谕陈邑周，民国商界实业家陈廷卿等名士。陈宗渊的绝世孤本《洪崖山房图》珍藏在北京故宫博物院，以其名创建的"宗渊书院"宏伟典雅、熠熠生辉。瞻仰宗祠，就是怀抱祖德、慎终追远。我每来一次，虔诚心、尊崇感就升华一分。显而易见，子孙后代的道德信仰、精神追求、价值取向，有赖于宗规族训的摆渡。

佛家经义说，生死轮回是茫茫大海，此岸是凡夫的"贪嗔痴慢疑"五大烦恼，彼岸是解脱涅槃，有些人已经上岸，深知轮回众生之苦，于是不断往返大海，以佛法之舟摆渡，普度一切有缘众生。追溯张思的摆渡，不仅是守望道德高地的光芒，还是守护精神家园的根脉。深厚的底蕴，悠长的宗风，外公的家教，外婆的示范，定格在我的脑海，也叩问着我的灵魂：在人生的渡口，我们是摆渡人也是过河人，是施予者也是受益者。渡己先渡人，渡人终渡己；爱出者爱返，福来者福往。人生变成怎样，就看自己摆渡，成全他人美好，成就自己更好，照亮困境中的他人，点亮自己的意境，给社会带来光明与温暖。

渡人渡己，有舍有得是心态；强者自救，圣者渡人是姿态。乡愁浓浓，思念满满，我是陈氏后裔，从天台张思来，梦在彼岸，成由摆渡，致敬，致远……

刊于《新民晚报》2020年3月12日“夜光杯”，官方网络平台同步推送，收录于散文集《山风海韵》。

那座洪炉铸就我

如果有人问，人生行旅跋涉，沿途风景万千，有没有一个地方，常让你驻足凝视、岁月留痕？我会不假思索地回答，是第一面军旗升起的英雄城——南昌。

南昌于我，既不是“生于斯，长于斯”的原乡故土，也没有“因为一个人，爱上一座城”的悱恻故事。那里有一座大洪炉，我将芳华投入此中淬火、提纯、锤炼、锻造。

那一年，我正读高二，大江奔涌、浊浪滔天，一场无情的洪灾肆虐大半个中国。我从电视里看到，一车车人民子弟兵直奔险情，一个个迷彩身影挽手并肩跳入汹涌洪流，一道道堤坝靠铮铮铁骨血肉之躯联结筑起，一组组人民群众挥手含泪夹道相送。从此军人英勇无畏、壮美逆行的风采定格在我的脑海，“携笔从戎”的种子也在心底萌发。

人生的未来，看似不确定，其实可能就在一次选择中，就在自己心里。第二年，我一路冲过高考大关，青睐于军校。当时高考填报志愿凭预估成绩，我模拟考成绩起伏波动，所以做了两手准备，填报了两所军校的志愿。第一志愿是上海某军医大学，临床医学本硕连读，虽然分数高、名额少，但发挥出色就能进。第二志愿是某陆军学院，步兵分队指挥专业，即使发挥失常，也有把握录取。

可命运与我开起“柳暗花明又一村”的玩笑，高考揭榜，我与第二军医大学失之交臂，但分数远高于陆军学院录取线。我一边安慰苦闷失落的心灵，一边参加体检筛选，不料医生告知：我的视力勉强过关，但去指挥院校不占优势。垂头丧气的我，收拾行李，打算次日退房，与军校擦肩而过。当晚，父亲竟接到陆军学院招生电话，通知我次日上午面试。两位招生干部耐心听取我的介绍，向我开诚布公：鉴于我的综合素质不错，练过武术，当过班长团支书，又是台州市优秀学生干部，经请示上级，同意安排面试。当时我觉得面试无所谓，入学后才如梦初醒：原来两位招生干部出于对我这个普通青年学子的欣赏、爱护，担着责任，顶着压力，给了我圆军校梦的唯一机会。在人生抉择处或命运拐点，贵人总是垂青于有梦想、有准备的行动者，而我有幸遇见贵人。时代不会辜负人，只是磨砺试图改变自己命运的平凡人。

初秋的南昌，如同火炉，闷热无风，烈日当空，炙烤大地。第一次军姿定型，我像一根木桩杵在那里不能动弹，心里强撑着默数，仅过三分钟，汗珠从泛红的脸上一滴又一滴滑落，汗流浃背、头昏眼花，不到一刻钟我就中暑晕倒在地。当晚，电闪雷鸣、暴雨如注，我辗转反侧，难以入眠，仿佛每颗雨珠都拍打在心坎上，既无助又刺痛……

南昌人嗜辣成性，骨子里对辣椒有一种天然的偏爱，甭管烧什么菜，煮什么食，总要撒一把，无辣不欢，厨师如果不能在菜里放辣，恐怕还不知该怎么烧菜。新学员轮流每天去炊事班帮厨，灶一米多高，站在台阶上，抡着长铁铲，甩开膀子炒，辣椒在大铁锅里被煎得滋滋冒油，一股浓烈的气流辣眼呛鼻，脑袋冒烟。一道家常小炒肉，就让我舌尖打颤、龇牙咧嘴，恨不得抓起茶壶往口里灌水。炊事班长大义凛然地训斥我："一名军人如果连辣都吃不了，那么军旅生涯注定是灰色的。"辣是一道光，照进我的精神世界，也照亮人生航向。

陆军学院在全军是出名的"超级严"。纪律规定严明，"到"

与“是”此起彼伏，刺耳哨音、集合列队、请假销假、紧急集合等，连同“必须……必须……”的句式，成为日常的标配。有一天午休，我想给家里打个电话，但公用电话就在一路之隔的小卖部。按照管理权限，新学员离开中队区域，必须逐级请假。我观察班长躺在床上呼呼大睡，就拉着两名同学偷溜。事后班长得知，火冒三丈，责令全班十一名同学连坐受罚——跪姿一刻钟，美其名曰“一人生病，大家吃药，集体预防”。军体训练严苛，学员的身份，军官的要求，强度大于战士，速度先于战士，标准高于战士，要求严于战士。工学任务重，学员队、教室、训练场“三点一线”，学习、演训、公差、勤务、劳动“五位一体”，想读书的时候不给你时间读，不想读书的时候又逼着你花时间读，总有一个理由让你无计可施。

理想的丰满与现实的骨感对冲碰撞，内因与外因交织互撕，经受“走对了大学路，进错了军校门”的挫败感，每一天时光都是煎熬挣扎，每一个问题都在等待答案，我陷入“失望—后悔—抱怨—消沉—再次失望”的低谷回旋，竟成了学员队第一个申请退学的人。为我牵肠挂肚的父母家人，帮我排忧解难的中队领导，陪我摸爬滚打的同学战友，循循善诱、谈心开导，真诚纯朴、伸手相助。父亲晓之以理、动之以情，为我盘算“政治账”“名誉账”“经济账”“家庭账”。从没写过信的母亲，洋洋洒洒写给我一封长信，说“自知者英，自胜者雄”。段国胜同学在班务会上偷偷递来一张纸条，写着令我动容激昂的两句话：“逃避是怯懦者迷茫的背影，是失败者颓废的声音。你要撑住，前面就是火坑，你也得跟我一起跳！”

爱因斯坦有句名言：“不能在制造问题的层次解决问题。”如梦初醒之后，我的思想开始蜕变。我为自己定位设计，循着“环境—身份—目标—价值—能力—行为”的路径，不当逃兵，勇做标兵，将彷徨驱散掉，把挫折踩脚下，视痛苦如甘饴，与磨难做斗争，走出一条S形的人生轨迹曲线，最终以连续两年优秀学员、中队综合成绩名列前茅的答卷，把入学之初的那些问号一一拉直。有哲人说，大雨过后有两种人，一种人抬头看天，看到的是雨后彩虹、蓝天白云；一种人低头看地，看到的是淤泥积水、艰难绝望。庆幸的是，我在逆境坎坷中咬牙挺过。

生命是一场奇妙的攀登，真正的成长、成才、成就、成功，绝非一路拼命爬到山顶，而是身在此中所经历的感受、洞察的识见、体验的心境、领略的风景。那些无法摧毁你的事情，终将使你愈发强大。军校经历的彷徨、挫折、痛苦、磨难，值得回望，可堪回味，都被我留在了心灵深处。一旦触发，它们就会被唤醒，凝结为生命的养分，源源不断地注入追逐梦想、攀登高峰的征途。如果人生有四季，那么我的军校光阴便是冬季，因为体悟过寒冬的人，最能感知太阳的温暖。

白驹过隙，韶光流逝，20周年返校茶叙，队长、教导员与同学们不约而同地道出心声：这个时代决不会过时的情怀，就是我们对军校融入血脉、刻入灵魂的挚爱执念。回首来路，那段弥足珍贵的岁月，永远是我眼里最美的风景；走向前路，那座青春燃烧的洪炉，始终是我心中澎湃的动力。

此去经年，传承军校沉淀的精神财富；终此一生，耕耘内心召唤的广阔天地！

刊于《文学报》2019年11月28日

心归一座庄园

游过许多有风骨的山，赏过许多有风韵的景，住过许多有风情的舍，吃过许多有风味的菜，但真正美妙的时刻，是自然与人文交融的意象，击中内心深处。正如一位西方哲人所说，那是一种“心灵的图画”。

盛夏的仙女山，近处花草黛绿，远处峰峦叠嶂，路边溜达的几头黄牛闯入眼际，清香滋润的气息扑鼻而来，避暑纳凉的畅快油然而生，仿佛置身绿野仙境。山路不宽且坡陡弯急，两侧一会儿是深壑，一会儿是峭壁，穿越繁华拥簇的仙女镇，穿行于静谧空旷的国家森林公园，穿进一座庭院深深的庄园。人生大抵如此，浮沉跌宕，峰回路转，才会抵达心中的远方。

十栋亭亭玉立的别墅，倚于仙女山之巅、大草原之畔，犹如一组珍珠散落在山谷中，不竟吟出“绝代有佳人，幽居在空谷”；土家族吊脚楼的骨骼，现代建筑美学的肌理，披着石材原木茅草糅合的棕灰色外衣，一手牵住森林，一手挽住草原，真是“嘴不点而含丹，眉不画而横翠”；花草缠庭院，屋前扣柴扉，清风拂耳畔，似有“顾盼遗光彩，长啸气若兰”的仙女出没。凡世间千姿万态有震撼力的意象，无不经历岁月涤荡，积淀一种意蕴，修养一种格调，锤炼一种境界。

池塘鱼群欢快游弋，碧空飞鸟恣肆翱翔，草坪矮马率性踱步，远道而来的南美羊驼萌态可掬，形成一幅水墨丹青的画卷。沿着庄园石路徜徉，踏上松林台阶，直抵仙女山最高点，360 度观景平台面向天际延伸。极目远眺，西斜阳、山间云、木梢风、草上露、归途人，水乳交融，诠释了古朴与沉静、光阴与流水、悠然与斑驳的美。

人生有“琴、棋、书、画、诗、酒、花、茶”之“八雅”，生命有“雅、静、宁、和、安、逸、儒、清”之“八道”。别墅室雅兰香，简朴不做作，清新不媚俗，凝聚尊重自然、顺应规律的真，传递简约利物、惠而不费的善，散发浑然天成、别具匠心的美。享受慵懒时光，冲泡一壶绿茶，拈香细读书卷，且听窗外风吟，在氤氲升腾的茶香中构思文字，生命被茶水和书香滋润得剔透纯净。

海味山珍、饕餮珍馐早已厌倦，地道的土菜令人垂涎。有一道人气菜叫“白果土鸡汤”，千年银杏结白果，五谷土鸡离火炖，祛痰清毒护心肺，原味清汤渝一绝；有一道寓意菜叫“纤夫腰花”，土猪腰花煮辣鲜，仙山土豆削长丝，筷夹手绕似拉纤，川江号子如重现；有一道经典菜叫“山泉清波鱼”，山塘放养清波鱼，陈年泡菜作秘料，甘泉煮肉汤下饭，酸爽辣香久回味。这些名菜传承巴渝精髓，选料讲究、原汁原味、刀工精湛，不张扬、不华丽，不动声色地贴合胃口，好似一个完美的休止符，在味蕾里惊鸿一瞥，让人意犹未尽。

南怀瑾说：“三千年读史，不外功名利禄；九万里悟道，终归诗酒田园。”而今步履纷杂，行色匆匆，却无法阻隔我们对传统文化魅力的亲近。远离喧嚣的都市，安顿躁动的灵魂，倾听沉默的声音，体会那些平时被遗忘的情感，这座庄园就像一个有颜有型、有趣有品的摆渡人，帮助我们感知生活方式之真、生活态度之善、生活品质之美，在行云流水间寻找久远情怀，在绿色律动中明了人生意义，不断地建构和充盈精神高地。

人生在世，草木一秋。沸腾于世，阒静于心。问世间何为珍贵？回归本真，活在当下。莎士比亚说：“人生如舞台。”形形色色的生命，都在舞台之上扮演自我，书写与众不同的篇章，它是高山流水的经世妙语？它是下里巴人的闲来谈资？只要演绎自己的本真，又何必在乎是相忘人生，还是相望人生？

世上美好的遇见，莫过于时光在每一秒的绽放与流动中变得珍贵而隽永。你若盛开，蝴蝶自来；你若精彩，天自安排。生活不是一段编程的代码，爱自己、做自己，爱生活、享生活，越来越接纳自己，越来越清处想做什么、不要什么，勇毅无畏地做出选择，这便是我与这座庄园最纯粹也最厚重的相遇。

驱车缓缓驶离庄园，不经意回望，两个闪亮大字——“拙雅”赫然现于门庭，被落日的余晖浸染得透红。“得天之道，其事若自然。”《老子》有言：“大直若屈，大巧若拙，大辩若讷。”作家贾平凹在《读山》中说：“拙到极处，却又雅到了极处。”大雅似拙、拙极则雅，守拙奉雅、释拙说雅。豁然开朗，如此，甚好……

刊于《解放日报》2016年8月18日“朝花”周刊，登载于“上海观察”2016年8月19日“朝花时文”。

奉贤风雅

一座城的亮点莫过于自然与人文熔铸的风雅，给人留下深刻印象。我们看一座城，议一座城，关注、欣赏与品读的也往往是这种风雅：此地特有、他处罕见，独具一格、独一无二。

奉贤，一听这名字就自带意境、底蕴、光芒。舌尖跃动、齿启唇语，两字组合、轻盈呼唤，犹如其境域内横贯绵延的“百里运河”，粼粼波光，予人惊艳、遐想与亲临感。

一个人与一座城不经意间会产生难以割舍的缘分。正如张爱玲所说：“于千万人之中，遇见你所遇见的；于千万年之中，在时间的无涯荒野里，没有早一步，也没有晚一步，刚巧遇见了。”从相遇、相知到相融，我与奉贤的因缘际会大抵如此，一路领略沿途的繁花茂叶，一路触摸的乡土人情，既体会“老味道”，又体悟“新气息”。奉贤就是这么风雅的好地方。

我是在一个季夏的夜晚走进奉贤，与这片土地第一次亲密接触的。感受夜晚的湿热与村庄的宁静，看见村民们借助星空中的月光与门前的白炽灯，悠然地坐在大树下与邻里乡亲聊家常……这是南临杭州湾、北枕黄浦江的上海市奉贤区，岁月的表针回拨指向 2003 年 7 月。时值奉贤撤县设区不久，我刚从军校毕业，被分配到驻守浦东某部，随队参加在海湾组织的军事演训。无意瞥见演训方案标注的“奉贤海湾”，顿生好奇与兴趣，便迫不及待地询问奉贤籍战友。战友向我介绍，奉贤有一段家喻户晓的佳话。“三千济济，七十彬彬，北学中国，南方一人。”言偃是孔子门下七十二贤人之一，也是三千弟子中唯一的南方人。据《奉贤县志》记载：言偃晚年来到奉贤古地，讲学教化，开启民智。“凡有子弟者，无不令其读书”，境内学风大盛，处处可闻礼乐之声，言偃受到百姓尊崇，被尊称为“贤人”。清朝雍正四年（1726 年）奉贤正式置县，为纪念这位贤人，命县名为“奉贤”，寓意“敬奉贤人，见贤思齐”。

海湾面朝东海、坐拥农场，春暖花开、草长莺飞，一城绿色半城海。蓝天晴空万里，漫步徜徉其中，林木苍挺、枝叶横逸，犹如凌波仙子曼舞。花香袭来，寻觅而去，是荷花成片散发的芬芳，向游人微笑招手。沙滩绵长细腻，海面涟漪微荡，煦风轻拂黝黑的脸庞，置身海天一色、如诗如画的胜境，我瞬间心如止水，烦躁消散，酷暑炎热与训练苦累一扫而空。

我所在分队需临时征用一块闲置农地，开设野战指挥所。分队领导交代我友好协商、妥善处理，遵守群众纪律、维护部队形象。我初出茅庐，心有忐忑，硬着头皮拜访几位户主，不料户主们不约而同地答复：“只要部队有需要，我们全力支持，不计损失、不讲条件、不用赔偿。”其中一位长者还将海湾农垦故事娓娓道来，将我代入那段筚路蓝缕、栉风沐雨、艰苦奋斗、开荒拓土的斑斓岁月，脑海中浮现一支由军人、知识青年、工人、农民组成的农垦大军。“敢问大海要沃土”，唱一曲围海造田、引水治田、救灾保田、护绿还田的壮美赞歌，扩增数十万亩土地，迎来“小而美”的海湾新生拔节。这一刻，我与户主们相顾无言，自感与奉贤相见恨晚，沉浸于心灵的震撼与精神的洗礼。

白驹过隙，年华匆匆。我从军队转业，在市委某单位任职，再次踏进奉贤，实地调研“贤文化”品牌，加深对这座城文脉基因的认知。阳春时节的贤园，翠绿欲滴、清新怡人，布局巧妙、景观别致，“思贤印”“忆贤壁”“诵贤墙”“讲贤堂”，串连成轴、移步换景，形象地展示“贤文化”，随处可见、随时可感。园中静寂伫立着奉贤“文化始祖”言偃的雕像，他深情注视着往昔阐扬儒学、布道育人、寄寓希望的心之归处，仿佛在向世人宣扬他的政治宏愿、学术理念与思想主张。伴着婆娑树影，听着齐诵《论语》，我不由自主地穿越时空，与言偃对话，循先贤之迹，探治学之幽，思古今之变，聆听孔子与其智辩的历史回响，细细而咀，慢慢来品，如泡馥郁香茗，通达事理、喻理醒世，又如饮陈年佳酿，醇厚浓烈、甘之如饴，经久不息地升华境界、指引人生、烛照社会。奉贤以文明为核，传扬好家训、好家风、好家教，孕育了“奉信、奉贤、奉献”的城市精神与城市品格，厚植了“人贤、家和、城美”的良好社会风尚。敬贤人、传贤德、齐贤者、建贤城的火热实践，在大街小巷和田间地头开枝散叶、蔚然成风。

中国传统史学家以“风”和“势”洞察时代演变、发展潮流，称作“察势观风”。徐徐拉开奉贤规划画卷，“十字水街，田字绿廊，九宫格里看天下，一朝梦回五千年”的城市意象渐趋惊艳，“百里运河，千年古镇，万家灯火”的新江南印象勾勒呈现，“新片区、新城市、新农村、新经济”的重大任务与“大生态、大交通、大民生、大数据”的重要支撑相互赋能，融合发展的布局呼之欲出。“奉贤美，奉贤强”的发展气象，体现了奉贤谋势大眼界、行棋大格局、落子大手笔，折射出思想的光芒、文化的雄魄，蓬勃发展的美妙律动，令人向往，近悦远来。“所当乘者势也，不可失者时也。”有感于奉贤绵绵不断的引力、活力和魅力，得益于“高看一眼，厚爱一分，多扶一把”的优质营商环境，我将自己创立的“思无崖”文化产业集团迁入海湾镇，深耕创业的平台，演绎逐梦的舞台，争当新贤商，争创新佳绩。

奉贤风雅，源远流长，温婉隽永，所蕴含的风光风景、风姿风韵、风采风华、风骨风范、风口风标，从古至今，由内而外地展现，浇灌我的心田，驱使我汲取营养、蓄力涵养。不思量，自难忘。

刊于《上海滩》2023 年第 12 期

康外之歌

晨风吹开崭新一天
朝霞映红纯真笑脸
快乐行走在百花街
迈进温馨书香校园
康外啊，心灵的启蒙点
康外啊，梦想的起始线
See the world（看见世界），foresee the future（遇见未来）
珍惜春光，谱写新篇

自我启发时空穿越
互动合作美好体验
一二三四大步向前
幼苗成长大树参天
康外啊，智慧的播种机
康外啊，探索的实验田
See the world（看见世界），foresee the future（遇见未来）
珍惜春光，谱写新篇

为上海市徐汇区康健外国语实验小学校歌作词

第二辑

静夜思

陈琪先生昔日一手握枪，一手提笔；
今朝一边营商，一边创作。
军人，荣誉与责任的化身；
作家，思想与情感的传递。
他文笔敏锐灵动，
既有逻辑的严密，又有思想的穿透力；
既有诗意唯美，又有灿烂其华、生动其里。
仰望星空又脚踏实地，
旷达洒脱而不失柔情细腻。
书里讲述一个个充满热血的追梦故事，
展现军人的忠诚、勇敢和无私。
作品会触动你的心灵，激发你的思考，
让你更加理解、更加尊崇军人军魂！

——书法名家　上海市地方史志学会会长　王依群

我想到沙漠的那一边看看

四年前的一个夏日，脱下穿了12年军装的我，第一次漫步在岳阳路上，来到某单位参加转业面试。高大浓密的法国梧桐、安静宽敞的步道、古朴别致的洋房、灵韵怡然的风景，令人心动惬意、思绪飞扬。不到30岁的我，迎来事业转折，没有忐忑和忧愁，只有乐观和憧憬。

回首军旅和公务员生涯16年，在与时间的猫鼠游戏中，我有过成功和骄傲，也有过失意和落寞。当军人，凭借扎实的文字功底和综合素质，我成长为部队最年轻的连队主官，草拟了众多的重要材料，参加了奥运安保、世博安保等重大任务，立功受奖，赢得了“笔杆子”的美誉。从部队到地方，转业便是人生转身，一切改头换面，从头再来。对此，我并没有怨天尤人、自甘平庸，内心拥有自己的一片天空，保持一种超脱淡定的心态，一种自得其乐的状态，坚持学习思考有眼界，恪尽职守有境界，修身处事有边界。在恪尽职守之余，我还出版了个人文集《空谷随想》，被评为“优秀公务员”。

体制就像一座围城，里外是两个世界，犹如硬币的正反面，截然不同的两种体验。体制对很多人而言，薪水不会太高但体面，工作不会太忙但相对稳定，是一个“香饽饽”。这也是每年都有一批人熙熙攘攘挤破脑袋想进入体制的动因。事实上，在体制内成长，也常有它的局限。固然衡量成功的标准各有不同，但价值才华彰显和抱负情怀实现是不可或缺的要素。

人生如果一切都按部就班，又哪有沿途五彩缤纷的风景？生命给予我们多元化的生活方式，时代赐予我们多样性的成功内涵。“当他回首往事的时候，不因虚度年华而悔恨，也不因碌碌无为而羞愧。”探索一场未知的旅程，胜过驻足等候一个已知的结局，更何况我们还年轻，人生有梦不觉远。不久前，一家发展势头不错的民营企业以诚意信任、职位待遇和目标愿景，抛来了橄榄枝，击中了我的创业情怀。世界那么大，人生很匆忙，初心未改、理想未消的我，想乘着尚未安逸老去，闯荡拼搏，历练成长，厚实底蕴，快意人生。无论经受困难还是挑战，无论面对顺境还是逆境，无论遭遇成功还是失败，风雨兼程，往复求索，至少生命不要留太多遗憾。

我记得一句电影台词：“年轻的时候，总想到沙漠的那一边去看看，其实去过了才知道，沙漠的那一边也是沙漠，和这里的并没有什么不同。”选择的对错、优劣、进退，只有走过才懂得。李奥·贝纳有句名言：“伸手摘星，即便徒劳无功，也不至于满手泥巴。”生活不只眼前的苟安，还有精美的诗歌和远方的田野。我赤手空拳来到人世间，不愿未曾远行而困顿停步，情愿为了心中那一首诗歌、那一片田野奋不顾身。我想到二战时英国政府为应对纳粹占领而印制的海报上的一句话：keep calm and carry on——保持冷静，继续前行。

挥别前夕的一个傍晚，华丽的霓虹灯闪亮街头，灰蒙的天空苍茫寂寥，无声的雨珠溅落脸庞，“梧桐更兼细雨，到黄昏点点滴滴”。我徜徉在岳阳路上，静默地伴着孤影，突然被一阵冷风吹醒，想起黄家驹《再见理想》中的一句歌词：“心中一股冲劲勇闯，抛开那现实没有顾虑，仿佛身边拥有一切。”任重，则勇毅笃行；道远，则昂首阔步。再见美丽的岳阳路，再见我的昨日，心在路上，路在脚下，很长也很宽……

刊于《解放日报》2016年1月6日“朝花”周刊，微信公众号“朝花时文”同步推送，《报刊文摘》《理论与当代》等报刊和人民网、解放网、搜狐网等网络媒体平台转载。

选择创业就是选择一种人生

要不要选择创业？创业一定成功吗？创业能改变什么？在选择创业前，我们必须直面思考回答这“灵魂三连问”！

我们时常听到一种观点：上有老人赡养，下有小孩培养，顶着房贷偿还，现在的职位薪酬又不高，实在不行就去创业，好歹时间自由、生死由己。这种观点究竟是对还是错呢？我们按下不表，先看一组数据。据抽样调查显示，中国民营企业平均寿命仅 3.7 年，其中中小企业平均寿命更只有 2.5 年；接近 50% 的中小微企业没有活过一轮经济周期。经营企业是一场“勇敢者的游戏”，经营者也成为勇闯天涯、敢担风险的“孤勇者”。

明代《客商一览醒迷 · 附悲商歌》中写道：“四业惟商最苦辛，半生饥饱几曾经？荒郊石枕常为寝，背负风霜拔雪行。”别以为“跳槽”就能时来运转，别指望创业就能飞黄腾达。伟大是熬出来的，成功是逼出来的，胜利是拼出来的。要不要选择创业？因人而异，因时而变，三思而后行，谋定而快动！

选择创业不一定能成功，但选择创业就是选择了一种跌宕起伏、荡气回肠的人生。生命的过程，就是时间的旅行、成长的体验。唯有顺应变化、拥抱变革、权宜变动，才能敢当非常人，不走寻常路，逾越平常事。创业需要什么，改变什么？我从五个维度讲。

第一是有勇气。问自己敢不敢跳出舒适圈，选择创业路，勇闯沙漠区。哈佛大学曾做过一个调查：一个人的人生中，一般会有七次机会决定人生走向，错过这七次机会，这辈子基本就水波不兴。上天在赐予我们这些机会时，总会设置一些门槛，如果我们没有胆量去跨越，这些机会就稍纵即逝。什么都不敢尝试的人，注定要平凡一辈子。耽误你的不是运气和时机，而是数不清的犹豫。探索一场未知的旅程，胜过驻足等候一个已知的结局，“伸手摘星，即便徒劳无功，也不至于满手泥巴”。是狼就练好牙，是羊就练好腿，闯过来的日子才叫人生，搏出来的样子才是成功！

第二是抗风险。风险是创业的代价。创业是创始人带领一个未定的团队，抵达一个未知的地方，干成一件未卜的大事，是惨烈残酷的战斗。千军万马闯关夺隘，除了生死其他都是擦伤。汽车停在家里最安全，但那不是买车的目的。企业经营中时刻潜伏政策风险、法律风险、市场风险、管理风险、财务风险、金融风险、品牌风险等，轻则导致企业损失，重则可能让企业破产。最慢的步伐不是跬步，而是徘徊；最快的脚步不是冲刺，而是坚持。创业要不畏艰难、不怕失败、不惧风险，稳扎稳打、日积月累、久久为功，为客户用户负责，为利润收益负责，为风险安全负责。

第三是塑格局。格局是一个人的心态与胸襟、眼光与视野、境界与气量、定力与意志。清朝学者张潮把人生分成三种格局：第一种，在窗子里赏月；第二种，在庭院中望月；第三种，在高台上玩月。正所谓“格局之上，所见之处，步步皆景”，大格局成大业，小格局做小业，没格局会失业。“心中有事，装作若无其事，就是阅历；心中有事，还能若无其事，便是格局。”所有的出口成章都是厚积薄发，所有的淡定从容都是负重抗压，所有的卓尔不群都是千锤百炼，所有的功成名就都是筹谋蓄力。位置不同，少言为贵；认知不同，不必争辩；三观不合，浪费口舌。

在创业中遇事修性，在工作时遇人修心，注重心理建设、心灵涵养、心神安定，保持“空杯”的心态、“归零”的姿态、精进的状态，耐得下孤独，吃得下艰苦，拉得下脸面，受得下委屈，放得下身段。在失意时放大自己乐观自信，在如意时缩小自己谦逊自省，“虎啸龙吟凌云志，落花流水平常心”。

第四是亮长板。创业是一项错综复杂的系统工程，不同的发展阶段和目标任务，需要全方位贯彻“第一性原理”，找到事物成功的第一推动力。《孙子兵法》说：“我专为一，敌分为十，是以十攻其一也。”一家企业的长板，就是“人无我有”独家、“人有我优”独到、“人优我特”独创的核心竞争力。长板的高度在于尖端性，长板的深度在于精细性，长板的厚度在于规模性，长板的宽度在于延展性，长板的韧度在于后发性。在争夺客户、抢占市场的战场上，没有企业大小之分，只有价值大小之分。企业无论大小，只有坚守长板、舍杂取精、追求极致、力出一孔、单点突破，聚焦聚神聚力于重要紧急、垂直细分的长板，坚持不懈地构造长板，才能成为顶流翘楚，奠定行业领域的决定权、主导权、话语权、支配权。

第五是定路径。准确的认知高于迷惘的勤奋，正确的选择大于盲目的努力。要对创业进行规划和设计，厘清界定“我是谁”“我为谁服务”“我能创造什么价值”“我该为社会和市场改变什么”“我创业成功需要什么”等底层逻辑。趋势是创业的机会，市场是创业的土壤，需求是创业的动力，创新是创业的灵魂，共赢是创业的关键，不能惯性复制走“老路”，不能急于求成走“近路”，不能按部就班走“慢路”，不能自我封闭走“窄路”，不能同质发展走“熟路”，只能老老实实、踏踏实实地走出贴合自己的“新路”。

创业是一种修行，所经之事皆为养分；人生是一场旅行，所到之处都是风景。创业的意义在于：我们可能每天都很难，但是会一天比一天好；不去创业，我们也许每天都容易，但是会一年比一年难。一旦选择创业，宁愿累死在路上，也不会闲死在家里。

静待花开终有时，守得云开见月明。锚定坐标、坚定笃行，向内求索、向外延展、向下扎根、向上生长，不忘初心、不弃微末、不舍寸功、不负青春，守正道、持商道、铸匠道、走大道，相信在岁月斑斓时、前路尽头处，总会浮现成功挥手相迎的美好景象！

刊于《现代工商》2023 年十二月号

苍苍横翠微——春天的希望与生机

“莺啼如有泪，为湿最高花。”2020 年春节原本令人欣喜，却因一场突如其来的疫情而难忘。我们困居一室，时光变得漫长而凝滞。人世间生离死别、悲欢离合让人揪心潸然，战疫中最美逆行、众志成城让人暖心动容，行业里危机化解、求生自救让操心感慨，五味杂陈、无语凝噎，意落笔端。

生活，从来都是最好的剧本。世界安静下来，我们才能听见心跳的声音；阅遍甘苦冷暖，我们方可体会生活的真相。创业就像一场棋局，因为落子无悔，所以步步惊心。创业者不经历黑暗是无法懂得光明的。哪有什么百事无忧、现世安稳、岁月静好？总有人怀揣梦想、咬牙铆劲、抗压承重。艰难困苦，玉汝于成。枪响之后，每一次寻常的呼吸，都是生存的恩典。挺得住，出众；挺不住，出局。

当今世界各种新事物新思想新技术高速交织碰撞，社会前进的步伐累积到一定程度，必然充满不确定性。正如尼古拉斯·塔勒布在著作《黑天鹅》里所说：“黑天鹅代表不确定性，意味着无法预测的小概率事件影响巨大。”同时他还指出：“黑天鹅事件不可避免，但也有其价值，我们偶尔也需要一些混乱和压力，来刺激族群，维持生存和繁荣。”这场疫情所产生的“黑天鹅效应”，牵一发而动全身，使各行各业遭受前所未有的冲击，各家企业难以独善其身，在混沌中面临生存危机和能力挑战。潮水退去，谁在裸泳，一目了然。

日本经济管理学家大前研一说过："一家企业的能力反映在'对看不见的未来风险对冲'和'对看得见的未来布局'。"任正非指出："一个清晰方向是在混沌中产生的，是从灰色中脱颖而出的。方向是随时间与空间而变的，它常常又会变得不清晰，并不是非白即黑、非此即彼。"马化腾在《灰度法则的七个维度》演讲里提及"冗余度"，认为要在创新问题上留有冗余，允许失败，允许浪费。华为合理把控"灰度"，在"云淡风轻"时未雨绸缪、极限生存，投入大量资源打造"备胎"，为自己设定安全冗余，成功应对数次重大危机。在稳定的圈层流动中，所有人保持队形向前，我们很少有赶超抢先的机会，而不确定性带来非线性变化，提供"弯道超车"的机遇。个人追求安全感，企业驾驭不确定。企业既要强化底线思维，保持坚定的必胜信心，有勇有谋、有智有能，增强应急应变的极限生存能力，"暴风雨来临的时候临时修屋顶"，积蓄触底反弹能量，实现企业变革升级；又要强化战略思维，保持笃定的创业初心，重构基于长板和价值的生态位、冗余度，提升企业核心竞争力、市场辐射力、品牌影响力、组织免疫力，在不确定的环境中奋力做好确定的自己。

危中有机，化危为机；伺机而动，抢占先机。经济社会是一个动态循环的系统，虽被疫情紧急按下暂停键，但它不能长时间停摆。英国前首相丘吉尔说："永远不要浪费一场危机。"事有两面，危难在前，总能窥见曙光。危险与机遇本为一体，所有危机背后都存在机遇，关键在于应对化解，倒逼去芜存菁的行业洗牌、产业重塑、企业裂变。行有不得，反求诸己。疫情犹如一支清醒剂，使我们在企业转型中不喜不悲、不急不躁、不慌不忙、不骄不馁、不弃不停；疫情又像一面内视镜，让我们扫描检视企业动态，认清底数、把脉会诊、对症下药。

善弈者谋势，善谋者致远。商业运行是金融与实体、线上与线下的结合，涵盖线上的货币流、信息流，线下的产品流、人群流，一边交合一边延展，呈现 DNA 状的螺旋式上升，疫情过后新一轮交融必然加速。工业化将社会硬件设施布局完善，物质的快速增长期淡去，而互联网已搭建好绝大多数链接，柔性定制的内容蓬勃发展，精神文明的“红利期”正在到来。消费力释放出来，政府对卫生、文化、教育等领域的投资扩大，促动投资比重提高，效率潜力提升，实物消费和服务消费得到回补，人民群众的需要得到更好的满足，形成社会服务平衡。显而易见，文化产业将成为中国经济高质量发展的新动能和增长极。“思无崖”恰逢其时、正当其势，有所作为、大有可为，只要看准产业政策趋势，踩准战略关键节点，“星星之火，可以燎原”。

勇者不惧，智者不惑；强者自救，圣者渡人。沙漠那边也许是一方绿洲，红海边缘可能是一片蓝海。面向不确定的未来变局，三等企业做服务，二等企业做产品，一等企业做平台。企业发展到每一个新阶段，要突破旧有的思想篱笆、模式桎梏。正所谓“解放思想，黄金万两”，利润是新思想理念解放出来的。现代社会财富机制发生变化，知识创造财富，思想输出财富，平台分配财富。在市场调整变动的大盘下稳存量、抢增量、求质量，无异于虎口夺食，对行业积淀四年的“思无崖”而言，要保持定力、提升实力、全程用力，从“局”上做文章、下功夫，打赢成长自我、成就客户的“阵地战”，在“变中有忧”中抓住“变中之机”，以思想领先赢得发展率先，将外在压力化为内生动力。要敢破局，差异定位、变革进化，虚实融合、双轮驱动，拉伸长板、加厚壁垒，用心出力、匠心出品，开辟新赛道，开发新模式，既巩固“B2B”（Business to Business），又抢占“B2C”（Business to Customer），既做服务方，又当版权商，打破“天花板”，突破“舒适区”，从客户导向转为竞争导向、共生导向，让自身品牌优势定位深入客户内心，接通“绿洲”与“蓝海”，迸涌市场、客户、商业和资本的源头活水。要善做局，从战略规划到策略战术，从行业动态到产品形态，深耕京沪江浙四地，精耕视频号、直播、新媒体、报纸期刊、活动庆典“一站式运营”，市调、编剧、投资、制作、宣发、推流“一盘棋落地”，咨询、考级、辅导、比赛、参演、经纪“一揽子配置”，策划、设计、生产、施工、布展、运维“一条龙服务”，厂家、品牌商、流量方、消费者“一键式触达”，高级私服订制和单位工服订制“一体化承接”，广建通道、深挖市场，长短结合、快慢并存，开源变现、降本节流，主导议价、掌握话语，步步为营、久久为功。要有格局，思想造就价值，格局铸就财富，人才成就事业，补链强链、抱团取暖、双赢共享，做稳供应链，做精创新链，做优价值链，做大生态链，塑造以合规为先、以内容为王、以流量为魂、以科技为核、以生态为根的文化产业集团，跻身财富分配逻辑链顶层。

明晰大势，预见趋势；乘势而上，顺势而为。决定一个企业最终高度的，往往并非起点，而是拐点，商业机遇都在拐点，蓄势爆发赢得财富。所以办企业，要善于察势，势就是时事政治、政策指引、逻辑路径、方法工具。疫情展示出来的数字化渠道，如网红直播、远程教学、在线课程、付费视频、智能制造、无人配送、电子商务、在线医疗、线上复工、“免见面”外包服务、“云签约”等，以及“90后”“00后”群体数字消费行为的崛起，成为根本性趋向，这既是中国经济产业与数字化深度融合的成果，也是企业拥抱数字化，催生新业态、新模式、新价值的契机，驱动企业数字化转型提速。未来线上免费、线下收费，线上资源信息走向公开共享，线下场景体验日趋普及，线上线下融合发展，共生共存、互补互融、双促双赢，为用户提供全渠道、多元化、升级型的消费场景和体验。“思无崖”积极顺应智能化浪潮，注入数字化基因，加速信息化扩展，以作品为中心，以营销为导向，以内控为根基，对客情分析、能力建设、品牌推广、团队管理、绩效考核、金融运作、法财风控等全流程闭环再造，构建一套数字化营销“4R”系统，即客户需求（recognize）、渠道通路（reach）、信任黏性（relationship）、品牌价值（return），形成“应用—实施—反馈”闭合循环，加深对数字化开发、应用、分享、反哺的规律认知，夯实数字化运用基本功，打造与前沿技术相适应、与客户需求相匹配的消费场景，革新用之有料、行之有效的商业模式，为企业提质增效、升级扩容插上数字化翅膀。

功以才成，业由人兴；轻财聚人，量宽得人。人才是企业最为宝贵的第一资源，承载创新驱动、利润引擎的主体作用。据媒体报道，发达国家中小企业平均寿命不到 7 年，大企业平均寿命不足 40 年。在中国，中小企业平均寿命 2.5 年，集团企业平均寿命 7—8 年。约有 70% 的企业在第一个 5 年内倒闭，剩余的企业又有 70% 在第二个 5 年内倒闭，而个人职业生涯可达 40 年。当下大量自由职业者涌现，从业者的独立性变强，协作的需求也增加，企业基本结构从“公司 + 员工”转向“平台 + 个人”，“雇佣”关系逐步淡化，“合伙”协作日益凸显，人品与才华成为一个人“出圈”的最佳通道。正所谓“良剑期乎断，不期乎镆铘；良马期乎千里，不期乎骥骜”，文化产业人才更新迭代快、培养周期长、薪酬成本高、可流动性强，企业要有“安得猛士兮守四方”的求贤若渴，又要有“一沐三捉发，一饭三吐哺”的礼贤下士，从三观境界、责任格局、求知悟性、见解判断、知识能力、管理水平、信息化技能等素质结构考察评价。英雄不问出处，真金不怕火炼，不论资排辈，不求全责备，不甘于平庸，不放任傲娇，集聚、识别、调配和使用人才，提高人才矩阵的广度、密度和厚度。世界管理大师杰克·韦尔奇说："做老板的第一要义就是复制出像自己一样操心的人。"实现路径是确立目标导向、能力导向、价值导向、结果导向，建立利益分配、绩效评估、优胜劣汰机制，人尽其才、才尽其用、用当其时，让各层各岗员工贡献努力，分享效益财富，闯在前头、干有盼头、尝到甜头。清朝晋商年终分红，东家一份，掌柜和账房先生一份，伙计们一份。"思无崖"集聚"事业合伙人"，整合高端智库和专业人才储库，引进产业链高精尖人才、意见领袖和名流名家名师名人，为企业提供战略顶层设计、品牌建设咨询、股权激励设计、组织架构优化、合规风控体系、经营管理策略；每年设立"最佳文案·最美设计·最燃创意"案例大奖，评选表彰"年度最有责任员工""年度最具价值员工""公司发展'金点子'"，拿出真金白银的股权激励分红和绩效奖金福利，激发团队主人翁意识和首创精神，与企业一起成长、相互成就、彼此成全，同舟共济挑战不确定，上下同欲追求高成长。

员工之魂，以文化之；企业之根，以文铸之。企业文化体现综合实力，展示管理水平，是知识生产力转成物质生产力的源泉，也是成就基业长青、"百年老店"的土壤。企业竞争不仅是科技实力竞争，还是企业文化竞争。现代管理大师彼得·德鲁克说："管理奠基在文化之上。"企业缺乏文化内涵，如同食物没有防腐剂，容易过期变质，终将被时间和市场抛弃。企业文化应聚焦理念、行为、制度和物质"四个层次"，紧扣"MI"（mind identity，理念识别）、"BI"（behavior identity，行为识别）、"VI"（visual identity，视觉识别）"三大系统"，围绕价值取向、行为准则、决策机制、沟通方式、人际关系"五种要素"，把理念共识向上升华为信仰、思想、尊严、善心，向下沉淀成行为、准绳、标准、法则，用文字表达出来，用故事讲述出来，用图像展示出来，潜移默化、润物无声，根植于团队成员内心深处，从上往下传承，自下而上信奉，由内而外散发。电视剧《亮剑》中的角色李云龙在剧尾有一段毕业答辩发言《论军人的战斗意识——亮剑精神》，强调了指挥员特质对于部队的重要影响。创始人决定企业的起步、走向和归宿，是企业文化核心基因和鲜明气质的体现，责无旁贷、当仁不让，立言立行、身体力行。作为文化企业，“思无崖”寓意思想无界、思维无疆、思索无止，独具军旅品质、传媒形态、科创基因、文化底蕴，更要在认知文化、践行文化、塑造文化、传播文化中走在前列，大力营造立意高度、服务深度、响应速度、敬业态度、挑战强度、人文温度的“六度空间”。“思无崖”主动履行爱心捐赠、公益助学、扶贫帮困、无偿服务等企业社会责任，并伴随企业发展实践将善行固化、深化、转化、长效化；坚持成人之美、助人之需、救人之急、帮人之困，勇担社会责任，彰显良心企业形象。“思无崖”以道德作帆，以文化作舟，纵使雾霭迷茫、航程坎坷，也必将“直挂云帆济沧海”。

电影《流浪地球》有一句台词：“希望是这个时代比钻石还要珍贵的东西！”世界上穿透一切高墙的东西，就是藏在我们内心深处的希望。出发一腔热血，时间一往无前，感恩创业的时代，感动拼搏的历程，在心中播种春天的希望和生机。不是因为看到才相信，而是因为相信才看见，永葆“归零”心态、奋进状态、追梦姿态，敢于突出重围、逆势重扬、蝶变重生，“却顾所来径，苍苍横翠微”。

今天迎来二十四节气之惊蛰。“一春芳意，三月和风，牵系人情。”倚窗远观，暖阳斜树，百花萌发，草长莺飞，万物复苏，

“沐春风而思飞扬”，缱绻光阴里的一切美好皆似新生，向阳而生，如期而生。

2020 年 3 月 5 日登载于微信公众号“思无崖”

跳出舒适圈创业　争当“六边形战士”

我原想着即兴脱稿演讲，但站在庄重严肃的开学典礼讲台，怕被同学们说我“一本正经的胡说八道”，我特意起草了一份讲稿。打开天窗说亮话，我今天主要是给同学们送“心灵鸡汤”，因为我信奉一句话：积极的心灵像太阳，照到哪里哪里亮；消极的心灵像月亮，初一十五不一样。

刚才，我被上海师范大学商学院聘任为兼职副教授、会计专硕实践导师，这既是对我的认可，也是对我的鞭策，与有荣焉，幸甚至哉。我将多向领导前辈请教，多邀大咖专家指教，多找老师同学求教，不负遇见、不负信任、不负期待！

“天不言而四时行，地不语而百物生。”时间总是不可逆转地向前流淌。时代车轮驶入以毫秒微秒计时的当下，“无限的时间”与“有限的生命”更加凸显时间的价值、奋斗的意义。马克思说：“一切节约，归根到底都是时间的节约。”回望，是为了更好地前行。穿过时间之河逆流而上，一位位故人，一桩桩往事，一件件作品，一段段历程扑面而来、仿如昨日，奋斗的足迹串织在一起，犹如夜空中的星辰闪闪发亮。用学识、才智勤劳耕种每一段时间，定当不会辜负人生。

有专家提出一套方法论：“0—0.1”是“战略试探期”，“0.1—1”是“战略成型期”，“1—10”是“战略拓展期”，“10—N”是“战略落地期”。“思无崖”从一个人孤军创业壮大到60多名伙伴携手奋战，秉持军旅品质、传媒形态、科创基因、文化底蕴，开拓市场，加强内控，建强团队，运作智库，整合链条，优化制度，顺利渡过“战略试探期”“战略成型期”，昂首阔步走向“战略拓展期”“战略落地期”，赢得客户高看一眼、厚爱一分、深信一层、力鼎一步，巩固和发展产业链、竞争力和生态圈。

时光不语，却见证足迹。回顾自己的人生履历，可以用“峰回路转，天马行空”来形容，归纳为“六界六炼”：军界熔炼、政界磨炼、商界锤炼、文艺界淬炼、学界修炼、产投界砺炼。

一是军界熔炼。2003 年军校毕业后，我当过政治指导员、军级单位宣传干事、党委学习秘书，军旅生涯十二载，归结为十六字，“身为兵位、心为帅谋，进谏任事、以文辅政”。

二是政界磨炼。2011 年，命运齿轮转动，转业进入上海市委某单位工作，办文办件办事办会，用一首打油诗形容：“夜深人静时，端坐孤灯下；拙手著文章，觅搜白发生。”

三是商界锤炼。2016 年，人生再次转身，辞职创立“思无崖”公司和品牌。“思无崖”源于金庸《笑傲江湖》中令狐冲悟修“独孤九剑”的“思过崖”，又借用唐代诗人孟郊《登科后》：“昔日龌龊不足夸，今朝放荡思无涯。春风得意马蹄疾，一日看尽长安花。”寓意思想无界、思维无疆、思索无止，以思想立意独树一帜，以思维创意一马当先，以思索诚意一蹴而就，实施品牌策划推广“一站式运营”、影视投资制作“一盘棋落地”、科艺培训比赛“一揽子配置”、展陈设计施工“一条龙服务”、私域社群电商“一键式触达”、服装私订高订“一体化承接”，打造跨界融合、有趣好玩、出圈裂变的作品产品，塑造以合规为先、以内容为王、以流量为魂、以科技为核、以生态为根的文化产业集团。

四是文艺界淬炼。且行且歌、且思且文，以笔为生、笔耕不辍。现为浙江省作家协会会员，上海史志学会常务理事，影视编剧、出品人。2016 年出版随笔集《空谷随想》，2018 年为徐汇区康健外国语实验小学校歌作词，2020 年策划执笔文化史专著《行歌九亭》，2023 年为影视剧《锦龙行》主题曲作词，在《新华每日电讯》《光明日报》《解放日报》《文汇报》等省级以上报刊发表散文随笔评论百篇，一些作品登载于人民网、新华网、光明网、中国作家网等，创作编排多部话剧舞台剧。目前正在创作一部爱情励志长篇小说，计划同步改编为院线电影。

五是学界修炼。马克思主义基本原理专业博士研究生，任南京航空航天大学、上海大学、东华大学、上海师范大学、上海建桥学院等高校兼职教授、客座教授、特约研究员、硕士生校外导师。在《光明日报》《文汇报》《群众》等报刊发表多篇文章，冲破认知力的“天花板”。

六是产投界砺炼。建构和实践集市场调研、受众分析、IP（Intellectual Property，网络用语，直译为“知识产权”，可指代围绕某一作品、概念等形成的系列文创作品、品牌）评估、剧本创作、风险控制、资本运作、品牌植入、资源整合、文旅融合、艺人经纪于一体的文化产业投资模型，积累了可观收益、良好业界口碑和一些“爆款”作品。

虽然横跨“六界”，但我对自己有一个清晰的定位和目标，即“做强企业是硬道理，做精产业是硬实力”，争当“六边形战士”，跨界学识见识，专注主责主业，感知不一样的体悟，觉知不一致的洞见，提升核心竞争力和专业话语权，努力做到灵魂有趣有品、为人有情有义、奋斗有声有色、生活有滋有味。

见识决定态度，行动决定结果。我和大家分享八句话。

1. 风能吹走一张白纸却不能吹走一只蝴蝶，为什么？因为定力很重要。

2. 瞄准天空的人总比瞄准树梢的人射得高，为什么？因为目标很重要。

3. 一个不会游泳的人总换游泳池是没有用的，为什么？因为能力很重要。

4. 笼子里出生的鸟认为飞翔是一种病，为什么？因为眼界很重要。

5. 泥泞路上的“奔驰”跑不过高速路上的“五菱”，为什么？因为平台很重要。

6. 一个装睡的人怎么也叫不醒，为什么？因为态度很重要。

7. 昨天的太阳晒不干今天的衣服，为什么？因为创新很重要。

8. 在高原上再努力也烧不开一壶水，为什么？因为环境很重要。

回望来时路，眺望前行路，走好当下路。如何规划、设计自己的学习道路和职业发展生涯，我把“六不”清单的自身体会与大家分享。

一、信仰是“方向盘”，不能偏。德国哲学家康德说过：“人类总要抬起头来仰望一些高于我们一切的东西，并在那里找到我们的共识。”这东西就是信仰。信仰是我们内心最好的补给品，是心理指南和行为准则，像日月星辰一样在我们头顶照耀，我们相信并仰望它。坚定不移信党爱党护党，听党话，感党恩，跟党走，筑牢信仰之基，补足精神之钙，把稳思想之舵。掌握海量广博、真实准确、理性客观、有强大浸透力的信息源，避免“信息赤字”“信息鸿沟”。增强政治敏锐性、鉴别力，厚实政治理论素养，做共产主义远大理想和中国特色社会主义共同理想的坚定信仰者和忠诚实践者。

二、学习是“硬任务”，不能丢。“人才有高下，知物由学。”把提升学习力作为首要任务和头等大事，作为主责主业、精神追求、生活方式，在持续自主学习中解读理论、解放思想、解决问题，明方向、强底气、足劲头。为知而学、因喜而久，兴致盎然、享受乐趣，这是我对待读书的姿态。既是“存储器”，又当“处理器”，着力构建逻辑演算闭环的知识体系，这是我对待读书的方式。鞭辟入里、洞识机宜，提升思想水平，激发思维跃迁，这是我期待读书的愿景。

三、勤奋是“助推器”，不能松。成功不是唾手可得的，幸福不会从天而降。业精于勤荒于嬉。勤奋是成功之母，懒惰乃万恶之源。人生在勤，不索何获，勤奋播撒希望。勤劳一日，可得一夜安眠；勤劳一生，可得幸福长眠。大学功课、论文、实习千头万绪，需要统筹兼顾“弹钢琴”，做好任务切换和进度管理，以勤奋提升“多线程”工作效能，始终专注于最紧急又最重要的“一件事”。

四、坚韧是“黏合剂”，不能缺。苏轼说：“古之立大事者，不惟有超世之才，亦必有坚忍不拔之志。”郑板桥有首诗：“咬定青山不放松，立根原在破岩中。千磨万击还坚劲，任尔东西南北风。”要有“唐僧师徒西天取经”的坚定不移，“水滴石穿绳锯木断”的坚持不懈，“生活虐我千百遍，我却待你如初恋”的坚强自信，不要影视剧里的“玻璃心”“公主病”。

五、品格是“护身符”，不能少。要追求品性、品行、品位，讲求格调、格局、格致。政治纪律是高压线，遵纪守法是红线，道德修养是底线。明辨是非曲直，增强自我定力，学会分析和解读，擦亮眼睛和心灵，不迷信、不盲从、不妄动、不走偏，追求更有高度、更有境界、更有情怀的人生。

六、本领是“倚天剑”，不能钝。磨刀不误砍柴工，真功夫是真受益，硬本领是硬通货。关系是泥饭碗，会碎的；文凭是铁饭碗，会锈的；本领是金饭碗，会升值的。在新的形势任务面前，谁拥有时代需要的本领，谁就持有担当重任的合格证，握有走向成功的资格证。

“六不”清单形成逻辑自洽的闭环，构成“六边形战士”的基石。各位同学是中国新时代的青年，是百川之中最有力的后浪，要时刻牢记践行习近平总书记的嘱托和寄望，为中华之崛起而读书，为中国之复兴而奋斗，不辜负身上背负的家与国，不辜负脚下踏着的万里山河！

以上纯属一家之言仁者见仁、智者见智，不求定论、但求讨论。从此刻起，我就是上海师范大学商学院一员，身上刻着“上师大烙印”，注入“上师大基因”，充满“上师大情愫”，一如既往地为学校加油、点赞、助力，牵挂着学校的牵挂、喜悦着学校的喜悦。一切有利于推动学校发展的事，一切普惠老师学生的事，我都将义不容辞、竭尽所能、全力以赴。

在上海师范大学商学院2023年会计专硕入学教育暨实践导师聘任仪式上的主题发言

在变与不变中永葆本色

年岁在变，角色在变，头衔在变，工作在变，始终不变的是共产党员身份，是身体里流淌着红色血脉。

从戎萌生红色基因。1999 年，我考入军校。在这座大洪炉里，我聆听红色故事、重走红色道路、感受红色文化、汲取红色营养、经受红色洗礼，从初期不适应到获评优秀学员、成绩名列前茅。2001 年初光荣入党，在思想上立根铸魂，在精神上淬炼磨砺，成为我人生路上一道美丽的风景。

在任连队党支部书记、政治指导员 13 个月，我团结带领党支部和全连官兵，培植堂堂正气、融融暖气、虎虎生气，负重爬陡坡，后进变先进。连队荣获“先进连队”“先进党支部”称号和集体三等功。在任军队政治机关干事期间，负责部队思想政治教育、理论学习和军营文化建设，积极筹划推进党的理论创新成果研究、阐释、传播、普及，30 多篇工作研究发表在军地报刊。

创业共生红色文化。2016 年，我从机关转身商海，创立“思无崖”品牌，力耕“文化 +”“+ 文化”，精耕“B2B”“B2C”，深耕京沪江浙，推出有品质、有态度、有底蕴、正能量的“价值 + 价值观”作品产品，塑造以合规为先、以内容为王、以流量为魂、以科技为核、以生态为根的文化产业集团。

“思无崖”秉持思想造就价值、格局铸就财富、人才成就事业的理念，突出党建引领，带动业务运营，驱动企业文化，拉动团队管理，成立党支部和工会团支部。以“90后”员工为主体，以党员和退役军人为主力，传承“军队型管理方式”，注重目标导向、结果导向、效益导向、能力导向、问题导向；借鉴“球队型运营模式”，体现内驱力、创造力、共情力；融入“海豚型组织形式”，讲究平等感、获得感、归属感。激励引导员工忠心听党话，铁心跟党走，恒心创基业，为自己争气，为企业争光，为党旗争辉，使自己成长，助企业成功，让梦想成就。

在企业运营中，我们用心为客户服务，弘扬主旋律，把握时度效，聚焦社会热点焦点、工作重点触点、受众关注点共鸣点，注重立意、创意、新意，推动思维方式交流融合、话语体系表达融合、资源力量跨界融合，努力提供精彩出彩的“一站式全案服务”，输出叫好叫座叫绝的精品佳作，不断提升客户黏合力、核心竞争力、市场辐射力、品牌影响力、组织免疫力。

责任催生红色精神。“思无崖”创立以来，我始终坚持知识生财走正道，遵纪守法办企业，义利并举济天下，践行责任馈社会。组织募集爱心款帮助一位台州烧伤毁容的女性治病；发起一场“众筹助出书，众人献爱心”活动，发行《空谷随想》2000册，书款捐助浙江省天台县受灾家庭、白血病家庭，并作为中学奖学金；连续四年为西藏日喀则市第三高级中学两名贫困学生捐资助学，连续两年为甘肃兰州市永登县通远镇贫困学生捐助文具用品和生活物品；向上海市志愿服务公益基金会捐款；无偿为复旦大学附属儿科医院拍摄《阻击“新冠”逆风而行，全力“战疫”向阳而生》纪实片，支持抗击疫情。

“任重而道远者，不择地而息。”作为一名共产党员，须永葆本色、擦亮底色。对过往的回望，是书写新的故事；对当下的期望，是接续新的奋斗；对未来的眺望，是再创新的荣光。面向未来，我时刻准备着，一直在路上。

刊于《上海支部生活》2021年第1期

助力和合之城　同行和合之路

一

巍巍天台山涵养了我们的硬气
潺潺始丰溪滋养了我们的灵气
融融儒释道润养了我们的和气
一山一水皆成景
一草一木总关情
一砖一瓦皆故事
深度接轨大上海
全面融入长三角
像一幅神秀壮美画卷
在我们心中幸福洋溢

二

无论我们离家有多久
无论我们地位有多高
无论我们贫穷还是富有
无论我们困顿还是成功
最难割舍的是乡情
最难忘却的是乡亲
最想吃到的是乡菜
最想听到的是乡音

合：

我们行业不同、经历不同

但我们有一个共有的称谓——天台乡友

三

我们勇闯商界打拼创业

我们播种希望挥洒汗水

我们拥抱变革转型升级

我们科技驱动实业报国

我们做精管理做响品牌

我们诚信经营践行责任

我们守护健康呵护未来

我们守望相助抱团取暖

合：

我们愿景不同、路径不同

但我们有一个共同的情怀——上海追梦

四

沧海横流起

世界万千变

时光飞速逝

跨越二十年

根系天台山

梦逐大上海

百舸争流扬帆

博采众长开放

敢为天下先

海纳百川浩瀚
和而不同包容
绘就同心圆
合：
高质量发展之路
现代化和合之城

五

我们扛得了大旗
我们经得了大浪
我们担得了大任
我们成得了大事
回乡回投共创共富再出发
合心合力共生共享兴天台
合：
我们联手为和合之城助力助攻，增光添彩
我们携手与和合之路同向同行，争辉出彩

天台县上海商会成立20周年暨变更为上海市天台商会情景诗歌朗诵

奋进新时代和合之路
共铸现代化和合之城

孟夏时节，万物并秀。天台县上海商会成立20周年暨变更为上海市天台商会，既是天台商会发展的里程碑，也是全体天台商会会员欢欣鼓舞的喜事，标定新刻度，勇攀新高度。“潮头登高再击桨，无边胜景在前头。”天台县十四届五次党代会提出“建设现代化和合之城”的宣言书，标出天台高质量发展的路线图，发出合心合力兴天台的动员令，为此上海市天台商会联合全国各地天台商会发出倡议。

“征程万里风正劲，重任千钧再奋蹄”，争当搏击商场成大事的追梦人。置身世界百年未有之大变局、“两个一百年”交汇点，直面世界之变、时代之变、历史之变、格局之变，唯有登高望远破局，察势观风布局，融入国内国际双循环相互促进的新发展格局，对接“一带一路”“京津冀协同发展”“长江经济带”“粤港澳大湾区”战略。在“变中有忧”中抓住“变中之机”，新理念引领，新模式驱动，新动能厚植，新业态培育，蓄势待发、谋势而动、乘势而上，提升产品竞争力、市场辐射力、品牌影响力，精准定位赢得先机，精进追梦赢得未来，精耕细作赢得优势。

“计利当计天下利，求名应求万世名”，争当守信履责担大义的模范生。以法为度，以信为本，以品为贵，以义为术，不忘初心走正道，不越边界搞经营，不盯眼前谋长远，不图小惠算大账，不失气节塑格局，不负时代担责任。坚守政治生命线、风险警戒线、法纪高压线、道德荣辱线，展示和传播天台企业家“硬气、灵气、和气”的良好形象。

“一支竹篙难渡海，众人划桨开航船”，争当同舟共济利大局的筑基者。业成于和谐，力生于团结。突出党建引领，加强顶层设计，摸索创新商会运行模式，想方设法推进制度化、规范化，千方百计为会员出谋划策、排忧解难。充分发挥政企关系“连心桥”“润滑剂”“促进器”作用，提升商会感召力、凝聚力和公信力，增进会员认同感、归属感和幸福感，着力打造成讲政治、高层次、广资源、大团结、优服务、强活力的共享平台和共创舞台。

“树高千尺不离根，人行万里总思源”，争当回馈桑梓扛大旗的排头兵。牢记“致富思源、富而思进，发展企业、回报社会”的商会宗旨，以荣归故里、振兴天台为己任，带头为天台高质量发展引智回乡、引资回流、引税回投、引才回巢，倾注真心厚意。投入真金白银，分享真知灼见，拿出真招实策，唱响共铸和合之城的“天台山歌”，绘就“各美其美，美人之美，美美与共”的壮丽画卷。

星光不问赶路人，时光不负奋斗者，荣光属于实干家。让我们心连心携起手、背靠背抱起团，永葆“试”的上进心、“创”的使命感、“闯”的精气神、“拼”的意志力，扬帆起航再出发，自强勤勉续辉煌。传承弘扬和合文化之韵，奋进新时代和合之路，共铸现代化和合之城。

上海市天台商会倡议书，2021 年 5 月 22 日发布。

发行要发力

满弓发力，因为“所当乘者势也，不可失者时也”；满载前行，因为“起跑就是冲刺，开局就是决战”。我很高兴也很荣幸，被评为“2015 年度上海市委党刊发行工作先进个人”。虽然我在宣传处工作，而不是名单所写的组织处，但发行工作确实是组织中有宣传、宣传中有组织，由此可见编辑部希望我在《上海支部生活》发行工作中做到“组织宣传一体”，同步发力。

先哲有言：“人有知学，则有力矣。”我从军校分配到上海警备区工作，第一次在基层连队阅览室看见《上海支部生活》，就被这本名头响亮、定位鲜明、内容翔实、受众独特的刊物所吸引，品悟前沿的思想，探究经验的规律，汲取工作的智慧，找准对标的参照。每期必看、爱不释手，受益匪浅、与人分享，我成为忠实的读者、拥簇者、传播者。缘分殷殷，情意切切。我从上海警备区政治部转业至市委某单位，负责系统报刊优惠发行工作和《学习与参考》的编辑工作，着手与《上海支部生活》建立坚定紧密的合作关系，相互支持、协同配合，双促交流、双向奔赴。这几年，我在《上海支部生活》发表一些研究文章，单位工作成果和人物先进事迹也在《上海支部生活》上得到大力宣传反映。

看似寻常最奇崛，成如容易却艰辛。《上海支部生活》的每一步发展，都包含着办刊人闯关夺隘的艰辛；《上海支部生活》的每一点变化，都承载着办刊人的探路破局。《上海支部生活》

作为上海市委党刊，聚焦党的基层建设，既上接天线，关注党建全局，把握宏观形势，又下接地气，紧贴支部基层，注重微观操作，传递党的声音，表达党员心声，展示党建成果，成为连接党建工作与党员干部的载体，党组织与广大群众的窗口。《上海支部生活》紧跟党的理论创新、党中央方针政策决策和上海市委工作部署，开拓创新、推陈出新，以睿智高洁、冷静理性、生动活泼的风格阐述基层党建这个大命题，越来越有内涵、有品位、有风骨，推出一系列权威准确有分量、精致耐读有深度、通俗生动有说服力的好文章，顺应了党员干部的阅读需求，成为党支部开展组织生活的好助手和重要参考资料。

上下同欲者胜，风雨同舟者兴。《上海支部生活》在华东地区乃至全国党刊中是响当当的“老牌子”，同样处于纸媒转型中自我发展的关键节点。我们衷心期待《上海支部生活》既在“党的成长”中推动“自我成长”，也为推动“党的成长”贡献更多的亮点、成果、智慧和力量，不断擦亮这张党刊“金名片”，越办越精彩，越来越受欢迎。我们真诚表态，发行工作是一项例行工作，深化与《上海支部生活》全面合作，加强联合策划、联手打造、联动发声，共同在深化改革发展时代进程中留下浓墨重彩的光荣记忆，不断提高传播率、美誉度、影响力和发行量。发行工作是一项政治任务，带着真心、装着感情、扛着责任，一如既往地建真言、谋良策、出点子、使实招，做好发动、推动和带动工作，努力使《上海支部生活》成为上海党员干部的案头必备。

2015 年 10 月 30 日在《上海支部生活》发行工作座谈会上的发言，刊于《上海支部生活（先锋）》2015 年 12 月上。

善人者人亦善之

丹心寸意，皆为有情；为善无言，言短情长。有钱享受能带来满足感，但用钱行善能带来幸福感。2015 年底，我在辞去公务员工作前，发起一场“以爱之名，以笔为善”出书售书读书公益活动，有缘携手一群热爱文字、热忱公益的知音，将众筹出版随笔集《空谷随想》的售书款用于家乡浙江天台山的帮困助学事业。田冰同志扎根在环境艰苦的边疆工作，他发起的这场“美丽西藏”助学活动有意义有意思，有声有色、有质有效。“美丽西藏”助学活动具有传递援藏干部价值精神的魅力“人格体”，聚合传播分享爱心的“自流量”，集合仪式感、温度感的组织形式，体现社会辨识度、影响力和示范性。“美丽西藏”助学活动是社会爱心慈善公益的小支点，但田冰同志撬动了日喀则藏族学生茁壮成长、勇敢飞翔的大杠杆，驱动他们用梦想、勤劳、智慧和知识创造美好未来。我由衷地向田冰同志和广大援藏干部们学习致敬！

爱是生命和心灵的雨露，没有爱生命和心灵就会枯萎。虽然我是创业者，正为企业生存发展而奔波操心，但很乐意参与“美丽西藏”助学活动，尽绵薄之力，献一份爱心。办企业如同做人，修身要兼顾才、貌、德，塑品牌也要兼具品质、品位、品格。一个人最核心的品格是善良仁义，一家企业最重要的品牌是社会责任感。倘若每人、每家企业、每个组织都接力向善、乐善、守善、行善，社会就能变成爱的森林，公众就可共享爱的绿荫，我们的心灵图景也得到升级和美化，真正收获宁静、满足和快乐。

用特写镜头看生活，生活是一场悲剧；而用长镜头看生活，生活是一场喜剧。困难是暂时的，前途是光明的，社会是进步的，命运是可以依靠学习知识改变的。我与一男一女两名藏族大学生结对，时常关注他们的朋友圈，与他们微信聊天。他们收看了党的十九大电视直播，研读了习近平总书记的工作报告，并向学校党组织递交了入党申请书，不忘初心、以善为念、感恩社会、回报国家。我欣然为他们点赞喝彩，并留言鼓励他们红心爱党、用心读书、倾心报藏。我在想，物质上捐资助学很重要，但更重要的是从精神上、长远上、根本上出策出力。脱贫的关键在大力发展教育。我们不仅仅需要一时捐资，更要通过经常性的沟通交流、言传身教和必要的活动策划、项目抓手，引导和帮助藏族大学生自尊、自信、自立、自强，自我造血，激发内动力，强化责任感。立足于革新思维观念，着眼于提升素质技能，致力于建藏兴藏，成为有崇高信仰、有真才实学、有道德操守的人才，当好学习成才的标杆、脱贫致富的示范、文化交流的桥梁、友谊传递的信鸽，将爱党爱国、民族团结的信念播撒在广大藏族同胞心上，争当社会主义事业接班人。

“善人者，人亦善之。”纯粹的爱心与善行不求回报，而是在每个受助者心中种下一颗种子，以期生根发芽。高尚的施助犹如春风化雨，于润物无声中传递真善美，不断为社会添砖加瓦。每个人都是爱的出发点，也是爱的中转站。上善若水，大爱无疆。一朵鲜花打扮不出美丽的春天，百花齐放才有春光满园。用心善待他人，积小善为大爱，凝聚爱、孕育爱、传播爱，爱的财富自然会与日俱增。岁月的奔腾从不停歇，爱心的接力永远向前。

在 2017 年“美丽西藏”捐资助学证书发放仪式上的发言

以“三子”分三步走好集聚之路

2003 年 6 月，我与奉贤区海湾镇结缘，军校刚毕业被分配在上海警备区，跟随部队赴碧海金沙海训，感知海湾的美丽。今天，我与奉贤区海湾镇续缘，得益于 2020 年区领导、区投促办等部门和海湾镇党委、镇政府首创退役军人产业园的“店小二”服务，我开启“创业 2.0 版本”，感悟海湾的魅力。

“思无崖”与海湾镇战略合作，双轮驱动、双向奔赴，资源叠加、双赢共享，既促进“思无崖”供应链、创新链、价值链、生态链的整合拓展，又促进海湾镇招商引资、产业集聚、税收落地。“思无崖”将以授牌仪式为光荣与责任的起点，以会议精神为指导与引领，以产业形态为纽带，以税收动态为导向，以营商生态为依托，立足当下、筹谋未来，大小兼顾、快慢结合，虚实融合、实体支撑，紧盯目标、对照清单，倒排计划、跑表掐时，以“三子”分三步走好集聚之路。

第一步，并起“小圈子”。“思无崖”持股企业和合作链条企业先行先动，该迁入的迁入，该变更的变更，该注册的注册。

第二步，牵起“牛鼻子”。围绕稳链、补链、强链、延链，导入一批潜力值高、成长性好、版权驱动、发展空间大的优质企业，依靠名人名家名师、明星网红大咖领衔企业，不分体量大小，不论估值高低，不计纳税多少，引来一家，带动一片，集聚一群，形成示范、吸附、辐射和溢出效应。

第三步，鼓起“钱袋子”。重点对接商会、协会、学会、联谊会等平台资源，开发律师事务所、会计审计事务所、招标代理机构等涉企通道，建立准入退出机制，引入市值可观、纳税可期、扩张可待的龙头企业、支柱企业、总部企业，引流量、壮体量、重质量、提增量，各美其美，美人之美，美美与共。

未来五年，形势挑战逼人，指标任务催人。作为一名先转业后创业的退役军人，我信奉两句顺口溜，一句是“只要信心不滑坡，办法总比困难多”，另一句是“想都是问题，做才有出路”。“思无崖”将依托产业集聚中心，努力精准精益“朋友圈”，画好画美同心圆，在做精“思无崖”创新链中提升海湾的显示度，在做强“思无崖”价值链中提升海湾的美誉度，在做大“思无崖”生态链中提升海湾的忠诚度。

在2020年奉贤区海湾镇“东方美谷”产业集聚中心签约授牌仪式上的发言

不负遇见　不懈奋斗

人间四月天，醉美牡丹节。我借唐代诗人刘禹锡《赏牡丹》改动一下，用“国色牡丹香海湾，花开时节动申城”形容今日海湾镇的良辰美景，明日海湾镇的前程似锦。置身如诗如画、如梦如幻的胜境，脑海犹现2003年6月我与海湾镇初见结缘的往事。恰逢我从军校毕业分配到上海警备区，跟随部队赴碧海金沙参加演训，对美丽的海湾镇一见钟情，遗憾此后调入警备区机关工作，与海湾镇擦肩而过。

中国传统史学家用“风”和“势”洞察时代演变、发展潮流，称作“察势观风”。关注、了解、熟悉海湾镇的朋友们可以预见，海湾镇在“十四五”宏伟蓝图勾勒擘画下，呈现“天时地利人和”的风势具象，形成“一城绿色半城海，上风上水上海湾”的城市意象。自上而来的改革之势，交相而动的变革之风，为高质量发展注入新动能、开拓新空间，为企业壮大腾飞催生新商机、开辟新赛道。“明者因时而变，知者随事而制。”基于对“思无崖”文化产业的谋篇布局，出于对海湾镇文化旅游体育得天独厚优势的向往，2020年10月我与海湾镇再续前缘，将产业整体迁入退役军人产业园，切身感受到海湾镇党委政府对“思无崖”“高看一眼，厚爱一分，先行一步，多扶一把”的务实、开放、包容，因海湾镇的魅力日久生情，安下心创业，扎下根发展，与海湾镇并肩同行。

“思无崖”坚持以产业形态为纽带，以税收动态为导向，以营商生态为依托，摸索“两手齐抓、两轮齐动，虚实互通、快慢互换”的内外双循环之路，一手一轮促进“思无崖”集聚合作链、创新链、价值链、生态链，一手一轮支持海湾镇招商引资、发展引智、产业引税、企业引才。下一步，“思无崖”将左右手持续使劲。

左手抓“三力三权”，加强内控融合。“思无崖”精耕“B2B”“B2C”两大模式，深耕京沪江浙四地，力耕“L4I”在时在线在地在场融合文创，步步为营提优实力，久久为功提增规模，以市场辐射力驱动产业链支配权，以核心竞争力带动价值链主导权，以品牌影响力拉动生态链话语权，合得拢，分得开，管得住，做得大。

右手抓“三起三子”，加快外联聚合。第一步，并起“小圈子”。“思无崖”持股企业和合作链条企业先行先动，该迁入的迁入，该变更的变更，该注册的注册。第二步，牵起“牛鼻子”。围绕稳链、补链、强链、延链，导入一批潜力值高、成长性好、版权驱动、发展空间大的优质企业，以名人名家名师、明星网红大咖领衔企业，不分体量大小，不论估值高低，不计纳税多少，引来一家，带动一片，集聚一群，形成示范、吸附、辐射和溢出效应。第三步，鼓起“钱袋子”。重点对接商会、协会、学会、联谊会等平台资源，开发律师事务所、会计审计事务所、招标代理机构等涉企通道，建立准入退出机制，引入市值可观、纳税可期、扩张可待的龙头企业、支柱企业、总部企业，引流量、壮体量、重质量、提增量。

乘风破浪、乘势而上的大美海湾、创新海湾、活力海湾迎面而来，诚邀各行各业的企业家拥抱海湾、融入海湾、兴业海湾。百年征程波澜壮阔，百年大党风华正茂。我是一名中共党员、退役军人，我将唱响新征程的“海湾之歌”，期待“各美其美，美人之美，美美与共，天下大同”。

最后，我拟写一副对子表达心声：

向海湾镇表态——不说再见、不负遇见，同道同行、向海新生。

为思无崖寄语——不负韶华、不懈奋斗，稳扎稳打、向阳而生。

在2021年奉贤区海湾镇第八届牡丹文化艺术节开幕式“花开南上海，添彩新未来”文体产业投资推介会上的发言

无边胜景在前方　快马加鞭再出发

承蒙镇领导与理事的器重、信任和支持，我被推选为新一任海湾镇商会会长。在此，我深表谢意、深感荣幸，向一直以来关心支持海湾镇商会的各位领导和辛勤付出的各位理事、工作人员致敬致谢。会长不仅是一个光闪闪的身份，更是一份沉甸甸的厚望，无边胜景在前方，快马加鞭再出发。

会员是商会的主体、主力、主角。常言道：生命在于运动，朋友在于走动，组织在于活动，信息在于互动，合作在于联动。我将牢记嘱托、砥砺奋进，握紧“接力棒”，当好宣传员、联络员、服务员、领跑员，凝聚团结带领会员秉持家国情怀、契约精神、光彩理念、感恩心态、责任意识，与上级精神对表，与职责任务对照，与“四好商会”对标，聚焦海湾蓝图，聚力绿色经济，聚集资源智慧。加强商会党组织建设，坚定正确政治方向，深入服务会员企业，深化服务海湾发展，规模扩容，制度完善，扩大商会影响，守正道、持商道、铸匠道、走大道，打造讲政治、塑格局、大团结、优服务、强资源、重合作、有盼头的共享平台、共创擂台、共赢舞台，切实当好镇党委、镇政府的参谋助手，构建新型政商关系的桥梁纽带。

海湾舞台再大，自己不上台，永远是观众；海湾发展再好，自己不融入，必将留遗憾。借此机会，我号召商会、青年商会企业带头推动总部回巢、资本回流、项目回投，说出真知灼见，使出真招实策，拿出真金白银，争当魅力海湾的主人翁和代言人，合力谱写“五美五强”“一切美好”的新奉贤海湾精彩篇章，擦亮“生态、运动、休闲、文化”四张出彩名片。

不畏山高路远跋涉者，山川回馈以奇绝景色。让我们在区委统战部、区工商联的有力指导下，在镇党委、镇政府的正确领导下，同心同德、同向同行，迎难而上、乘势而进，展现新气象、晒出新业绩！作为一名作家、编剧，我为青春海湾和青年企业家写了一句台词：“我们有幸有缘遇见的，不仅是海湾十六岁花季；我们还将力行同行预见到，海湾诗意化芳华。”

最后，祝福海湾镇商会发展芝麻开花节节高，祝福会员企业越办越红火！谢谢大家！

2024年就任海湾镇商会新任会长发言

专题研究学习修炼一阵子
传承企业家精神锤炼一辈子

时维九月微凉，序属三秋深浓。我们相遇在市青创联，相识于三明党校，相期以创业追梦。

三明地处闽西北，是革命老区、绿色山区，钟灵毓秀、人杰地灵，走进三明，心灵洗礼、灵感泉涌。行走在三明，呼与吸之间，是天然的气息；俯与仰之间，是自然的丰盈；迎与送之间，是天地的交响。我在上海警备区、上海市委某单位工作时都来过三明，因而与三明结下不解之缘。《道德经》说："道生一，一生二，二生三，三生万物。"三来三明，寓意着好兆头、好彩头、好盼头。

忙碌之余尤需踱方步，火热之时更要"冷思考"。在中秋、国庆前夕，上海市工商联下决心投入时间、资金和力量，依托三明党校集中办班学习，既很重要又有必要，立意高远、用心良苦、实属不易。这也充分凝聚了上海市工商联对我们青年企业家的谆谆厚爱和殷殷期望。三明市尤溪县是理学大儒朱熹的诞生地，他有三句名言脍炙人口、流传千古，我特意选取，与同学们分享共勉。

第一句是"少年易老学难成，一寸光阴不可轻"。学习如春起之苗，不见其增，日有所长；辍学似磨刀之石，不见其损，年有所亏。学习时间虽短暂，但学习课程体现"三高"：内容含金量高，信息密度高，师资规格高。平常我们请专家教授讲课，机会难得，费用不菲，我开玩笑地用商业逻辑一言蔽之：专题研修班学习是省钱，是值钱，是赚钱，是分钱。没有规矩不成方圆，没有纪律难有效果。我们要从荣光、纪律和价值三个维度考量，争分夺秒、如饥似渴，服从安排、遵规守纪，珍惜时光、珍重机会、珍爱身份，坐下来听课、静下心读书、放下身讨论，走出去瞻仰、跳出来思考、悟出道践行，努力学有所成、学有所获、学有所乐。

第二句是“问渠那得清如许？为有源头活水来”。三明全域曾属中央苏区，是“扩红补给”的重要地区之一，是红军长征的出发地之一，是“红旗不倒”的革命根据地。数以万计的三明革命英烈、仁人志士抛头颅洒热血，“父送子”“妻送夫”“兄弟双双当红军”，不怕牺牲，前仆后继，为共产主义事业和新中国成立建立了不可磨灭的功勋。他们的先进事迹、高尚品质、崇高精神，值得我们一代又一代人铭记传承弘扬。“美味源自千锤百炼”，三明沙县小吃以这句响亮口号行走天下、漂洋过海。这是啃硬骨头、攻坚克难的过程，是千锤百炼、涅槃重生的过程，是自我加压、活力迸发的过程。革命先烈牺牲奉献精神是企业家创业的源头活水，沙县小吃拼搏奋斗精神是企业家创业的缩影写照。借助研修班的良机，我们完成一次寻根之旅、朝圣之旅，踏着先烈的足迹，穿越历史的时空，向历史的深处探底，到初心的来处溯源，积聚、传承、迸发和传递企业家精神，不断滋养我们向阳而生、拔节而生。

第三句是“等闲识得东风面，万紫千红总是春”。1930 年初毛泽东同志率领红四军途经三明的宁化、清流、归化（今明溪）时，写下脍炙人口的革命浪漫主义词作《如梦令·元旦》：“今日向何方，直指武夷山下。山上山下，风展红旗如画。”我们昨天是商界同道，今天成为党校同学，但我们永远都是上海市青创联大家庭的同仁。在专题集训班学习，既要坐而论道，又要起而行之，努力把学习成果转化为勇闯商场、勇创一流、勇立潮头的思路、模式、干劲和意志，在上海市工商联领导下，在谢应波会长带领下，百花齐放春意闹，百企争鸣春风来，百业振兴春光好，浓墨重彩书写属于我们上海市青创联的“风展红旗如画”。

行者方致远，奋斗路正长。知识之渊博，唯有以学习践之；组织之厚望，唯有以奋进报之。专题研究学习修炼一阵子，传承企业家精神锤炼一辈子。我以为，企业家应当对照对标《中共中央 国务院关于促进民营经济发展壮大的意见》，胸怀“计利当计天下利，求名应求万世名”的格局眼界，秉持家国情怀、契约精神、光彩理念、感恩心态、责任意识，弘扬“爱国、敬业、诚信、进取”的沪商精神，勇者不惧、智者不惑，强者自救、圣者渡人，慈悲喜舍、无我利他。

我是马克思主义基本原理专业的博士研究生，今天我们又在党校学习，我最后就用青年马克思的一句话结束今天的汇报：“我们的幸福将属于千万人，我们的事业并不显赫一时，但将永远存在。”

上海市工商联青创联 2023 年度第二期青年企业家专题研修班开班发言，2023 年 9 月 25 日登载于上海工商联青创联官方微信公众号。

不佛系　不躺平　不摸鱼

承蒙各位会长、理事、监事的信任、厚爱和支持，选举我担任副会长，我深表谢意、深感荣幸、深怀责任。时间一往无前，行动一路向前，新职务肩负新使命，新组织承载新愿景，新形势需要新担当，新征程呼唤新作为。

市民营经济协会既是增进情谊的互动舞台，又是携手发展的互联平台。作为副会长，我将在理事会和陈会长的领导、指导、引导下，带领大家心往一处想，劲往一处使，拧成一股绳，铆足一股劲，同心同德谋良策，群策群力促发展，把这个大家庭、大擂台、大纽带、大桥梁越办越红火。

参天之树，必有其根；环山之水，必有其源。根据今天理事会审议通过决定，我将牵头召集成立退役军人就业创业工作委员会。市协会就是工作委员会的根和魂，退役军人企业、个体工商户是工作委员会的本和源。星云大师说：我们不要总是想着别人能给你点什么，而是想着我能为别人做点什么。作为牵头召集人，我将牢牢依靠市协会的坚强领导，紧紧依托各区协会和市协会各工（专）委会的支撑联动，努力当好领跑员、宣传员、联络员、服务员；团结凝聚带领会员传承企业家精神，传播“情义至先、服务至上、互助至重、共赢至本、成功至美”的办会理念，传递“性相近、情相融，心相通、德相伴，力相聚、道相同，信相守、利相合”的组织文化；保本色、长本事、强本业、守本分，洁身自好守正道，光明正大持商道，精益求精铸匠道，遵纪守法走大道，多一点真诚、少一点虚假，多一点奉献、少一点索取，多一点互利、少一点势利，把工作委员会办成有干头、有盼头、有奔头、有甜头、有劲头的“退役军人之家”。

志合者，不以山海为远。诗兴所发，言为心声，我为民营企业家和退役军人写下三句话，表达祝福祈盼，共勉互励：

拒绝划水不佛系，不停留于小富即安，争当踔厉奋发、富而有责的航行家！

拒绝内卷不躺平，不满足于小进即满，争当披荆斩棘、富而有义的攀登者！

拒绝平庸不摸鱼，不止步于小胜即骄，争当行稳致远、富而有爱的追梦人！

当选上海市民营经济协会副会长发言

拔头筹　打头阵　抢头彩

今天是好日子，辞旧迎新际；今天有好兆头，瑞雪兆丰年。新组织寄望新愿景，新职务肩负新使命。今天大会选举我担任上海市民营经济协会第一届退役军人就业创业工作委员会主任，这是上海市民营经济协会对我的信任，是会员们对我的信任。这信任赋予我一种责任、一种使命，责任重于泰山，使命如同生命。人生之幸，莫过于被人信任；人生之憾，莫过于负人信任。我会倍加珍惜、感恩奋进，从头做起、带头履职，跑好第一棒，干好第一任，争当第一流，决不辜负上海市民营经济协会的信任与重托，决不辜负会员们的支持与期待。

第一，永葆本色，守正道拔头筹。昔日战场显身手，而今商场竞风流。发扬“退役不褪志，退伍不褪色”的优良传统，弘扬优秀企业家精神，传扬“情义至先、服务至上、互助至重、共赢至本、成功至美”的办会理念，争当对党忠诚、爱国敬业、守法经营、创业创新、回报社会、担当责任的典范。利用退役军人党员政治优势、经验优势、组织优势，强化党建统领、党建融合、党建赋能，助推“两个健康”统一，在助力经济社会高质量发展中发挥主力军、先锋队、压舱石作用。

第二，盘活资源，持商道打头阵。做强企业是硬道理，做精主业是硬实力。商会协会的生命力在于在商言商、以商为核，跨前一步为会员创造商机、提供商情，洽谈商务、促成商利。从全局谋划一域，从一域服务全局。聚焦资源与合作双重发力、双向奔赴，塑造“性相近、情相融，心相通、德相伴，力相聚、道相同，信相守、利相合”的组织文化，利人利己、互助互惠、共赢共享，把退役军人就业创业工作委员会办成有搞头、有盼头、有奔头、有甜头、有劲头的“退役军人之家”。

第三，团结和合，走大道抢头彩。团结出凝聚力、战斗力、创造力。要有“上等人捧人，中等人挤人，下等人踩人”的人间清醒，要有“胜者举杯相庆，败者拼死相救”的侠义情怀，要有“相通则共进，相闭则各退”的胸襟格局，多一些沟通、少一些猜忌，多一些宽容、少一些计较，多一些真诚、少一些套路，多一些奉献、少一些势利，思想合心、工作合力、行动合拍、成绩合出，各司其职、各负其责、各展其才，营造“一群人、一盘棋、一条心、一起拼、一定赢”的鲜明导向和良好风尚。

只有干出来的精彩，没有等出来的辉煌。我坚信，有上海市市场监督管理局和退役军人事务局等有关部门关心指导，有上海市民营经济协会坚强领导，有各区民营经济协会和上海市民营经济协会工（专）委会协同支持，我们将挂图作战、按图行进，一马当先、一路向前，久久为功、绵绵用力，展现新气象、晒出新业绩，力争一年打基础、两年见成效、五年大变样，越办越红火！

上海市民营经济协会退役军人就业创业工作委员会主任就职发言

两岸交流青山遮不住
青年担当毕竟东流去

我出生在浙江台州市，扎根在奉贤区海湾镇，两地名中各取一字就组成“台湾”，这也是一种缘分。两岸人民同宗同族、同根同源，是相亲相爱、守望相助的一家人。奉台青年同龄同趣、同道同行，是心灵契合、共谋发展的一路人。

常言道，生命在于运动，家人在于走动，组织在于活动，信息在于互动，合作在于联动。我相信也期待，以今天举办文创主题分享会为契机，我们必将迸发出情感的共鸣，激荡出文化的灵感，碰撞出创意的火花。

在不懈奋斗中定义时间，在新的时间刻度上标注不凡印记。回顾自己的人生履历，我可以用峰回路转、天马行空来形容，归纳为军界熔炼、政界磨炼、商界锤炼、文艺界淬炼、学界修炼、产投界砺炼“六界六炼”。2016 年，我辞去公务员工作，创立“思无崖”公司和品牌。“思无崖”源于金庸《笑傲江湖》中令狐冲悟“修独孤九剑”的“思过崖”，又借用唐代诗人孟郊《登科后》中的诗句“今朝放荡思无涯”，寓意思想无界、思维无疆、思索无止。“思无崖”以思想立意独树一帜，以思维创意一马当先，以思索诚意一蹴而就，实施品牌策划推广“一站式运营”，影视投资制作“一盘棋落地”，科艺培训比赛“一揽子配置”，展陈设计施工“一条龙服务”，私域社群电商“一键式触达”，服装私订高订“一体化承接”，打造跨界融合、有趣好玩、出圈裂变的作品产品，塑造以合规为先、以内容为王、以流量为魂、以科技为核、以生态为根的文化产业集团。

思无崖“小荷才露尖尖角”，创业路“百里之行半九十”。虽然横跨“六界”，但我对自己有一个清晰的定位，就是“做强企业是硬道理，做精产业是硬实力”，争当“六边形战士”，跨界学识见识，专注主责主业，感知不一样的体悟，觉知不一致的洞见，提升核心竞争力和专业话语权，努力做到灵魂有趣有品、为人有情有义、奋斗有声有色、生活有滋有味。

有一句流行语：“时代抛弃你的时候，连再见都不会说。”创业是创始人带领一群未定的团队，抵达一个未知的地方，干成一件未卜的大事。准确的认知高于迷惘的勤奋，正确的选择大于盲目的努力。踩准大势风云际会，把正航向乘风破浪，站稳风口一路飞扬，跑对赛道风驰电掣，走顺模式风生水起。

最近一套有趣火爆的短视频“神曲舞步”，“广西科目三，席卷全台湾”，风靡两岸。“科目三”本是机动车驾驶证考试的一部分，现在专指一套搭配“魔性”音乐的丝滑舞步。“科目三”是两岸融合发展，文化交流的新现象，也是两岸青年独特的交流方式，“车同轨，书同文，舞同步”，文化交流丝滑柔顺，无缝对接。

“思无崖”确立“我是谁”“我为谁服务”“我能创造什么价值”“我该为社会和市场改变什么”“我创业成功需要什么”等底层逻辑，着眼“小而美、专而精、优而强”，立足于“手艺人”“创作匠”“设计师”“传播者”的角色定位，扎根内容、品牌、影视、传媒、公关领域，用望远镜看创新，用显微镜看品质，以高质量赢得大流量，让大流量传递正能量，以优质内容、真知灼见、贴心服务强信心，聚民心，暖人心，筑同心。

文创守正道润心田，产业循大道至万里。仰观天宇，时间更加深邃；俯身耕耘，愿景无限可能。两岸交流青山遮不住，青年担当毕竟东流去。两岸青年朋友们，让我们心贴心、手拉手，相向而行、双向奔赴，共燃恰青春、共进新时代、共圆“中国梦”，赓续中华文脉，推动中华优秀传统文化创造性转化、创新性发展，为中华民族光辉璀璨的明天，汇聚起向上向善向好向美的蓬勃青春能量。

在“花开两岸，青春莲接”奉台青年文创主题分享会上的主题发言

助人　分人　教人

很高兴也很荣幸，回到阔别已久、朝思暮想的母校，参加今天这样一个特别的仪式。人生的路有远有近、有长有短，但总也走不出一个“圆心”；世间的情，分分合合，聚聚散散，但总有拉不断的一个“缘分”。

1996 年我考入天台中学，1999 年进入军校，2003 年毕业分配在上海警备区服役，当过排长、政治指导员、宣传干事和学习秘书，2011 年转业在上海市委某单位任职，2016 年辞去公务员工作创业。这些年，我出过书，写过歌，当过编剧，投资过影视，拍过广告，做过党建思政研究，干过品牌公关咨询，横跨军界、政界、商界、文艺界、学界、投资界。年岁在变、角色在变、头衔在变、事业在变，始终不变的是天台中学学子身份，我始终不渝地传承着“自觉鼎新，大器卓然”的校训。

“任重而道远者，不择地而息。”作为一名“天中学子”，我一直谨记校风校训，永葆本色、擦亮底色，对过往的回望，是书写新的故事；对当下的期望，是接续新的奋斗；对未来的眺望，是再创新的荣光。

2021 年我从上海校友会得知一些天台中学校友向母校捐资捐物的倡议，主动联系姜忠勤校长对接捐赠需求，略尽校友绵薄之力，奉献企业爱心之意。得到晨辉光宝科技股份有限公司和赖天军副总经理大力支持，结合“思无崖”在教育智能装备领域的布局、合作和优势，我们向母校捐赠一批护眼灯设备，构建优质的健康光环境，有效降低光源性近视，为老师同学们的视力健康提供可靠的环境保障。

习近平总书记指出：“只有富有爱心的财富才是真正有意义的财富，只有积极承担社会责任的企业才是最有竞争力和生命力的企业。”立天下之正位，行天下之大道。心理学家弗洛姆认为，爱本质上是给予而非获取。真正的爱，给予“内心有生命力的东西”，能够在每个人身上唤起生命最深处的生机，也会激发个体的善行善念。从这个意义出发，只有人人都是给予者，人人才能成为受益者。“思无崖”坚持成人之美、助人之需，救人之急、帮人之困，授人玫瑰手有余香，勇担企业社会责任，彰显良心企业形象，迄今累计捐资捐物价值 140 余万元，积小善为大善，把爱心传递出去，从一颗心温暖一片心。

古语有云：“与善人游，如行雾中；虽不濡湿，潜自有润。”安装一盏盏微小的明灯，照亮一个个年轻的心灵。道不可坐论，德不能空谈。有力者疾以助人，有财者勉以分人，有道者劝以教人。爱心没有终点，良善也无尽头。让我们崇德向善、明德惟馨、立德树人，锲而不舍地行走在爱心慈善公益大道上，追随光、靠近光、成为光、散发光。

我衷心感恩母校培养了我，感佩母校造就了一大批优秀学子，衷心祝愿天台中学在建设现代化学术性高中之路上桃李争妍人才出，祝福同学们在求学成长之路上芝麻开花节节高。

在 2023 年天台中学护眼灯设备捐赠仪式上的发言

第三辑

思无崖

相识陈琪君于沪上，过往多年，其为人之道有君子风。《论语》有云：“子贡问君子，子曰：先行其言而后从之。”意谓君子先做了事然后才说。陈琪所著散文集《若如初见》即如是者焉。自天台起步而走天下，跋涉仁山智水，归来明月清风，历经军旅、党政砺炼，创办文化企业，多才多艺，纵横驰骋，人誉为勇士、雅士、奇士，所言非虚。明末清初画家龚贤云：“明乎道，则博雅，亦可浑朴，亦可不失为第一流人。”正如《中庸》云：“君子无入而不自得焉。”所作散文俱述其所行，叙其见闻，跋涉甘辛，发其思悟，文笔多奇味，情怀有壮思。先行真善，美文而后从之，圣人所言，斯其谓欤？

——岭南诗文书画名家　上海交通大学海派文化研究所直聘教授　刘国玉

思無崖
劉國玉

思无崖

唐朝诗人孟郊有一首名诗《登科后》：“昔日龌龊不足夸，今朝放荡思无涯。春风得意马蹄疾，一日看尽长安花。”“涯”与“崖”音同义近，我借用此诗改作“思无崖”。这既是我推崇的创业景象，也是我企业的取名意象，更是我追求的人生境象。伟大是熬出来的，成功是逼出来的，胜利是拼出来的。我在熔炼、磨炼、锤炼、淬炼中砥砺奋进，在争光、争气、争先、争辉中踔厉奋发，一路泥泞一路辙，一路繁花一路歌。

入局：情怀与勇气

卓别林说：“人生所需要的，无非就是勇气和想象力，还有这么一点儿钱啊。”哈佛大学曾做过一个调查：一个人的人生中，一般会有七次机会决定人生走向，错过这七次机会，这辈子基本就水波不兴。上天在赐予我们这些机会时，总会设置一些门槛，如果我们没有胆量去跨越，这些机会就稍纵即逝、一溜而过。

最慢的步伐不是跬步，而是徘徊；最快的脚步不是冲刺，而是坚持。每年有汹涌人潮挤入上海，渴望在这座强度高、节奏快、机会多的国际化大都市，找到实现人生价值的一席之地；每年也有潮去人散离别上海，“无可奈何花落去”，挥袖不带走一片云彩。创业就像一场棋局，因为落子无悔，所以步步惊心。创业温柔地接待每个人，总有人棋高一等，快人一步，实现财富自由；它也真实地虐待每个人，总有人招逊一筹，慢人一拍，两袋落空。选择了创业不一定成功，但选择了它便是选择一种跌宕起伏、荡气回肠的人生。不尝世间醋与墨，怎知人间酸与苦？人生如果一切都按部就班，又哪有沿途五彩缤纷的风景？生命给予我们多元化的生活方式，时代赐予我们多样性的成功内涵。生命的过程，就是时间的旅行、成长的体验。在时间面前，最伟大的人也无逆转之力，我们唯有顺应变化、拥抱变革、权宜变动，才能敢当非常人，不走寻常路，逾越平常事。

马克思说：“最先朝气蓬勃地投入新生活的人，他们的命运是令人羡慕的。”三思而后行，谋定而快动。不是被动撤退而创业，而是主动出击。2016 年初，我充盈梦想感召的情怀，鼓足闯荡拼搏的勇气，传承父亲经商的基因，笑听静观亲友同事们的鼓励或劝阻、牵挂或质疑、祝福或看衰，好听的话不当真，难听的话不较真，一气呵成写下辞职报告《我想到沙漠的那一边看看》并发表在《解放日报》“朝花”周刊，义无反顾地从上海市委某单位离职。骑上“骆驼”，带上“水和干粮”，跳出舒适圈，选择创业路，勇闯沙漠区。跋涉探索于一场未知的旅程，胜过驻足等候一个已知的结局，“伸手摘星，即便徒劳无功，也不至于满手泥巴”。命运的齿轮即刻转动，我由学而军，又由军而政，再由政而商，后由商而文，在转身与转型之间筚路蓝缕，在专注与专业之间风雨兼程，在出局与出众之间涅槃重生，一腔热血敢追梦，一往无前向未来。

开局：选择与路径

有一句流行语：“时代抛弃你的时候，连再见都不会说。”准确的认知高于迷惘的勤奋，正确的选择大于盲目的努力。踩准大势风云际会，把正航向乘风破浪，站稳风口一路飞扬，跑对赛道风驰电掣，走顺模式风生水起。

一等二靠三落空，一想二干三成功。一家挂牌“新三板”的民营企业，抛来橄榄枝，聘任我为首席运营官，负责公司平台设计、研发、运营和推广，但好景不长，由于自己缺失网络技术的底色，缺乏经验技巧的底子，缺少团队技工的底数，施展身手如同一拳打在棉花上——有劲使不上。吃一堑长一智，经一事历一练，打一仗进一步，我毅然抽身自立门户，对创业再领悟：趋势是创业的机会，市场是创业的土壤，需求是创业的动力，创新是创业的灵魂，风险是创业的代价，收益是创业的归宿，共赢是创业的关键；兴趣是最好的老师，专长是最佳的武器，资源是最快的通道，学习是最强的本领，共情是最大的能量，坚韧是最硬的保证，人品是最久的靠山；不能惯性复制走“老路”，不能急于求成走“近路”，不能按部就班走“慢路”，不能自我封闭走“窄路”，不能同质发展走“熟路”，只能老老实实、踏踏实实地走出贴合自己的“新路”。

从战场走向市场，从机关变为“商关”，如何选择一个适合自己的创业方向和赛道，是我面临的头等大事。向企业家行家请教，找大师大咖求教，邀高人能人指教，厘清界定“我是谁”“我为谁服务”“我能创造什么价值”“我该为社会和市场改变什么”“我创业成功需要什么”等底层逻辑。我在军队当过政治指导员、宣传干事、学习秘书，后转业到上海市委某单位工作，参与筹划组织过各类活动，发表过不同体裁的作品，提升思想理论水平，学习思维方法，锻炼了文字写作、统筹协调、沟通表达、思索决策的能力。我发挥优势和特长，投身内容、品牌、影视、传媒、公关领域，采用“B2B”“B2C”商业模式，先行先试、边做边调，稳扎稳打、再接再厉。

以特质兼具营销，以底蕴兼备传播，如何注册一家属于自己的经营公司和品牌，是一门大学问，也是我肩负的首要任务。取名颇有讲究、蕴含深意，名字就是机会运势，就是成本投资，就是传播推广，有一目了然、一见如故、一鸣惊人的功效。拿破仑说过一句话：“世上有两种力量：利剑和思想；从长而论，利剑总是败在思想手下。”思想的闪电会以雷霆万钧之势闪耀时代的星空，迸发出认识世界、改造世界的强大物质力量。公司和品牌取名“思无崖”，源于金庸《笑傲江湖》中的“思过崖”和孟郊《登科后》“今朝放荡思无涯”，寓意思想无界、思维无疆、思索无止，以思想立意独树一帜，以思维创意一马当先，以思索诚意一蹴而就，蹄疾走日月，步稳度关山。

昨日的高点就是今日的起点，从头再来重新出发。孤零零一个光杆司令，集老板、策划、文案、剪辑、设计、行政、人事、财务、司机、保洁于一身，挤在一位经营园区的同乡优惠支持的小工位。一连两个月都没开单，没有收入，没有工资，只有支出，只有损耗。一位好友伸出援手，为前景不明的新企业注入第一笔小额资金，解了燃眉之急，租了办公场所，我也能就此着手招兵买马。我感恩那些开始时在自己最艰难最紧要之际给予信任、支持和帮助的亲人友人贵人。前有标兵，后有追兵，但我不甘心、不气馁、不放弃，决不当逃兵，以出彩服务博得客户喝彩，成绩有目共睹，实力有口皆碑，合作方慕名纷至沓来。创业者的世界，心里兵荒马乱，嘴上一言不发，眼里阅尽沧桑，脸上故作镇定，没有人不遗憾，只有人不喊疼。

布局：长板与深耕

“拿着旧地图，难寻新大陆。”未来已来，遇见未见，唯变不变，时进则进。行业“内卷”，卷的是创新迭代；企业“内卷”，卷的是认知超限；产品“内卷”，卷的是技术革新；市场“内卷”，卷的是模式进化；客户“内卷”，卷的是服务升级。如果故步自封、自我陶醉、自限一隅，就会限制想象力，丧失机遇期，错过风景线。这是创业者的新时代，也是“思无崖”的新征程。

“遵通衢之大道兮，求捷径欲从谁？”问题起于当下，答案则在未来。创业是一项错综复杂的系统工程，不同的发展阶段和目标任务，需要全方位贯彻“第一性原理”，找到事物成功的第一推动力，科学灵活运用长板与短板、全类与单品、战略与战术、方略与策略的辩证统一。《孙子兵法》说：“我专为一，敌分为十，是以十攻其一也，则我众敌寡。”一家企业的长板，就是人无我有独家、人有我优独到、人优我特独创的核心竞争力。长板源于积累沉淀，好比一座金字塔，积累沉淀越多，就越会有坚实塔基和高耸塔顶。长板的高度在于尖端性，长板的深度在于精细性，长板的厚度在于规模性，长板的宽度在于延展性，长板的韧度在于后发性。在争夺客户、抢占市场的战场上，没有企业大小之分，只有价值大小之分。无论企业大小，只有坚守长板、舍杂取精、追求极致、力出一孔、单点突破，才能产生爆发力。万法归一、一本万利，一家企业奉行“一万小时定律”，聚焦聚神聚力于重要紧急、垂直细分的长板，坚持不懈地构造长板，终将成为“顶流翘楚”，奠定行业领域的决定权、主导权、话语权、支配权。熟能生巧、巧能生智、智能生果，比别人好 10% 就能刷掉 90% 同行，比别人好 50% 就能“笑傲江湖”。

梦想的花开，离不开时间的浇灌；发展的进阶，少不了时间的助力。“思无崖”日积月累、日新月异、日升月恒，立足于“手艺人”“创作匠”“设计师”“传播者”的角色定位，以思想造就价值，以格局铸就财富，以人才成就事业；以流动资金为稳定器，以金融资本为加速器，以人脉资源为助推器，守正道、持商道、铸匠道、走大道，拉伸起家长板，加固保家底板，发力兴家新板，补齐治家短板；实施品牌策划推广“一站式运营”，影视投资制作“一盘棋落地”，科艺培训比赛“一揽子配置”，展陈设计施工“一条龙服务”、私域社群电商“一键式触达”，服装私订高订“一体化承接”。建构LC（Legal Compliance，以合规为先——正确导向、社会责任、依法纳税、规范用工、安全保密）、IP（Intellectual Property，以内容为王——内容力、人格化、自流量、价值观）、ID（Industrial Design，以流量为魂——创意达人、网红主播、流量明星、粉丝经济）、IT（Internet Technology，以科技为核——元宇宙、人工智能、云计算、新视听）、IG（Industrial Garden，以生态为根——产业园区、集聚中心、轴带环链）“L4I”在时在线在地在场融合文创，重点上“哪壶不开提哪壶”，爆点上“提了哪壶开哪壶”，一步一个脚印走，一棒接着一棒干；培植势能、迸发动能、提增效能，力求“小而美”“专而精”“优而强”，打造跨界融合、有趣好玩、走心破防、出圈裂变、爆款现象的作品产品消费品，塑造以合规为先、以内容为王、以流量为魂、以科技为核、以生态为根的文化产业集团，为中华民族伟大复兴源源不断地注入向上向善向美的品牌声量、价值力量与精神能量，为社会主义文化强国建设做贡献。

时间和事件，是最忠实的记录者。满足客户用户需求是“思无崖”的立身之本，建立客户用户信任是“思无崖”的立业之基，超越客户用户期待是“思无崖”的立德之源，对专业职业心怀敬畏，对客户用户心存感恩，确保合作零事故、质效零差评、服务零投诉。2017年9月，策划编导摄制微电影《桥》，以窥斑见豹的视角、走心治愈的风格、娓娓道来的叙事、绘声绘色的“竖屏美学”，讲述当地党委将一座古桥历史遗址变成民生福祉，将文化遗产变成“绿色资产”，架起一座“党群连心桥”的故事，影片荣获松江区第四届优秀外宣品影视类二等奖、上海市民微电影大赛优秀影片奖，在“学习强国”平台发布。2019年4月30

日，策划编导摄制上海市庆祝“五一”国际劳动节特别节目微电影《奋进新时代》，影片赢得赞誉，并在东方卫视播出。2019 年 9 月 25 日，策划编导摄制的中国首部打击“套路贷”的普法微电影《以爱之名》在上海公安新闻通气会上发布。2020 年 8 月，策划执笔的文化史专著《行歌九亭》出版，历时一年，数易其稿，悉心打磨，被评价为“文笔老到，行文流畅，使得读者不必受文字枯燥的阅读之苦”“具有一定的文献价值”。2021 年 10 月，圆满完成干休所系统“四个秩序”规范化建设试点任务，建成适老化、贴心化、绿色化、智能化的花园式干休所样板工程。2021 年 12 月，策划设计的“新时代文明实践特色站”启用开放，集美感、文化、科技、互动于一体，受到关注与肯定。2022 年 7 月，策划编导摄制微电影《仪廉有境》，经过专家评审，从 507 部报送作品中脱颖而出，荣获上海市纪委监委“廉洁文化微电影微视频征集展播活动”优秀作品奖，成为七部获奖的市管国企作品之一。2022 年 10 月 13 日，策划编导摄制的宣传片《上海市交通发展白皮书》在上海市政府新闻发布会上发布。2023 年 7 月 10 日，策划编导摄制福建省宁德市寿宁县竹管垅乡形象片《云雾茶香颂，醉美竹管垅》，登陆中央电视台综合频道、国防军事频道和农村农业频道。开发“雅士”“智士”“研学”“国学经典导读”四大原创 IP 课程，授权成为上海戏剧学院社会艺术水平考级承办单位，荣获奉贤区授牌“思无崖文化产业集聚中心”，编剧出品制作宣发的影视作品取得不俗成绩和可观收益。

念念不忘，必有回响。“思无崖”建构基于长板和价值的“生态位”“冗余度”，核心竞争力日增月盛，市场辐射力开源增收，品牌影响力枝添叶增，组织免疫力踵事增华，千方百计正确地做事，全力以赴做正确的事，在不确定的环境中奋力做好确定的自己。

破局：人才与文化

若要走快，一人独行；若要走远，结伴同行。人才是企业第一生产力，是经营成功的根本，企业因员工努力而壮大，员工因企业发展而成长，企业与员工相互成全、彼此成就、一起成功。文化产业人才更新迭代快、培养周期长、薪酬成本高、可流动性强，企业须以更高站位、更宽视野、更大格局、更强保障，招揽、发现、考察、配置和使用人才。

与凤凰同飞，必是俊鸟；与虎狼同行，必是猛兽。人生最重要的，就是与谁为伍。与优秀者在一起，才能出类拔萃。稻盛和夫说过："我们终其一生，都在寻找两个东西，一个是价值感，一个是归属感，价值感来自被肯定，归属感来自被爱。""思无崖"坚持军事化管理、一体化业务、球队型运营、"海豚型"文化、合伙型激励，确立目标导向、结果导向、效益导向、问题导向，本着"人才英雄不问出处，知人善用不拘一格"和"不为我所有，但为我所用"的原则，携手高校职校、协会学会、媒体单位、文艺团体等共建"产学研用"融合发展平台，集整名人、名流、名家、名师高端智库，产业链专业人才储库，每年设立"忠诚奖""戎耀奖""奋斗奖"，评选"最佳文案·最美设计·最燃创意"案例，表彰"最有责任员工""最具价值员工""公司发展金点子"。拿出真金白银的股权激励分红和绩效奖金福利，褒奖、表彰和激励为集团做出贡献的各类员工，使"责权利"定时定人变现兑现，让各类员工用得其所、用当其时、才尽其用，做得好就奖，做错事就罚，优胜劣汰、奖优罚劣，有为者有位，能干者能上，优秀者优先，多劳者多得，为客户用户负责，为利润收益负责，为风险安全负责；把企业变成创业平台，把员工变为创业者，构建新时代和谐劳动关系，凝结员工利益共同体，激发员工首创精神和主人翁精神，增强员工获得感、归属感、价值感、荣誉感，让员工有干头、有盼头、有奔头、有甜头、有劲头。

员工之魂，以文化之；企业之根，以文铸之。企业文化由创始人鲜明的个性、风格和气质浇铸，从企业发展历程的得失成败中萃取、提纯、强化、放大。企业文化或许不能拉高产品作品的上限，却能标定产品作品的底线。“梧高凤必至，花香蝶自来。”经营文化产业的“思无崖”，更要提炼、践行和传播企业文化。“思无崖”聚焦理念、行为、制度和物质“四个维度”，紧扣 MI（理念识别）、BI（行为识别）、VI（视觉识别）“三大系统”，围绕党建思政、价值取向、行为准则、决策机制、沟通方式、人际关系“六种要素”，孕育军旅品质、传媒形态、科创基因、文化底蕴；组建工会团支部，探索“党建统领，思想政治工作引领，经营业绩挈领，忠心听党话，铁心跟党走，恒心创基业，为自己争气，为企业争光，为党旗争辉”的党建思政模式，培塑“一种理念、两个集库、三思定义、四本价值、五类形态、六度空间、七层能力”的企业文化，树立灵魂有趣有品、为人有情有义、奋斗有声有色、生活有滋有味的信条，引导员工从上往下传承、自下而上信奉、由内而外散发，提升员工自制力、内驱力、创造力、共情力，营造“领会意图共商、凝聚认同共识，将心比心换位、推己及人握手”的企业风尚和纯正同心同德、同向同进、同频同步的企业环境。坚持以道德作帆，以文化作舟，成人之美、助人之需、救人之急、帮人之困，积极承担对口支援帮扶，促进共同富裕的社会责任，踊跃投身光彩公益慈善事业、国防强军建设和应急救灾行动，企业迄今累计捐款捐物达 140 余万元，被评为“模范守信企业”，荣获“公益慈善奉献企业奖”。

格局：心态与认知

格局是一个人的心态与胸襟、眼光与视野、境界与气量、定力与意志，决定事业的前途，框定人生的命运。清朝学者张潮把人生分成三种格局：第一种，在窗子里赏月；第二种，在庭院中望月；第三种，在高台上玩月。正所谓“格局之上，所见之处，步步皆景”，大格局成大业，小格局做小业，没格局会失业。

格局是心态的外衣，以怎样态度生活，就拥有怎样的格局。“心中有事，装作若无其事，就是阅历；心中有事，还能若无其事，便是格局。”创业是惨烈残酷的战争，千军万马闯关夺隘，除了生死其他都是擦伤。所有的出口成章都是厚积薄发，所有的淡定从容都是负重抗压，所有的卓尔不群都是千锤百炼，所有的功成名就都是筹谋蓄力。欲成大树莫与草争，将军有剑不斩苍蝇。在创业中遇事修性，在工作时遇人修心，注重心理建设、心灵涵养、心神安定，保持“空杯”的心态、“归零”的姿态、精进的状态，耐得下孤独、吃得下艰苦、拉得下脸面、受得下委屈、放得下身段，在失意时放大自己乐观自信，在如意时缩小自己谦逊自省，“虎啸龙吟凌云志，落花流水平常心”。“自知者智，自胜者勇，自暴者贱，自强者成。”

一个人的最大困境，就是认知受限。一家企业的“天花板”，取决于创始人的认知力。一人之力有穷尽，目光有其局限性，容易囚困于一亩三分地。创业是创始人带领一支未定的团队，抵达一个未知的地方，干成一件未卜的大事，再高明再厉害也难以预知今后面临的所有可能。汽车停在家里最安全，但那不是买车的目的，企业经营时刻面临政策风险、法律风险、市场风险、管理风险、财务风险、金融风险、品牌风险等，轻则导致企业损失，重则让企业失败破产。认知力是研判和规避风险的重要保证。面对“未知远大于已知”，创业者往往囿于“熟悉而已知的世界”，也常常陷入“陌生而未知的世界”，因而更加迫切需要提升认知力。读书充电、思考积淀，是提升认知力的一条捷径。明朝书画家董其昌说：“读万卷书，行万里路，胸中脱去尘浊，自然丘壑内营。”对新情况、新事物、新技术、新政策，要充满敏感、热情、好奇、想象、欲望，主动学习，大胆假设，小心求证，批判思辨，著文探究，努力把学习成果转化为学识、见识、才识、器识、胆识，站得高，看得远，想得深，悟得透，抓得准，不畏艰难、不怕失败、不惧风险，日积月累、久久为功。2021 年 9 月，我成为马克思主义基本原理专业的博士研究生，针对性、系统化训练思想方法和思维方式，学习掌握观察、分析和解决问题的立场观点方法，突破认知的局限、定势、束缚和桎梏，冲破认知力的“天花板”。

学习输入不停，笔耕输出不辍。我在《新华每日电讯》《光明日报》《解放日报》《文汇报》《新民晚报》《文学报》《组织人事报》《党政论坛》《上海支部生活》《宣传通讯》等报刊发表百篇文章，其中一些作品被人民网、新华网、光明网、中国作家网、中国知网、“知乎”等网络媒体平台转载；聚力 IP 研究、咨询、塑造、传播、转化，开创“六边形战士”思维训练品牌，致力“底层逻辑认知 + 顶层设计策划 + 破层出圈裂变”，熬制“心灵鸡汤”，激跃思维方式，提高认知水平，升维格局境界，输出情绪价值，增进商业链接，助力财富创收。2016 年 3 月，我出版随笔集《空谷随想》。2018 年 5 月，我为徐汇区康健外国语实验小学校歌作词。2020 年 9 月 3 日，我接受上海教育电视台专访，摄制专题片《老师，引领我走上写作之路》播出。2021 年 4 月，我成为浙江省作家协会会员。2023 年 8 月，我为“思无崖”投资出品的电影《锦龙行》主题曲作词。在我的谋划、倡导和推动下，“思无崖”创设“思享荟萃·悦读人生”读书品牌，实施“对标一流企业·对焦自我革命”进化行动，组织“保质量，比扫尾验收结款，保效益，比降本节能止损，保安全，比履职尽责担当，保进度，比对时对表对路”岗位比武竞赛，将其纳入评优、绩效和晋升考核；“师徒制”与“项目制”结合帮带培训员工，鼓励引导员工遵循“认知、决策、执行、复盘”闭环流程，乐于学习，勤于反思，善于破题，搭平台、打擂台、秀舞台，支持员工参加终身职业技能培训和在岗继续教育，报销学费，既提高员工认知水平，又标高员工底线水准。

论道对话、交流切磋，是增进认知力的一个法宝。格局大、眼界高的人往往可以高屋建瓴地提供建设性意见，站在巨人肩膀看人生，我们才能一点一点地爬出井底、走出狭隘。展开多线程工作，跨界型社交，多接触自己不甚了解、不太注意的领域，多遇见与自己志趣不同、经历不同的人，多聆听大相径庭、奇思迥异的想法，多关注被人忽略、并不起眼的冷门，多欣赏形形色色、五花八门的作品，多借鉴头部企业、顶尖机构的逻辑，持续开放观念、开阔眼界、开阔胸怀，避免一叶障目、鼠目寸光、庸人自扰、夜郎自大，使自己变得灵光、灵敏、灵巧、灵动。回首自己的履历，我横跨军界、政界、商界、文艺界、学界、产投界，兼任江苏省习近平新时代中国特色社会主义思想研究中心南京航空航天大学基地特约研究员、高校中国共产党伟大建党精神研究中心上海大学分中心特约研究员、上海师范大学兼职副教授、上海建桥学院客座教授、东华大学硕士研究生校外导师、上海市地方史志学会常务理事、上海市民营经济协会副会长兼退役军人就业创业工作委员会主任、上海市工商联文化商会理事、上海市光彩事业促进会理事、奉贤区营商环境“贤城体验官”、奉贤区青商会副会长、奉贤区海湾镇商会和青商会会长、杨浦区青联委员、上海市天台商会副会长等。与智者同台，与强者同创，与善者同道，谨记“做强企业是硬道理，做精产业是硬实力”，保持军人本色，争当“六边形战士”，感知不一样的体悟，觉知不一致的洞见。中国道教协会副会长、道教南宗祖庭天台桐柏宫监院张高澄道长赐我一幅墨宝勉励：“思无崖天高地阔，行有道近悦远来。”岭南诗文书画名家刘国玉老前辈赠我一副楹联寄语：“跋涉仁山智水，归来明月清风。”

思无崖“小荷才露尖尖角”，创业路“百里之行半九十”。静待花开终有时，守得云开见月明。锚定坐标、坚定笃行，不忘初心、不弃微末、不舍寸功、不负青春，守正道、持商道、铸匠道、走大道，相信在岁月斑斓时、前路尽头处，总会浮现梦想挥手相迎的美好模样，总能映现“登科后”的美妙情景。

2023 年 10 月 10 日登载于上海市工商业联合会官方微信公众号，原文章名《今朝放荡思无崖》。

为人民提供更多更好的“精神食粮”

《红海行动》《人世间》《只此青绿》等影视文艺力作迭出，“考古热”“博物馆热”“非遗热”蔚然成风，文化创意、知识付费、网络直播等新业态新模式蓬勃发展，产业规模、产品供给和产融聚合壮大升级……这是新时代文化高质量发展的真实写照，也是这10年人民文化获得感、幸福感显著增强的生动缩影。

近10年来，党中央将加快构建现代公共文化服务体系纳入“四个全面”战略布局，深化文化体制机制改革，加强公共文化设施和文化项目建设，颁布了《关于加快构建现代公共文化服务体系的意见》《中华人民共和国公共文化服务保障法》《关于建立健全基本公共服务标准体系的指导意见》等法律法规。《中共中央关于制定国民经济和社会发展第十四个五年规划和二〇三五年远景目标的建议》明确把“推进社会主义文化强国建设”作为文化建设的战略任务，推动保障人民文化权益走向标准化、均等化、普惠化、便捷化，整体布局更加均衡，服务质量更加优质、供给方式更加智能。人民的精神文化需求得到合理满足和正确指引，为中华民族伟大复兴源源不断地注入磅礴向上的价值力量与精神能量。

物质财富和精神文化共同繁荣是社会文明进步的重要特征，经济、政治、文化、社会协同发展是现代化国家的必然要求。文化资源日益成为经济发展的重要资源，文化创新日益成为价值创造的重要支点，文化形态日益成为市场竞争的重要资产。只有文化展现出超越物质资本的力量，才能造就更大的文明进步；只有经济发展体现出文化的品格，才能成就更高的质量效益。这是满足人民多样化、高品位文化需求的重要基础，也是激发文化创造活力、推进文化强国建设的必然要求。10 年来，在党中央的领导下，文化工作者坚持把社会效益放在首位，使社会效益和经济效益相统一，完善文化产业规划和政策，加强文化市场体系建设，实施文化产业数字化战略，加快发展新型文化企业、文化业态、文化消费模式，推动文化产业全面转型升级，不断扩大优质文化产品供给，精心塑造中国理论、中国精神、中国价值和中国力量，形成文化产业发展新格局。

文化始终是一个国家与民族的血脉和纽带，是人民的精神家园，承载着凝聚人心、引领风尚的重要功能。大力弘扬社会主义先进文化、广泛凝聚人民精神力量，是国家治理体系和治理能力现代化的深厚支撑。党的十八大以来，以习近平同志为核心的党中央高度重视文化建设，始终坚持以人民为中心的工作导向，着眼人民对美好精神文化生活的新需求新期待，着力促进满足人民文化需求和增强人民精神力量相统一。守正创新、深化改革，重点突破、全面提升，中华文化软实力影响力不断增强，社会主义文化强国建设迈出坚实步伐，中华民族团结奋斗伟大复兴的共同思想根基巩固加强。

当今世界正经历百年未有之大变局，不同制度、不同形态的文化交流交融交锋更加频繁，中华民族伟大复兴处于关键阶段，我们必须牢牢坚持以马克思主义为指导，以社会主义核心价值观引领文化建设，围绕举旗帜、聚民心、育新人、兴文化、展形象的使命任务，大力发展和繁荣社会主义文化，既要在前进道路上汇聚思想共识、激发奋进动能，又要在错综复杂的舆论场和纷纭激荡的社会思潮中传承文化基因、筑牢精神家园，还要在深刻变革的国际传播格局中讲好中国故事、弘扬中国精神，确保文化建设始终沿着正确方向前进。

文化权益是人民群众的基本权益，是支撑和满足“人的自由全面发展”的基本指标。新时代社会主要矛盾的历史性转变，深刻表明人民在精神文化需求上呈现出多方面、多层次、多形式、多样化的时代特点。文化建设必须坚持以人民为中心的工作导向、以人的发展为价值导向，提升人民的道德修养、精神境界、思想涵养、审美水平等，做到文化建设为了人民、文化发展依靠人民、文化发展成果由人民共享，实现人的发展与文化建设同频共振。

在全面建设社会主义现代化国家新征程中，不断推出更多更好的“精神食粮”，我们才能让人民享有更加充实丰盈的精神生活，更好构筑中国精神、中国价值、中国力量，开创文化事业发展新局面，书写中华民族伟大复兴的历史鸿篇。

刊于《光明日报》2022 年 9 月 7 日“光明论坛”

培育大国工匠，激活技术技能人才引擎

中华全国总工会近日印发《大国工匠人才培育工程实施办法（试行）》，计划“每年培育200名左右大国工匠，示范引导各地、各行业每年积极支持培养1000名左右省部级工匠、5000名左右市级工匠，形成大国工匠带头引领、工匠人才不断涌现，广大职工积极走技能成才、技能报国之路的良好局面”，推动深化产业工人队伍建设改革，建设国家战略人才力量，“为推进中国式现代化、推动高质量发展提供重要人才支撑”。

发展是第一要务，人才是第一资源，创新是第一动力。大国工匠、高技能人才是推动高质量发展的生力军，工匠精神是创新创业的重要精神源泉。党的二十大报告将大国工匠、高技能人才纳入国家战略人才力量，充分彰显加强新时代高技能人才队伍建设的重要性。在如牛皮纸薄的钢板上焊接长征火箭“心脏”，不出一个漏点；把“蛟龙号”潜水器密封精度控制在头发丝的五十分之一；把大飞机的零部件精度由99%提高到99.99%，且数十万个零件中从未出现一件次品；高铁手工研磨空间仅有0.05毫米却实现零误差……从遨游苍穹到下潜深海，从传统行业到新兴产业，从国之重器到超级工程，大国工匠“高、精、尖、新、准、快”的绝技绝活建功扬名，“执着专注、精益求精、一丝不苟、追求卓越”的工匠精神发扬光大。

“技可进乎道，艺可通乎神。”大国工匠既不是一蹴而就的“速成品”，更不是有名无实的“装饰品”，而是厚积薄发精于一技、沉潜躬耕专于一业的“工匠精神”的具象。大国工匠的身上，体现了敬业之美的精神原色、创造之美的品质追求、追求之美的境界升华。他们在各自工作岗位上发挥了关键性作用，在企业内起到了引领性效应，在社会上产生了示范性影响。大国工匠培育是一项基础工程、系统工程、战略工程，需要常抓不懈、常抓常新，不断搭建平台、提供舞台，融入技术、产品、品牌、质量、服务的每道工序、每个环节、每次试验，严把培育对象条件关口，在注重培养过硬政治素质和技术技能素质、一线生产现场工作经历的同时，强调在引领力、实践力、创新力、攻关力、传承力上显现发展潜能，采取岗位练兵、劳动竞赛、技能比武、任务检验、课题牵引、项目角逐等方式，把操作晒在阳光下，把公正放在信服上，真正把大国工匠及时选拔出来、精心培育起来、合理使用起来。

用一贤人则群贤毕至，见贤思齐就蔚然成风。让大国工匠、高技能人才成为全社会的“香饽饽”，一方面，要挖掘工匠事迹、讲好工匠故事、传播工匠形象、厚植工匠文化，举办大国工匠创新交流大会、高技能人才论坛，设立工匠创新工作室和大国工匠激励保障专项资金，组织“大国工匠进校园”“大国工匠助企行”等活动，聘任大国工匠担任学生职业导师，让工匠精神在全社会生根发芽、开枝散叶，广泛营造尊重工匠、关爱工匠、学习工匠、争当工匠的新风尚；另一方面，要以真心实意的关怀礼遇厚待大国工匠、技术技能人才，优化薪酬待遇设计和职业发展通道，完善社会化职业技能鉴定、企业技能人才评价和院校职业资格认证相结合的多元评价机制，探索技术技能要素按贡献参与分配、企业首席技师领衔模式，让大国工匠、高技能人才更有干头、不断涌现。

当前，技能成才之路前景广阔，广大技能人才报国正当时。

其中，职业教育是广大技能人才成长的摇篮，也是培育大国工匠的重要力量。据统计，截至2022年末，全国共有2551所技工院校，在校生达445万余人，每年向社会输送约百万名毕业生。未来，要进一步发挥好职业教育培养造就高素质技术技能人才、能工巧匠、大国工匠的孵化器和蓄水池作用，应着眼职普融通、产教融合、科教融汇，瞄准技术变革和产业升级，加快构建现代职业教育体系。打通“产教学研用”五位一体技能人才培养路径，促进教育链、人才链与产业链、创新链精准衔接，转变育人理念，加强师资力量，改进办学条件，更新课程设置，提高教学质量，持续拉动职业教育热起来、火起来、香起来。不断吸引、激发和培育更多有志青年以及劳动者在职业技能教育中成长成才成功，走出一条具有中国特色的职业教育发展道路，汇聚成支撑中国制造、中国建造、中国创造的磅礴力量，为我国从制造大国向制造强国迈进提供澎湃动能。

以技立身，以才报国。让我们以大国工匠和高技能人才为榜样，以培育选树为驱动引擎，大力弘扬劳模精神、劳动精神、工匠精神，引导更多产业工人主动拥抱知识、技能和创新，在国家重大战略、重大项目、重大工程、重点产业中打头阵、挑大梁、当先锋，奋力书写精彩答卷，绽放出彩人生。

刊于《光明日报》2024年1月23日“光明时评”

不断追求“我将无我，不负人民”的精神境界

习近平总书记指出：“我们党的百年历史，就是一部践行党的初心使命的历史，就是一部党与人民心连心、同呼吸、共命运的历史。”站在“两个一百年”历史交汇点，人民群众对美好生活的向往呈现多维度、多样化、多层次、多方面的特点，宏伟壮美的蓝图愿景闪耀着大写的“人民”二字。广大干部必须全面准确把握江山与人民的辩证统一关系，在融会贯通中落实落地，胸怀“两个大局”，心怀“国之大者”，坚持把人民群众放在心中最高位置，把人民群众对美好生活的向往作为奋斗目标。

心中有爱　扎牢思想之根

对人民群众有没有真感情、深感情，是检验和区分广大干部群众观点是否牢固树立、群众立场是否时刻站稳的“分水岭”。这不仅是态度问题、方法问题，更是政治方向、政治立场问题。思想支配行动，感情决定立场。广大干部言之所及、思之所向、行之所至，想问题、做决策、办事情，都要一切为了人民、一切依靠人民，从群众中来、到群众中去，始终“以百姓心为心”，坚持当“老百姓的官”，怀有赤子心，甘为孺子牛，大处着眼，小处着手，在“采得百花成蜜后，为谁辛苦为谁忙”中解民忧，在“春蚕到死丝方尽，蜡炬成灰泪始干”中增民祉，在“衣带渐

宽终不悔，为伊消得人憔悴”中保民安，用心用情用力解决好人民群众身边的操心事、烦心事、揪心事，不断增强人民群众实实在在的获得感、归属感、幸福感、安全感。

胸里有墨　增强斗争之力

李大钊曾撰写一副名联：“铁肩担道义，妙手著文章。”如果铁肩是责任担当，妙手就是胜任能力。现代胜任力理论认为，胜任一个职位既需要知识、经验和技能，又需要自我认知、情感态度、动机目标等内在因素，而内在因素对外在行为具有根本性、持续性影响。注重干部能力素质培养和提升，是我们党一个重要的优良传统，也是由我们党所肩负的使命和任务决定的。在党和人民心心相印、同甘共苦、团结奋斗的革命建设改革历史进程中，面对变化不断的世情国情党情和层出不穷的风险挑战考验，广大干部要注重斗争历练，加快知识更新，加强视野拓宽，加大实践锻炼，在学会斗争、敢于斗争、善于斗争中经风雨、见世面、壮筋骨、长才干，有针对性地弥补精神软肋、知识弱项、能力短板、经验盲区，有效提升“政治能力、调查研究能力、科学决策能力、改革攻坚能力、应急处突能力、群众工作能力、抓落实能力”，切实成为把握新发展阶段、贯彻新发展理念、构建新发展格局的“政治家”“战略家”“专门家”，依靠斗争赢得主动、赢得优势、赢得未来，在砥砺初心中赢得人心，在斗争为民中不负人民。

肩上有责　压实担当之基

建设改革发展到今天，比认识更重要的是决心，比方法更关键的是担当。广大干部要把为民办事、为民造福作为最重要的政绩，把为人民群众做了多少好事实事作为检验政绩的重要标准，想干事、能干事、干成事，锤炼“下河不怕漩涡多”的气魄、“打铁不怕火烫脚”的胆色，以一往无前的奋斗姿态和永不懈怠的精神状态，不惧风险、不计毁誉、不辞辛劳、不畏艰难，增强意志力、坚忍力、自制力，直面是非敢于亮剑发声，直面矛盾敢于迎难而上，直面危机敢于挺身而出，直面失误敢于承担责任，直面歪风邪气敢于坚决斗争，在攻改革险阻中担当有为，在破发展难题中担当有为，在碰烫手山芋中担当有为，在建民生工程中担当有为，争做拥抱改革转型的疾风劲草、闪耀时代舞台的烈火真金。各级党组织要认真落实“三个区分开来”，为改革承重者负责，为创新开拓者担当，保护好广大干部干事创业的积极性，创造勇于任事、担当作为的好环境。正如一位哲人所言：“每个人都被生命询问，只有担当才是对生命最好的回答。”

行时有格　涵养清廉之气

《礼记·缁衣》曰：“言有物而行有格也，是以生则不可夺志，死则不可夺名。”有格，是恪守法纪之规定、行事之规矩。毛泽东主席为自己定下“待亲三原则”：恋亲，但不为亲徇私；念旧，但不为旧谋利；济亲，但不以公济私。周恩来总理在1963年提出领导干部要过好“五关”，即思想关、政治关、社会关、亲属关和生活关。现在，过好这“五关”仍然是广大干部的必修课。广大干部要严格遵循习近平总书记“心中高悬法律的明镜，手中紧握法律的戒尺，知晓为官做事的尺度”的重要指示，鞭策自己有格局、讲格调、重格致、守格度，政治上清醒，经济上清楚，作风上清明，生活上清白，修身慎行、怀德自重、敦方正直、净心自守，言行统一、表里如一、知行合一，培育积极健康的生活情趣，坚决抵制享乐主义、奢靡之风，做到“官念”不出轨、权力不压弦、思想不越矩、底线不突破，在全心全意为人民服务的“赶考”路上永葆清正廉洁的政治本色，赢得人民群众的口碑，刻进人民群众的心碑。

时代是出卷人，我们是答卷人，人民是阅卷人。走过千山万水，要坚守人民至上，回答解决好“我是谁、为了谁、依靠谁”的问题，不断追求“我将无我，不负人民”的精神境界，奋力创造无愧于党、无愧于人民、无愧于新时代的历史伟业。

刊于《文汇报》2021 年 6 月 2 日“论苑”，略有删节。

从六方面推动文化产业高质量发展

文化产业是推动经济体系转型升级、拉动国民经济支柱性增长、驱动经济社会高质量发展的重要引擎，是满足人民对美好生活新期待、保障人民基本文化权益、促进人的全面发展的重要途径，是坚定文化自信、实现文化自强、建设社会主义文化强国的重要抓手。习近平总书记深刻指出：“衡量文化产业发展质量和水平，最重要的不是看经济效益，而是看能不能提供更多既能满足人民文化需求、又能增强人民精神力量的文化产品。”党的二十大报告提出“推进文化自信自强，铸就社会主义文化新辉煌”的时代命题，并就“繁荣发展文化事业和文化产业”做出战略部署，为文化产业高质量发展指明了正确方向，确立了科学路径。

抓龙头，健全现代化文化产业体系和文化市场体系

现代化文化产业体系和文化市场体系是社会主义市场经济的重要组成部分，是实现文化产业高质量发展、文化自信自强的头等任务和必要条件。激活我国超大规模市场优势和内需潜力，把实施扩大内需战略与深化供给侧结构性改革结合起来，发挥市场在文化资源配置中的积极作用，延伸“文化+”“+文化”触角，加强对现代化文化产业的顶层设计，出台以高质量发展为导向的文化产业政策，构筑创新链、技术链、人才链、供应链、数据链、资金链、信息链、服务链，革新文化旅游、文化产权、文化

装备、知识版权、影视综艺、网络文学、动漫视听、电竞游戏、广告传媒、书画展览、音乐演艺、文遗保护等全品类产业体系，拉开产业跨界延伸宽度广度，挖掘产业垂直细分深度精度。加强文化市场培育和规范，健全文化资产评估和文化产权交易体系，打造综合性、专项性、区域性文化产品和服务交易平台，放宽市场准入、破除市场壁垒，促进公平竞争、保护知识产权，完善市场准入退出机制，促进文化资源、生产要素和市场交易自由开放合理流动。

控源头，加强优质内容创作和优异策划创意

中华优秀传统文化、红色革命文化、改革开放发展历程和现代化建设实践，底蕴丰厚、资源丰富，是文化产业高质量发展取之不尽的源泉富矿、文化自信自强的根脉底气。文化产业以内容为王，以创意为魂，秉持以人民为中心的创作导向，以社会主义核心价值观为对标靶向，坚持创造性转化、创新性发展，遵循“首创、原创、开创、主创，独家、独立、独到、独特，首发、首演、首映、首展”的文化精品精进路径，守正创新、推陈出新、激浊扬清，策划前端、制作后端、呈现终端全程品控，推进体裁、题材、形式、手段一体互融，增进观念、风格、流派、见解切磋互鉴，既要有阳春白雪也要有下里巴人，既要顶天立地也要铺天盖地，以立得住、叫得响、传得开、留得下、用得好的文化产品作品和文化体验供给，不断提升人民群众的文化获得感、幸福感。

建码头，开发文化产业园区和重大文化项目

文化产业园区和重大文化项目，是承载文化产业聚沙成塔、落地生根、开花结果的平台基地，是经济活动密集区、创意企业

集聚区、潮流文化策源地和高端资源交汇地。以规划领先、长板聚焦、系统设计、重点突破的定位，打造品牌支撑、各具特色、差异补位的文创产业园区、都市文化生活圈、数字出版楼宇、文化贸易基地、区域性文化产业带，促进业务合作，降低交易成本。实施重大文化项目带动战略，把重大文化项目作为稳投资的“动力源”，促增长的“压舱石”，开建主题公园、度假乐园、城市书房、纪念馆、博物馆、美术馆、歌剧院、影视基地、演艺中心、电竞中心等文旅新地标和消费区，建设文化民生项目，配置既有大项目牵引又有中小微项目铺垫的产业梯队，形成“产品连项目，项目贴市场，市场引资本”的良性循环，释放项目集中、企业集结、要素集萃、业态集群的乘数效应。

盯势头，培塑新型文化业态和文化消费模式

与技术同行，与消费同频，这是文化产业高质量发展的必由之路。顺应数字产业化和产业数字化发展大势，依托元宇宙、区块链、人工智能、物联网、云计算等新技术转型升级、提质升维、赋能升华，以深层应用为导向，以深度融合为目标，以智能、互动、在线、精准、跨界为特征，塑造融合发展新场景，以高质量供给引领和创造新需求，以多样化需求转变和促成新供给。着眼需求端变革，文化消费趋向个性化、可视化、场景化、社群化、便利化，推出刺激消费的政策主张，培育娱乐消费、时尚消费、体验消费、品质消费、美丽消费、终端消费等新型消费形态。着手供给端发力，重组要素，再造场景，升级流量，创新价值，普惠民生，整合在线、在地、在场文化生产方式，定制生产有趣好玩、走心破防、出圈裂变的高文化容量新业态、高技术含量新模式和高附加价值能量新产品。

立潮头，催生市场主体活力和两个效益统一

在文化产业深化“放管服”和“一网通办”改革，注重树立高线和坚守底线相结合、服务引导和监管规范相结合，强化文化市场综合执法管理与队伍建设，加强文化行业组织建设，推进文化中介服务，构建以内容监管为核心、以信用监管为基础、以分类监管为特色的新型监管机制，包容审慎监管，柔性温度执法，净化以“管得住”保障“放得开”的文化产业健康有序发展生态圈。持续改善市场化、法治化、国际化营商环境，运用金融工具为文化企业发展全生命周期输血造血，助力文化领军企业、上市企业、头部企业、“独角兽”企业、“新势力”企业高位发展，扶持“专、精、特、新”中小微文化企业茁壮成长。所有文化市场主体和企业都要牢牢把握意识形态属性和产业属性的关系，适应社会主义市场经济和社会主义核心价值观，大力弘扬企业家精神，始终把社会效益放在首位，经济效益服从社会效益，自觉追求社会效益与经济效益相统一、社会价值与市场价值相统一、社会责任与创作自由相统一。

重领头，造就文化文学文艺和企业经营管理人才

人才是文化产业的第一资源，是高质量发展的核心驱动力。坚持把人才队伍建设作为文化产业发展的立足点，实施文化名家暨“四个一批”人才工程，寻觅人才求贤若渴，发现人才如获至宝，举荐人才不拘一格，使用人才各尽其能，评价人才恰如其分，激励人才正当其时，营造“水深则鱼知聚，林茂则鸟有归”的良好环境。培养一支德艺双馨、德才兼备的文化名家、艺术大家、首席专家、能手行家、传承世家队伍，培养一支会谋势、有文化、懂技术、善经营、精管理的复合型企业家和高管队

伍，培养一支具有前瞻性理念、原创性贡献、数字化思维、系统化工具、应用型技能、实干型精神的中坚骨干队伍，为推动高质量文化发展、引领高品质文化生活、优化高水平文化供给、实现高效能文化治理提供坚强有力的人才支撑。广大文化产业工作者要争当树立文化自觉、坚定文化自信、走向文化自强的“领头羊”“领先者”“领跑员”，在文化产业高质量发展和建设社会主义文化强国的征程中建功立业、书写传奇。

刊于《文汇报》2023 年 5 月 28 日“文汇理论·论苑”

弘扬企业家精神贵在“谋道”

上者谋道，中者谋智，下者谋生。泛舟商海，风起云涌，审时度势，中流击水，兴衰浮沉，百业有道。法国经济学家让·巴蒂斯特·萨伊在1800年前后首次提出“企业家”概念，认为“企业家使经济资源效率由低转高”“企业家精神则是企业家特殊技能（包括精神和技巧）的集合”。我们正处在一个危与机叠加、稳与进同步的伟大时代，彩虹与风雨共生、挑战与希望并存，企业家要充分发挥“头羊效应”和生力军作用，企业家精神弥足珍贵、不可或缺。

守正道。《孙子兵法》“五事七计”，“道”摆在首位，强调政治正义性与道德话语权。明代汪天赐在《官箴集要》中说：“正则不为邪所媚。”正与不正，由政治方向、政治立场、政治观点、政治品格、思想境界、情怀格局、法律素养、道德操守等决定。鉴古观今，商圣子贡“君子爱财，取之有道”、商祖范蠡“三致千金，三散千金”，“仁义礼智信”“戒忍谦和”“穷则独善其身，达则兼济天下”等理念影响感召一代又一代商贾。新时代企业家要秉承“企业营销无国界，企业家有祖国”，守以国为重之道；秉承“人无诚不立，商无信不兴”，守以信为本之道；秉承“计利当计天下利，求名应求万世名”，守以义为先之道；秉承“奉法遵纪阳光道，违法乱纪独木桥”，守以法为度之道；秉承“万物并育而不相害，道并行而不相悖”，守合作共利之道。

持商道。商业包含人流、物流、资金流、信息流、产品流，混流交融、螺旋上升，机会稍纵即逝，模式层出不穷，既可因一个好想法走上人生巅峰，也会为一个歪点子跌入事业低谷。就像人体有奇经八脉、关键穴位一样，要把好脉、点准穴、下对药，新时代企业家应聚焦新消费、新产品、新业态、新模式和新应用场景等，紧扣企业成长发展中产品、服务、质量、技术、管理、市场、人才、品牌、战略、文化等系统集成，用活国际国内两个市场、两种资源，开阔视野思路眼界，把握全球政经趋向，研究产业生命周期，洞察商业逻辑本质，体悟经营管理规律，开发品牌竞争价值，融合资源要素链条，加强风险管理控制，站稳风口、御风而行，在产业重组、行业重塑、企业重生中提升核心竞争力、市场影响力、组织免疫力，持续赢得主动、赢得优势、赢得未来，奋力成为中国经济社会发展的“探路者”“先行者”“领跑者”。

铸匠道。“技可进乎道，艺可通乎神。”切磋琢磨、庖丁解牛、“精华在笔端，咫尺匠心难”等典故，形象表达了“道技合一”的境界。“品有三口，唯心至之。”不论是实体经济还是虚拟经济，不论是工业经济还是数字经济，不论是制造业还是服务业，不论是物质产品还是文艺作品，皆需匠心匠技匠人。全面贯彻新发展理念，全力推动高质量发展，助推制造大国迈向制造强国、中国制造走向中国创造、中国产品转向中国品牌。新时代企业家要存匠心，把“滴水穿石”视为信念，把“僧敲月下门”作为追求，做到“十年磨一剑，一朝试锋芒”；要练匠技，瞄准世界科技前沿、经济主战场、国家重大需求、人民生命健康，深化理论创新、技术创新、制度创新、管理创新，攻克关键核心技术；要育匠才，带头传承工匠精神，培植工匠文化，树立工匠典型，培养造就一批德艺兼备的“技术精兵”“蓝领专家”“金牌工人”“领军人才”“大国工匠”，打造基业长青的“百年老店”。

今年3月，中共上海市委统战部、上海市工商联结合沪商历史风采、时代英姿和群体特征，归纳提炼出以“爱国、敬业、诚信、进取”为内核的“沪商精神”，倡导和激发企业家养大眼界、做大事业、展大情怀。“道阻且长，行则将至；行而不辍，未来可期。”弘扬企业家精神，正是悟道、得道、行道、布道循环往复的过程。企业家不问出身、不论出处、不分大小，只要在正道上昂首阔步，在商道上厚积薄发，在匠道上精益求精，终将长成枝繁叶茂、巍然屹立的“参天大树”，纵横商场竞风流，通达天下立潮头，在实现中华民族伟大复兴征程中再创新绩、再立新功。

2021年11月25日登载于文汇网“学人观点”，略有删节。

试析正确政绩观的历史底蕴

政绩观是一个古老又年轻、永恒又常新的时代性课题。时序更替、朝代更迭，奉行“为天地立心，为生民立命，为往圣继绝学，为万世开太平”“当官之法，惟有三事，曰清、曰慎、曰勤”等治国理政思想的中国古代清官循吏，确立了入仕为官的价值取向与政绩标准。他们所追求的政治抱负、理想主张与官德官格，作为中华民族优秀传统文化，成为可鉴可循的历史昭示、文化养分、精神基因和道德教化。

一是以民为本。中华民族素有“天视自我民视，天听自我民听”“圣人无常心，以百姓心为心”“民惟邦本，本固邦宁”等民本观念与传统，古代的清官循吏以百姓“父母官”自居，爱民如子、为民做主、体察民情、惜恤民力，奠定了正确政绩观的基石。郑板桥虽“老困乌纱十二年”“潦倒山东七品官”，但甘冒风险开仓赈贷，以工代赈、救济灾民，自表心迹的题诗“些小吾曹州县吏，一枝一叶总关情”，体现了为官者的为民情怀。

二是以国为大。孟子说：“人有恒言，皆曰‘天下国家’。天下之本在国，国之本在家，家之本在身。”清官循吏推崇“修身齐家治国平天下”，指明了正确政绩观的导向。霍去病“匈奴未灭，何以家为”，曹植“捐躯赴国难，视死忽如归”，范仲淹“先天下之忧而忧，后天下之乐而乐”，文天祥“人生自古谁无死，留取丹心照汗青”，于谦“粉骨碎身浑不怕，要留清白在人间”，林则徐“苟利国家生死以，岂因祸福避趋之”，无不彰显了他们尽忠为国、秉公任直、天下为公的理想操守。

三是以勤为贵。勤于做事、敢于任事，不辞辛劳、不遗余力，在其位谋其政，担重任尽责任，是正确政绩观的宝贵品质。诸葛亮为蜀汉政权“鞠躬尽瘁，死而后已”。司马光“欲以身徇社稷，躬亲庶务，不舍昼夜”，主持编纂了中国第一部编年体通史《资治通鉴》。张养浩“入则恳恳以尽忠，出则谦谦以自悔”，不顾高龄体弱，临危受命赴陕西赈灾，恪尽职守病逝于任上。这些嘉言懿行，充分诠释了正确政绩观必备的勤勉精进、勤恳为民。

四是以廉为德。包拯有句名言：“廉者民之表也，贪者民之贼也。”古往今来百姓对清官褒奖爱戴，对贪官千夫所指。廉洁既是官吏的道德修养，更是正确政绩观的重要考量。清官循吏俱有谦谦君子之清风、用权执法之清正、志行高洁之清廉、人际交往之清雅，“一钱太守”刘宠、“二不尚书”范景文、“三汤巡抚”唐斌、“四知太守”杨震、“留犊县令”时苗等人的廉政佳话代代相传。

五是以实为功。古人云：“立业建功，事事要从实地着脚，若少慕声闻，便成伪果。”“名必有实，实必有功”，正确政绩观离不开一个“实”字，敦本务实、脚踏实地、真抓实干，不受虚言、不听浮语、不采华名、不兴伪事，积功兴业、功留青史。谢安以淝水之战广为人知，但令广陵百姓感念的是他镇守时筑坝治水、便利航运的功绩，功在当代、利在千秋，《晋书》评价“在官无当时誉，去后为人所思”。

“以铜为鉴，可正衣冠；以古为鉴，可知兴替；以人为鉴，可明得失。”新时代的党员干部要从中华民族优秀传统文化中汲取养分，树立正确政绩观，不计较个人功名，追求人民群众的好口碑、历史沉淀之后的真评价。

刊于《宣传通讯》2022 年第 11 期，略有删节。

树牢正确政绩观

习近平总书记在2022年春季学期中央党校（国家行政学院）中青年干部培训班开班式上对青年干部提出“必须筑牢理想信念根基，守住拒腐防变防线，树立和践行正确政绩观”的明确要求。政绩观直接反映干部从政的价值取向，是干部履职尽责、创造政绩的思想基础。全心全意为人民服务是党的宗旨。然而，当前部分地区一些部门还存在着“抢镜头、争彩头、造噱头、出风头”“工作留迹、落实留痕、台账留底”等形式主义官僚主义现象，“概念炒作”“包装布景”“造词新政”“数字出官”等“政疾”衍生变异，影响制约经济发展，损害了党和政府形象。

溯源究底，这些现象与“政疾”的根结在于一些党员干部的政绩观错位，对“政绩为谁而树、树什么样的政绩、靠什么树政绩”这个核心问题认识不到位。习近平总书记强调：“中国共产党把为民办事、为民造福作为最重要的政绩，把为老百姓做了多少好事实事作为检验政绩的重要标准。”“什么是好事实事，要从群众切身需要来考量，不能主观臆断，不能简单化、片面化。哪里有人民需要，哪里就能做出好事实事，哪里就能创造业绩。业绩好不好，要看群众实际感受，由群众来评判。”党员干部务必始终以习近平总书记重要论述为指南，切实将正确政绩观贯穿发展全过程、各领域。

政绩观反映权力观，权力观决定政绩观。一些党员干部对手中权力缺乏敬畏，认不清人民赋权的本质，脱不开私心杂念的缠绕，跳不出名缰利索的羁绊。党员干部要时时处处拿起党纪国法这把尺子检视自己，拿起先进典型这面镜子对照自己，把好用权“方向盘”，系好廉政“安全带”，政治上清醒、经济上清白、工作上清正、作风上清廉、生活上清雅，杜绝“解决一个问题，留下十个遗憾”“拔出萝卜带出泥”等怪象，把权力用在创造经得起实践、经得起人民和历史检验的政绩上。

政绩既不会从天而降，也不会自动成真，都是干出来、做出来的，不是喊出来、说出来的。邓小平同志有一句名言：“世界上的事情都是干出来的，不干，半点马克思主义也没有。”树牢正确政绩观，要锤炼“功成不必在我”的精神境界、“功成必定有我”的历史担当，发扬斗争精神、敢于担当，在实招实效实绩中建功立业，以党员干部的“实干指数”换来人民群众的“满意指数”。

正确政绩观的培塑和形成，有赖于匡正选人用人导向、纯正良好政治生态。要完善考核评价选拔机制，选对人、用好人、管住人，把干得好的人提上来、干得一般的人晒出来、干得差的人改起来，表彰一个、激励一片，以上率下、上行下效、上下同欲。要旗帜鲜明地严正立场、严明态度，坚决向错误扭曲的政绩观亮剑，加强上级、纪监、下级、群众、舆论“五位一体”监督，使欺上瞒下者、弄虚作假者、偷奸耍滑者、假公济私者人人喊打，无计可施、无地自容、无处遁形。

刊于《群众》2022年第9期，略有删节。

坚定不移把大团结精神继承下去发扬光大

团结无处不在、无时不有、无所不及、无人不用。越是在中华民族伟大复兴的关键期，越是在复杂形势重大挑战面前，越要把大团结精神继承下去，发扬光大，为推进中国式现代化凝魂聚气、凝心聚力。习近平总书记在党的二十大报告中强调“团结”，指出“团结奋斗是中国人民创造历史伟业的必由之路”，为大团结精神赋予新内涵，把大团结精神提升到新高度。传承、弘扬和践行大团结精神，着重从学与做统一、知与行合一加以阐述，既要坐而论道，又要起而行之。

坐而论道，理解把握大团结精神的深刻内涵

着眼历史逻辑、政治逻辑和实践逻辑，从不同维度理解把握大团结精神的价值、落脚点、灵魂、根基、特征、路径，不断加深认知认同、加强转化固化。

一是大团结精神的价值，在于从“四个视域”看。立足传统、聚焦当下、面向未来，从中国共产党统一战线百年历史经验视域看，大团结精神是我党的生命所系、力量所在和精神标识。从中华文明大历史观视域看，大团结精神是一部中华民族史的主旋律、生命线。从人类命运共同体视域看，大团结精神是中华民族向世界发出的最强音、推动构建人类命运共同体的文明理

念。从新征程党的中心任务视域看，大团结精神是实现第二个百年奋斗目标的力量之源，讲团结既是核心组织目标也是重要工作方法，既是明确纪律要求也是鲜明政治文化。有一首耳熟能详的歌曲："团结就是力量，这力量是铁，这力量是钢，比铁还硬，比钢还强……"这首歌诠释了大团结精神的价值，体现了中华民族团结奋斗优良传统和中国共产党人团结胜利的政治优势。

二是大团结精神的落脚点，在于实现中华民族伟大复兴。实现中华民族伟大复兴是中华民族近代以来最伟大的梦想，凝聚了几代中国人的夙愿，体现了中华民族和中国人民的整体利益，是每一个中华儿女的共同期盼。共同的梦想和奋斗目标是大团结的基础，围绕明确奋斗目标形成的团结才是最牢固的团结，依靠紧密团结进行的奋斗才是最有力的奋斗。大团结精神必须以实现中华民族伟大复兴为目标引领，加快推进中国式现代化。

三是大团结精神的灵魂，在于坚持党的全面领导。党政军民学，东西南北中，党是领导一切的。团结统一是党的生命，是党的力量所在。全党全国各族人民要更加紧密地团结在以习近平同志为核心的党中央周围，增强"四个意识"、坚定"四个自信"、做到"两个维护"，深入贯彻习近平新时代中国特色社会主义思想，牢记"三个务必"，团结成"一块坚硬的钢铁"。

四是大团结精神的根基，在于铸牢中华民族共同体意识。思想是行动的先导，思想上的统一是团结统一最深厚最持久最可靠的保证。中华民族共同体意识是中国各族人民在长期交往交融历史进程中形成的一种共同身份认同意识，是我们实现大团结的思想基础。坚持马克思主义国家观、民族观、文化观、历史观、宗教观，增进政治认同、思想认同、理论认同、情感认同，统一思想、统一意志、统一行动。

五是大团结精神的特征，在于以高质量发展推动共同富裕。利益问题是人民的基本诉求，发展是硬道理。坚持以人民为中心，发扬多民族团结互助的优良传统，发挥社会主义制度集中力量办大事的优势，“促进各民族像石榴籽一样紧紧抱在一起，共同团结奋斗、共同繁荣发展”，在以高质量发展推动共同富裕、迈向社会主义现代化征程中同舟共济、携手并进，让社会改革和发展的成果更多、更公平地惠及全体中国人民，使人民获得感、幸福感、安全感更加充实、更有保障、更可持续，使全体中华儿女真正享受到团结一心共同奋斗的发展利益，不断增强全民族团结奋斗的动力。

六是大团结精神的法宝，在于巩固好运用好最广泛的爱国统一战线。习近平总书记强调：“统战工作的本质要求是大团结大联合，解决的就是人心和力量问题。”人心向背、力量对比是决定党和人民事业成败的关键，是最大的政治，共识是奋进的动力。把握好固守圆心与扩大共识的关系、显绩与潜绩的关系，不断凝聚人心、增进共识，真正把不同党派、不同民族、不同阶层、不同群体、不同信仰以及生活在不同社会制度下的全体中华儿女都团结起来，使理想信念、价值理念、道德观念紧密连接在一起，顺民意、暖民心、察民情、汇民智、解民忧。

七是大团结精神的路径，在于协商民主和合大同。商以求同，协以成事。习近平总书记强调：“我们要坚持有事多商量，遇事多商量，做事多商量，商量得越多越深入越好。”坚持以和为贵、求同存异、和而不同、和衷共济，遵循“团结—批评—团结”方针，识时局、顾大局、讲格局，以斗争求团结、在团结中斗争，在包容中共生、在和谐中共存、在合作中共荣，在尊重多样性中寻求一致性，不做填饥果腹的简快餐，要做精心烹制的营养餐，找到最大公约数、画出最大同心圆。

起而行之，聚焦主业把大团结精神落地落细落实

一步行动胜过一打纲领。我们靠团结奋斗创造辉煌历史，更要团结奋斗开辟美好未来。1963 年，毛主席为“南京路上好八连”写下光辉诗篇《八连颂》，其中有一名句：“益在哪？团结力。军民团结如一人，试看天下谁能敌。”时至今日依然振聋发聩、受用无尽。作为一名扎根奉贤区海湾镇发展的企业家，横跨军界、政界、商界、学界、文艺界、产投界淬炼，谨记“懂团结是真聪明，会团结是真本领”，既是大团结精神的受益者、见证者、传播者，又是大团结精神的守护者、践行者、引领者，更要学习领会、对照遵循《中共中央 国务院关于促进民营经济发展壮大的意见》，大力弘扬企业家精神，由内而外地勾画好“三圈”，坚定不移把大团结精神继承下去发扬光大。

一是织牢创业圈。人心齐，泰山移。堡垒往往最先从内部攻破。构建新时代和谐劳动关系，凝结全体员工利益共同体，激发全体员工首创精神和主人翁精神，提升全体员工自制力、内驱力、创造力、共情力，增强全体员工获得感、归属感、价值感、荣誉感，让全体员工有干头、有盼头、有奔头、有甜头、有劲头，营造同心同德、同向同进、同频同步的创业内部环境。

二是塑造生态圈。弘扬“爱国、敬业、诚信、进取”的沪商精神，传承“奉信、奉贤、奉献”的贤商精神，洁身自好守正道、光明正大持商道、呕心沥血铸匠道、遵纪守法走大道，精耕主业、深耕实业、细耕产业，把品牌做亮、把企业做强、把财富三次分配做优，积极承担促进共同富裕的社会责任，踊跃投身光彩公益慈善事业、国防强军建设和应急救灾行动，以富而有责、富而有义、富而有爱的正面良好形象，团结凝聚引领产业链生态链的客户、员工、合伙人、供应商和合作伙伴，信党爱党听党话

跟党走，双向奔赴共同富裕道路。

三是壮大朋友圈。毛主席说过：“所谓政治，就是把朋友搞得多多的，敌人搞得少少的。”善用大团结精神的武器、多做大团结鼓劲的工作、广联大团结合作的资源，当好大团结的沟通协调渠道通路、社情民意桥梁纽带，提供真情实况、提出真招实策、提议真知灼见，使大团结的面越宽越好、大团结的人越多越好，努力成为传承、弘扬和践行大团结精神的有识之士、有志之士、有为之士，为奉贤区经济社会和统战工作高质量发展发一份光和热。

刊于《现代工商》2023年十月号

为民才有分量

有一个《风中的木桶》的故事，触及心底，发人深省。一位小男孩在父亲的葡萄酒厂看守木桶。每天他都将木桶拭净摆齐，可令他委屈无奈的是，风常会把木桶吹得东倒西歪。父亲告诉小男孩："要想木桶不被风吹倒，只有增加它的重量。"于是，小男孩不辞辛劳挑井水注入空桶，那些盛满水的木桶再也没被风吹倒。同样的木桶，因没分量而经不起"风吹"，加了重就岿然不动。故事启示我们，党员干部只有常为自己加重，增添在群众心中的分量，才能密切联系群众、真正赢得群众，为实现中国梦提供坚实民意基础和可靠力量源泉。

当前，我们正处在体制转轨、社会转型、群众民主意识增强、群众利益诉求增多的改革攻坚期和矛盾凸显期，发生在公众眼皮底下的"花架子""衙门气""享乐心"和"奢靡风"等积弊，时常触动和刺激群众的敏感神经，冲击和破坏党的执政根基。一些党员干部的"四无"劣性暴露无遗：心中无"魂"，理想淡化；目中无"人"，脱离群众；胸中无"法"，贪污腐化；脑中无"德"，特权横行。这正是教育实践活动着力对准的焦距、找准的穴位、抓准的要害，迫切需要"照镜子、正衣冠、洗洗澡、治治病"来纠正根治。在群众心中有没有分量，既是对党群干群关系本质的生动诠释，更是对各级党员干部的灵魂拷问、自我加重的警钟长鸣。

心里有情，为宗旨党性"固重"。对群众有没有深厚感情，是检验和区分党员干部群众观点是否树立、群众立场是否站稳的“分水岭”。这不仅是态度方法问题，更是政治本色问题。心里有情，就能振奋“采得百花成蜜后，为谁辛苦为谁忙”的“蜜蜂精神”，激发“春蚕到死丝方尽，蜡炬成灰泪始干”的“奉献精神”，催生“衣带渐宽终不悔，为伊消得人憔悴”的“执着精神”。正如郑板桥赋诗所言，“些小吾曹州县吏，一枝一叶总关情”。要从内心深处把群众当国家的主人、发展的主角、和谐的主力，话向着群众利益说，事照准群众心坎干，通过一件一项、一点一滴地排民忧、解民困、增民利，在心系于民中强宗旨，在倾力为民中正党性。

胸中有墨，为素质本领“提重”。能力不足已成为我们党面临的四大危险之一。“人才资本”理论创立者、诺贝尔奖获得者舒尔茨说：“当代高收入国家的财富是什么构成的？主要是人的能力。”贯彻群众路线、做好群众工作，光有一腔热情还不够，必须不断地吸氧、淬火、充电，拜群众为师、向实践学习，拥有与时代发展相适应、与工作实际相合拍的素质本领，持有为民造福、为党树碑的合格证。要提升政策讲透、道理讲明、利弊讲清的本领，既能面对面膝碰膝沟通，又会借助网络媒体传播，做到平等式交往、互动式交流、协商式交心，与群众对得上话、让群众听得进话。要提升科学决策、依法行政、狠抓落实的本领，充分运用法律、规则和机制妥善处理群众切身利益的难题，既尽力而为、不推诿塞责、不蜻蜓点水，又量力而行、不超越可能、不大包大揽，维护和保障群众合理权益，让群众公正公平地享受改革发展成果。

肩上有责，为官德人品“厚重”。“官德彰则民风淳，官德毁则世风降。”党员干部的道德情操和人格力量对群众起到重要的示范和引领作用，我们要以强烈的政治责任感走在前列，争做全社会思想道德的标杆。一名党员干部，不干事是庸官，老百姓不拥护；不干净是污吏，老百姓最痛恨。要牢固确立公仆观念、公职意识、公众身份，秉持修身慎行、怀德自重、敦方正直、清心自守的从政哲学，不断增强是非辨别能力、诱惑自控能力、警示醒悟能力，坚守党纪国法的“红线”、做人做事的“底线”。要言行统一、知行合一、表里如一，正人先正已、治下先治上，以情趣的尺度、精神的高度和品德的纯度取信于民，赢得群众的口碑，镂进群众的心碑。

群众心里有杆秤，谁轻谁重心自明。诗人臧克家在《有的人》中写道：“骑在人民头上的，人民把他摔垮；给人民做牛马的，人民永远记住他。”我们要以实际行动接地气、补底气、养正气，回答解决好“为了谁、依靠谁、我是谁”的根本问题，在奋力实现中国梦征程中收获群众心里沉甸甸的分量。

刊于《党政论坛》2013 年 9 月号上

担当时代新责任

责任是人类社会的基本价值理念，检验每一个成员的品德操守。“天地生人，有一人当有一人之业；人生在世，生一日当尽一日之责。”每个人生命的每一分钟，工作的每一岗位，皆与责任紧密相连。党的十八大以来，习近平总书记把责任担当作为重要问题，在不同场合反复强调并贯穿始终，他指出：“我们肩负着对民族的责任、对人民的责任、对党的责任。”旗帜鲜明地把“敢于担当”列为好干部的五条标准之一，提升到衡量干部政治上是否合格的高度，要求党员干部增强责任意识，做到“有权必有责，用权受监督，失职要问责，违法要追究”。这些重要论述，有机统一地将“三个责任”寓于实现中华民族伟大复兴的中国梦之中，细化强化了“定责、践责、考责、问责、追责”的责任链条，彰显了党中央重视责任担当、注重从强化责任落实入手推进党和人民事业发展的新思路新举措。

党的十八届三中全会绘就了新愿景、新目标和新蓝图，确定了全面深化改革的任务书、时间表和路线图。战略机遇期、改革攻坚期、社会转型期、矛盾凸显期，战略重点、优先顺序、主攻方向、工作机制，涉“险滩头”、啃“硬骨头”、除“拦路虎”、打“肉搏战”，这是当今时代赋予各级党员干部的新责任，也是一场对责任担当的“终极大考”。是勇于改革、敢于创新，多做建树性工作，还是畏惧风险、墨守成规，只做门面性工作？是直面矛盾、正视困难，积极破解问题，还是腾挪躲闪、打退堂鼓，消极回避问题？是打基础、谋长远，久久为功，还是摆“花架子”、搞“政绩秀”，一时风光？……责任担当，就体现在对这些考题的回答上。

尽责担当，要破平庸提能力。平庸无能是尽责担当的“绊脚石”。一些党员干部不敢负责，一事当前慌乱无措，对具体情况不了解，对复杂局面看不透，缺少解决问题的思路办法。“没有金刚钻，揽不了瓷器活。”身处社会急剧变化的转型时代，置身“未知远远大于已知”的网络环境，面对尾大不掉、盘根错节的既得利益和发展难题，“老办法不管用，新办法不会用”的焦虑，甚至捉襟见肘、动辄得咎的恐慌背后，是因为不注重学习导致的知识老化、思想僵化、素质退化。这就要求各级党员干部，把学习作为一种追求、爱好和健康的生活方式，如饥似渴、坚持不懈地学习，少些应酬、多些调研，少些空谈、多些实践，少些烟酒味、多些书香气，增强看家守土的本领，厚实尽责担当的底气。

尽责担当，要除私利强魄力。不愿负责，没有担当的勇气，软、怕、躲、退，放弃原则、丧失人格，怕掉帽子、失位子、丢面子，“得罪人”的事不干，“讨人嫌”的话不说，只要不出事，宁可不做事。说到底是私利作怪，患得患失、顾虑重重，顾的不是不辱使命，而是个人名利；虑的不是事业发展，而是个人“进步”。对那些不负责、无担当的党员干部，老百姓自然嗤之以鼻、切齿鞭笞。各级党员干部应认识把握岗位责任要求与自我发展诉求辩证统一的关系，认清坚信组织上支持、重用、保护尽责担当干部的政策导向，在其位谋其政、言必信行必果，敢于承载重压、善于挑好重担，重要节点不“失语”、关键时刻不“失身”，以勇毅、果敢和胆识创造组织认可、群众信服的业绩，镌刻“走一路，红一线；驻一地，香一片”的从政“轨迹”。

尽责担当，要戒浮躁增定力。古人云：“神静而心和，心和而形全；神躁则心荡，心荡则形伤。”守静以韧，谓之定。各级党员干部正处在时风流变的交汇处，面对纷繁声色物事容易虚火旺盛、心浮气躁，难以理智地做出正确决断，不能用心地想干事干成事，或急功近利、弄虚作假，或粗枝大叶、漫不经心，或挂空挡轰油门、喊得凶抓得松，或敷衍塞责、虚头巴脑，或得过且过、放松放任，影响干扰党和人民的事业发展。一个人在他心境安宁、心无旁骛时，才会使心力、灵感和潜能得到最佳发挥。尽责担当，需要安得静心、涵养静气，防止和克服心态“浮动”、思想“浮浅”、工作“浮漂”、政绩“浮夸”，强化“十年磨一剑”的精神、“板凳坐十年冷”的意志，培养重实际求实效、具体抓抓具体、常抓不懈一抓到底的作风，铸就埋头苦干的实劲、精益求精的细劲、锲而不舍的韧劲。

“肩扛千斤谓之责，背负万石谓之任。”尽责担当是党员干部的基本素养和行为准则，是广大群众的期盼和福音。面对改革发展的难点，需要舍我其谁的境界；面对干事创业的焦点，需要时不我待的紧迫；面对群众利益的痛点，需要奋发有为的笃行。

刊于《党政论坛》2014 年 4 月号上

实干成就梦想

当年深圳蛇口竖起“空谈误国，实干兴邦”的标语，书写了举世惊叹的“中国故事”。

如今，这耳熟能详的八个字引发热议和共鸣，成为中国社会的时代强音和主流民意。正所谓：浮言废行，浮行废事，浮事废政，浮政废世。我们应清醒地看到，赵括“纸上谈兵”、王衍“虚谈废务”之流的残毒余孽仍在“病变”，毒化腐化一些为政者，甚至成为“集体无意识”：或坐而论道，只说不做，嘴巴行千里，屁股在屋里；或虚头巴脑，心态浮动、作风浮漂、政绩浮夸；或习惯“玩空手道”“搞假把式”，十年八年过去“容颜不改”“江山依旧”。“空谈误国，实干兴邦”，之所以振聋发聩、发人深省，正是对官场上“平平安安占位子、忙忙碌碌装样子、疲疲沓沓混日子”等虚散慵懒之风的警醒和鞭挞，折射出广大群众要实干不要空谈的呼吁和期待。

俄国寓言大师克雷洛夫有一句名言：“现实是此岸，理想是彼岸，中间隔着湍急的河流，行动则是架在河上的桥梁。”天下大事，必成于行。只有对梦想孜孜不倦地追求，梦想才会接近和成真。无论是“中国梦”，还是一个地区、单位、部门的“发展梦”，难题在实干中破解，机遇在实干中把握，愿景在实干中实现。

实干需要“对表”。“对表”，就是全面领会、准确贯彻中央决策指示，与“北京时间”保持一致。有这么一个算式：五个

90%逐个相乘，等于59%。这个算式启示我们：在真抓实干的过程中，如果各级对党和国家各项方针政策、工作部署和措施要求理解有偏差、执行不到位，在每一个环节上都打折扣，哪怕是10%的折扣，几个10%递减下去，最后就是不及格。因此，实干需要培养和提升领悟力、执行力，吃透上情、摸透下情，结合实际创造性开展工作。

实干需要“对接”。“对接”，就是接地气，找准和贴合群众真正关切。民生艰难处，为政发力时。要牢固树立党的宗旨意识和正确政绩观，坚持与群众同声相应、同气相求，贯彻民评民说是标准、民心民力是依靠、民意民生是依据、民喜民怨是方向、民惠民富是目标、民苦民痛是失职的“六民”要旨，立根于群众，立基于实绩，老老实实、扎扎实实、踏踏实实地干一件成一件，用事实打动群众、赢得群众。

实干需要“对路”。“对路”，就是讲求规律，掌握和运用科学方法。英国哲学家休谟把正确的方法比作在黑暗中给人指路的明灯，认为沿着正确道路前进的跛子会超过沿着错误道路前进的善跑者。任何事物发展都有内在规律，违背规律的“大跃进式”的大干、快干和蛮干，并非真正意义上的实干。实干，要避免“情况不明决心大，心中无数点子多”，既要甩开膀子，又要用好脑子；既要埋头苦干、脚踏实地，又要掌握要领、把握关节；既要不懈怠，又要不折腾，经得起群众评判、实践检验和历史审视。

实干需要“对焦”。“对焦”，就是把心思精力聚焦到干工作上，昂扬精神状态。事在人作为，人在精气神。思想懒惰、精神萎靡，工作消极、不思进取，即使能力再强、水平再高，都将一事无成。实干的过程，往往充满了困难、艰辛、挑战和风险，甚至有的几年、几任、几届班子都在抓好同一件事，更需要心无旁骛、一往无前的品质和“愚公移山”、攻坚克难的精神。只有拿出踏石留痕的狠劲、滴水穿石的韧劲、九牛爬坡的拼劲，才能干有所成。

有一副对联说得好：“吃苦是良图，做苦事，用苦心，费苦劲，苦境终成乐境；偷闲非善策，说闲话，好闲游，做闲事，闲人就是废人。”阅尽古今天下事，成由实干毁于随。实践证明，实干苦干是让梦想成真的最佳支点。我们要从自身做起、从点滴做起，一起实干苦干、少说多干，共同营造“实干有地位，不干无市场”的氛围和导向，在集腋成裘、聚沙成塔中积聚合力，在时时归零、天天奋斗中梦想成真。

刊于《党政论坛》2013 年 4 月号上

书卷多情似故人

读书，是老生常谈的话题，古今中外格言警句不胜枚举，有谈意义，有说价值，有评内容，有讲方法，有议心得，常学常思、常思常新、常新常行。一个人的才华、气质、情怀、格局，透射出他读过的书、写过的文、见过的人。明代于谦有诗云："书卷多情似故人，晨昏忧乐每相亲。"从牙牙学语那天起，读书便常伴我左右，指引我成长，与我结下不解之缘，所谓"读书就像恋爱，既然一见钟情，总得肌肤相亲"。

为知而学、因喜而久，兴致盎然、享受乐趣，这是我对待读书的姿态

"非识无以断其义，非才无以善其文，非学无以练其事。"学习要有兴趣，有了兴趣，才不会感到累，才会越学越轻松。毕淑敏说："心中的爱好，犹如不断喷发的天然气，始终燃烧着熊熊火焰，风暴无法将它吹熄。"我把读书大体分为两类：一类是"消费型"，急功近利、临阵磨枪、有用才学，时过境迁，难免与书形同陌路、渐行渐远；另一类是"储蓄型"，着眼长远、夯实根基、固本培元，甚至将书安放枕边，在梦中与书相会。

小学时，我跟着妈妈赶集，总会央求她买上几本新书好书，回家喜滋滋地"躲进小楼成一统"，手不释卷、孜孜不倦，就连吃饭都要妈妈扯着嗓子喊。邻居常拿此事调侃我："你妈喊你下楼吃饭呢。"有一次，我和姐姐去书店，不约而同地看中《格林

童话》。那本书图文并茂、装帧精美，内页夹着散发馥郁香气的书签，翻阅书页时香气沁人心脾，令人浑身酣畅，可书价昂贵，妈妈答应只买一本，姐弟轮换着看。我迫不及待地满脑想象那些引人入胜的故事，就把新书偷走，又怕姐姐察觉向妈妈告状，便躲进稻草垛里先睹为快。我沉浸在童话世界里，穿越时空与白雪公主、灰姑娘、睡美人、青蛙王子等相见，等回过神才发现天色已晚。爸妈左等右盼不见踪影，全家人四处散去寻觅，当然后果很严重——看完一本好书，换来一顿揍骂。

高中时，每次布置作文，我都努力写成范文，因为语文老师会在任教的两个班级朗读范文。我并非爱慕虚荣，只因对一位文笔甚好的女生暗生情愫——我从没大胆表白，但范文可以让我“刷存在感”。“好读者一定有百万本自传。”为了写出更多范文，我养成了做卡片的习惯，名篇诵读、名段赏析、名句摘抄、名词背记，读过的书留痕留迹留心，窥见书中博大、壮丽、幽深、精妙之美，我把古典诗词、优美文字、精辟语言原汁原味地存储起来。

一天不学是耽误，一周不学是失误，一月不学是错误，学理论、读经典、看名著，篇有注记，书有笔记，悟有札记，成为我的兴趣和习惯。我就像一个沙漠中的跋涉者望见了绿洲，对读书写作充满渴望、激情与勇气，日积月累、日进有功，我在军地报纸杂志发表8篇散文、评论。很多同学从平视我到仰视我，军训女生从不屑一看到两眼透光，我收获了自信。

清代金缨在《格言联璧·学问类》中有句名言：“天地间第一人品，便是读书。”喜欢读书，就等于把生活寂寞的时光换成幸福愉悦的时刻。纸墨书香氤氲，故事荡气回肠，诗意情怀流淌，哲思光芒闪耀，读书滋润了我的心灵园地，构筑了我的精神高地。读书的种子从此埋下，“童心便有爱书癖，手指今余把笔痕”。

既是“存储器”，又当“处理器”，着力构建逻辑演算闭环的知识体系，这是我招待读书的方式

据统计，人一生至少要读 1 000 多本书。“书中自有黄金屋”，珍贵的东西可能蕴藏在杂渣，加工提炼的过程艰辛复杂，而一旦萃取出来，便能获得最大价值。名家读书，陶醉于深藏字里行间的识见、气象、意韵、风骨，善于从书山中“掘金”，可意会，能言传，品读中更见品位。金圣叹才气纵横、卓尔不群，练就一双读书的“天眼”，为《水浒传》《西厢记》作批注，自创一套读遍天下书的心法。

我很推崇著名美学家朱光潜的方法论：“读书必须有一个中心去维持兴趣，或是科目，或是问题。”以某项研究或某块工作的应用场景为中心，通过“经院式”系统训练，获取关联叠合的数据、信息、知识、经验和智慧，一朝一夕、一点一滴、一砖一瓦，去粗取精、去伪存真、去冗补缺，设计算法，理清路径，博观约取，归纳提炼，再造集成，经过“理论—实践—理论”的循环迭代，编织一个又一个专业知识模块。

军地机关工作十几年，参与筹划组织重点工作、重要会议、重大活动，身在兵位、心为帅谋、进谏任事，与书为伴、以文辅政、服务决策。围绕起草一篇文稿、解决一个问题、推动一项工作、摸索一次试点，采用“主题选准、专题学习、课题调研、难题解剖”的方法，系统研读、学懂弄通，耳熟能详、开口能讲，进入思想、融会贯通，学用结合、建言献策，使共性做法差异化、零散经验系统化、粗浅体会精深化、片面认识辩证化、复杂问题简单化、程序问题体系化。有一次，领导交代我执笔一篇理论文章，我为了佐证文中几个重要观点论断，花了三天三夜，读完五本理论专著，火急火燎、活学活用，系统梳理摘编了各项建

设、各个领域的重要论述，快速准确地找到出处和依据。这次经历为我撰写其他理论文章和筹划党委中心组学习打下了坚实的基础。军队机关工作常常“5+2”“白加黑”，白天下部队检查调研，晚上挑灯夜战集体推稿。一台投影仪连着笔记本电脑，超幅文档投射到洁白的墙壁上，一人操作电脑敲字，其余三四人你一言我一语，逐字逐句地推敲打磨，像打阵地战来回拉锯，又像炖骨头汤反复煮熬，苦吟、论证、思量、斟酌，领会意图、严丝合缝、滴水不漏，绞尽脑汁写出真意、立意、新意俱备的大作。凭着多年素材积累和观点积淀，我冷不丁冒出一些“人人意中有，个个口中无”的“金句”，乍见新奇醒目，随即同频共振，以至于很多领导喜欢拉着我一起推材料。通宵达旦免不了吃夜宵长胖，我从此有了新头衔——“胖子陈”，大家都笑我“吃多材料就成大胖子”。对一本好书我通常读三遍：第一遍是嚼读，理解摘录；第二遍是精读，挑三拣四；第三遍是漫读，浮想联翩。“好书不厌百回读，熟读深思子自知。”学到“读一切书之法”，就像武侠小说里体内真气贯通涌动，落笔如有神，“苦藤”上结出“甜瓜”，在机关单位辞职前，我出版了一部个人文集。

创业路上，我身处一个文字无所不在的网络数据时代，剧本编创、视觉呈现、创意策划、文案构思、品牌推广等无处不需要读书写作。遵循“跟踪前沿、掌握通识、精通主业、熟悉相关、了解边缘”的原则，我利用“车上、枕上、厕上、桌上”的碎片化时间，专注碎片化应用。我既像蓄电池，常充电量、集聚容量、释放能量，保持“海绵吸水”；又像黏合剂，无数次从梦中惊醒，抓笔记下闪念的点子，再接着入睡，拾掇起工作生活的碎片，将脑里奇思异想编织成文书长卷，枕边一本书，日读三五页，月写千字文。从《定位》《营销管理》《超级符号就是超级创意》《营销的 16 个关键词》等营销理论，到《有序创业 24 步法：

创新型创业成功的方法论》《创业36条军规》《赢在顶层设计》《下一个倒下的会不会是华为》等创业“工具书”；从《周易》《孙子兵法》《新金融秩序》《国富论》《苦难辉煌》《大战略：原则与实践》等宏观战略论述，到《道德经》《庄子》《柏拉图对话集》《林中路》《这个世界会好吗》《美学散步》《你心柔软，却有力量》等人文著作；从《诗经》《山海经》《昭明文选》《世说新语》《红楼梦》等传统名作，到《荷马史诗》《哈姆雷特》《浮士德》《失乐园》《老人与海》等国外佳作。我步入一座包罗万象、无始无终的图书馆，跨越空间之界限，穿梭时间之维度，超透文字的心灵对话，超脱言语的灵魂共鸣，遇见世界，遇见未来，遇见更好的自己。时至今日，我已建立党建、经济、战略、法律、品牌、管理、教育、哲学、影视、书画、科技、音乐等20个素材库，分门别类、随时查阅，聚沙成塔、集腋成裘。

凡事凡物均有其时，学识才华应时而生，却能永恒裨益。哪怕生不逢时，必有许多其他勃发之机，“东方不亮西方亮，黑了南方有北方”。

鞭辟入里、洞识机宜，提升思想水平，
激发思维跃迁，这是我期待读书的愿景

“所谓真正的智慧，都曾经被人思考过千百次；但要想使它们真正成为我们自己的，一定要经过再三思维，直至它们在我们的个人经验中生根为止。”读书写作是这个时代硬核的竞争力，思想思维是这个时代稀缺的珍贵资源。读书写作，能够把杂乱无章的想法、千丝万缕的念头，输出为看待分析解决问题的思想方法、严谨系统高效开阔的思维方式，撬动“思维攀岩”的有力支点，获得比别人更为透彻的思考力和沟通力。收集资料，分析消化，思考酝酿，灵感迸发，创意提炼，这是大脑进行思维活动、

形成思想观点的过程。

山因势而变，水因时而变，人因思而变。人的思想常会有边界、局限、定势、束缚，限制一个人成长发展的强大掣肘力量，恰是他一贯秉持的、被既有体系所固化的思维模式。对于平常事物，我们了解、掌握，形成自己的认知、经验和技能，但其实我们常被一些名词、概念、术语所迷惑，以一种“熟悉而已知的世界”的错觉来品头论足、评判是非，陷入思维窠臼。对此我感同身受。创业是创始人带领一支未定的团队，抵达一个未知的地方，干成一件未卜的大事，再高明再厉害也难以预知今后面临的所有可能。创业型企业在经营管理上难免犯点错、走弯路、摔跟头，这并非都是坏事，但战术上的埋头苦干换不来战略上的登高望远，创始人尤需要带领团队保持对新生事物的敏感、热情、好奇、想象、欲望，潜心探究“陌生而未知的世界”，从核心关系、宏观微观、主客体换位等视角维度，从被动与主动、直线与多线、平面与立体等思维深度，大胆假设、小心求证、独立思索、果断拍板。坐而论道，起而行之；得时无怠，时不再来；经一事长一智，打一仗进一步。拿破仑说：“我看起来每时每刻对所有的事情都信心十足，其实是因为我每时每刻都在思考。”

人工智能时代，趋势大于优势，变化超乎想象，一切都有可能。在大趋势大机遇大数据面前，与其被冲击，不如去冲浪，与其等着整合，不如主动融合，逃离心理的“舒适区”，“博学之，审问之，慎思之，明辨之，笃行之”，精进开悟、以简御繁、游刃有余，越界涉猎、博采众长、纵横捭阖，开放观念、开阔视野、开阔胸怀。“跳出三界外，不在五行中”，力求观察事物多一个角度、研判问题深一个层次、破解矛盾换一个思路，既当按图施工的建造师，也当拾漏补缺的维修工，更当谋篇布局的策划人。

哲人有言：“经验丰富的人读书用两只眼睛，一只眼睛看到纸面上的话，另一只眼睛看到纸的背面。”用一只眼睛观察表象，另一只眼睛洞察本质、探寻规律，透过现象看清本质；用一只眼睛察看万物，另一只眼睛审视自我，对标一流，见贤思齐。机关内外“切换”的我，有着双向对比的体会——这是两个各自运行，路径连接的体系形态。一项工作、一件事情、一个问题，有同与不同的看法、想法、做法、办法，各有各道、各说各话、各行各事，但“各”的背后是同心圆、公约数、共鸣点，求同存异、和而不同、美美与共。每次参加论坛讲座、社交沙龙、展览体验、合作项目，与各路大咖交流、各方高手切磋，令我大开眼界、豁然开朗。这其实是在“读无字书”，多寻找那些易被人忽略之物的价值，多走进自己不太了解的领域，多接触与自己成长环境不同的人群，多欣赏形形色色不同门类的作品，多聆听奇思妙想异见杂念。多向他行请教，多找同行求教，多让内行指教，多设计几个方案，从中选优，多设置几种情况，从难检验，多设想几条对策，从容应变，使自己变得更苛刻、具有批判思维，变得更洒脱、具有创造性思维，变得更独立、具有“宇宙思维”，收获灵活、灵气、灵光、灵动，追求“大我无我”之大境界。

“人非生而知之者”，读书是学思践悟不断交替印证、螺旋上升的过程，无论处于人生哪个阶段，因人而异、因地制宜、因情施策，皆无定法，相融相交、触类旁通。与书相遇，开卷犹如故人来，兴致乐趣为先、知识体系为重、思想思维为本，“甘为真理付韶光”。

在上海市某市级单位读书会上的主旨演讲，刊于《解放日报》2019年11月9日“书事”。

有一种修行叫下厨

《礼记》中说："饮食男女，人之大欲存焉。"《孟子·告子上》曰："食色，性也。"民以食为天。人与食的缱绻深情，成为永恒绚丽的美谈。美食是一种无法抵挡的诱惑，留在唇齿之间的味蕾敏感刺激，绝对是人生享受。

我认识一位企业家朋友，他既深谙美食之道又喜爱下厨。最让他引以为傲的，既不是让人眼花缭乱的一串账户数字，也不是诱人的豪宅香车名表，而是令人称道的厨艺。他有一个梦想，将多年积淀的下厨心得汇编出书，主持一档厨艺真人秀电视节目。

平时不常下厨的我，增添了几分好奇和不解。因为在我的印象里，吃到美食固然欢喜，但下厨是索然无趣的家务活，为的是不可或缺的进食填腹，哪怕再有学问，也只是表象上用功，不应是企业家的抱负追求。于是，我忍不住问他："你觉得下厨到底有什么意义？"这位年近五旬、拥有几座生态农场的朋友平淡地回答："下厨是一种独特的生命修行，收获的是健康、心境和品性。"细咀思悟之下，我有一种豁然开朗之感。

健康从舌尖上来，下厨其实是在养身。老子说"甘其食"，意思是要遵循自然法则，让饮食五味充盈我们的身体，调理平衡、延年益寿。如今食材丰富繁多，菜场超市琳琅满目，天上飞的、地上跑的、水里游的、田间种的，都成了餐桌上的菜肴。我们关注的不再是什么东西没吃过，而是吃什么才是绿色健康。很多人热衷于下馆子上酒店，虽然方便时尚有腔调，长年累月下来却对人体毫无裨益。美食再美，吃得健康安全才是首位。比如，哪些食物可以健脾扶阳祛湿，哪些食物又能平肝补肾润肺，哪些食物还会活血清热益气。我们自己下厨，便可根据不同体质状况，综合选料、荤素搭配，保证营养均衡、结构合理、制作卫生，驾驭饮食、主导健康。难怪这位朋友不常去酒店，喜欢亲自下厨备家宴，招待亲朋好友和客户伙伴，他的身体他做主。会养生，才是真修行。

物随心转境由心造，下厨也是在养心。对待烦琐劳累的下厨，有人积极乐观直面，制造出开心愉悦的优质品；有人消极敷衍回避，制造出烦恼痛苦的劣等品。从一般流程上说，洗菜要认真清理干净，切菜要注意式样形状，炒菜要掌握火候调味，还要适应油点飞溅、油烟弥漫的环境。这些工序都需要耐心、静心、细心和精心。倘若准备一场饕餮盛宴，制作珍馐美食，那下厨的功夫更要用心思量。炒、蒸、炸、煎、炖、煮等烹技轮番上阵，油、盐、酱、醋、酒、葱、姜、蒜、椒等调料备齐巧用，锅、碗、瓢、盆、碟、皿、勺、匙等餐具协调搭配，色、香、味、形、美的融合统一,一道道佳肴如同一件件艺术品。厨艺有优劣，水平分高低，但下厨追求的是一种平静淡然的心境，一种随意从容的气度。下厨的人，是把人与食物的缘分揉融在心，厨房是心灵安顿之处，厨艺就是他的修为。

予人玫瑰手有余香，下厨更是在养性。杜甫有一句诗，“无声细下飞碎雪，放箸未觉全盘空”，是对高超厨艺和共享美食场景的生动诠释。亲朋好友情绪不佳时，做上一顿令人垂涎欲滴的美食，或许能使他们挣脱忧烦的枷锁，找回幸福的密码；看到自己下厨的成果被亲朋好友大快朵颐时，内心深处涌动一种幸福感、成就感，体味付出辛苦、收获快乐的宽慰满足。法国思想家卢梭曾说：“人类无疑有能力有意识地提高自己的生命质量，人是可以使自己生活得诗意而又神圣的。”下厨的过程，是对人生的一种参透，洋溢着生活的情调、生命的韵致，回归到爱美食、爱生活、爱家庭、爱他人的本真。从一定意义上说，下厨是在打造自己的“正能量场”，已然从生活方式转向精神层面，是一种人性的洗礼、品性的陶冶。品尝美食是幸福的，但专心致志地去做出美食，与更多人一起分享，“独乐乐不如众乐乐”，播撒快乐的种子，这才是高层次的幸福，也是高境界的修行。

刊于《解放日报》2015年5月10日“朝花”周刊，荣登微信公众号“朝花时文”当月原创文章排行榜榜首。

茶中有道

云，在天空飞掠；雾，在山巅飘荡；路，依山势蜿蜒。

“茶香高山云雾质，水甜幽泉霜雪魂。”穿行福建省宁德市寿宁县竹管垅乡“万亩茶海”，层峦叠翠、云缭雾漫、富氧清新、溪流潺潺。举目而望、入眼尽绿，一垄垄茶树齐整分明、错落有致、如诗如画；一芽一叶、一人一篓，一群群采茶女巧手舞动、轻采快撷、如痴如醉；身临其境、徜徉其中，一阵阵茶香馥郁扑鼻、沁人心脾、如梦如幻，宛如游走在一座由茶树、云雾和时光构造的辽阔迷宫，瞬间使人的思绪变得悠远空灵。

竹管垅乡层峦叠翠、云缭雾漫、千姿百态，空气清新、富氧洗肺、恣肆呼吸，雨量充沛、溪流潺潺、清澈晶莹，马鞍山灵秀含黛、连绵起伏，金鸡巢天造地设、陡峭险峻，龙井瀑布千仞绝壁、飞流而下，水上桃花岛别有洞天、心旷神怡，麻竹坪水库浮光跃金、水天一色。当地获评全国第二批天然富硒土地，福建省第二批“气候康养福地”“省级生态乡镇”“福建省产茶明星乡镇”“福建硒锌茶主产区”，是一片养生养神养性的沃土，是一方宜居宜游宜业的乐土。

一片叶子，兴乡富民。大自然馈赠的阳光、雨露和生命，封存在一枚枚圆润饱满的茶芽里，冲泡成一杯杯茗茶款待八方来客。竹管垅乡茶地 8.67 平方千米，人均面积 10 000 平方米，位列寿宁县之首，打造“万亩茶海，垅上茶乡”特色产业，以茶强乡、以茶富民、以茶兴业，念好茶园经、唱好茶文戏、打好茶旅牌，探索规模化有机种植、标准化品控管理、数字化植码溯源、人文化赋能升值、一体化营销推广，推动一二三产融合发展，以质量带销量、以价值促产值、以文创塑文化，把茶区变景区、把茶园变公园、把茶山变金山，走通茶业出山路、乡亲致富路、振兴绿色路。“云雾茶乡”的乡村全面振兴风生水起，“垅上茶韵”的共富和美画卷全景铺展。

“香飘千里外，味酽一杯中。”氤氲湿润的空气似乎更沁人心脾，最适合品尝春茶。走进茶山腰一座农舍休憩，简朴的客堂摆着一张茶台，茶农热情地招呼我们坐下喝茶。茶农拿出自种的云雾茶，娴熟地泡起茶，净手赏器、烫杯温壶、马龙入宫、洗茶冲泡、春风拂面、封壶分杯、玉液回壶、分壶奉茶、闻香品茗，茶序行云流水叹为观止。嫩叶肥壮，茶汤澄亮，香郁撩人。“苦不叮嘴，涩不挂舌”是寻常人的感受，一泡水二泡茶，三泡四泡是精华，喝出“茶气”才入茶道。轻啜细品，入口亲和，略有苦涩，入喉回甘，顺滑醇厚，味蕾的滋润瞬间游走通体、爽心怡神，每一口都别有滋味。细细打量茶农这套有些氧化变色的茶器，来历颇有讲究。茶器采用氩弧电焊工艺制作，焊铜温度高，人眼无法承受长时间电焊光，需要不断更换电焊师傅，数道人工打磨精研，生产难度高、周期长、量有限，每个茶器得来不易。在与茶农交流中得知，茶叶种得好，还要卖得好，关键在于产品质量过关、口碑过硬。征集茶样、地道制茶，选料拼配、翻炒烘烤，检测茶叶所含农药残留、污染物、微生物等，对品质尽责，对用户负责，方能喝上健康安全的好茶。

中国是茶的故乡，也是茶文化发祥地。茶文化源远流长，博大精深。唐代陆羽所著《茶经》记载：“茶之为饮，发乎神农氏，闻于鲁周公。”《茶经》是一部妙书，蕴含精妙之语，解读见道之妙。自古以来，文人墨客大多爱茶，无茶不言欢，无茶不为敬，煎茶、品茶、点茶、分茶、斗茶，以茶施礼、以茶联谊、以茶入诗、以茶作画、以茶兴文、以茶修为，就像诗人与酒一样，缠绕着说不清、道不明、割不掉、理不清的缘分，“驱愁知酒力，破睡见茶功”。白居易有诗云：“坐酌泠泠水，看煎瑟瑟尘。无由持一碗，寄与爱茶人。”苏轼写下一首脍炙人口的茶诗：“休对故人思故国，且将新火试新茶。诗酒趁年华。”

人间有味是清欢。茶是洁物，是雅物，超凡脱俗，不落俗套。爱喝茶的人，必定是热爱生活之人。唐代韦应物诗云：“性洁不可污，为饮涤尘烦。”鲁迅先生说过：“有好茶喝，会喝好茶，是一种清福。”一位书法家朋友送我一幅墨宝：“茶亦醉人何必酒，书能香我不须花。”我喝过很多地方的好茶，对茶略懂，舍得把时间“浪费”在读书与喝茶上。茶生一处、千茶千味，百人百好、适口为珍，如西湖龙井、天台黄茶、凤凰单枞、铁观音、太平猴魁、老班章、正山小种、永春佛手、松萝、白露寿眉、蒙顶雪芽、黄金桂，等等，皆是舌尖上治愈乡愁的解药。茶客们都在找寻自己喜爱的味道，一旦深陷其中就难以自拔。夜深人静，孤灯伏案，一壶清茶；品之在口，赏之在目，悟之在心。初饮有清气，静由心生；再饮气益清，淡定纯粹，神思浩渺，下笔成章。品茶是物质与精神交融、身体与灵魂双修，把茶当成一杯心泉，喝的是一种性情，养的是一种精神，求的是一种境界，心注一境，宁静致远。

茶源自中国，盛行于世界。世界有茶叶、咖啡、可可三大饮料。英国学者艾伦·麦克法兰在其著作《绿色黄金：茶叶帝国》中写道：“只有茶叶成功地征服了全世界。”英国有句谚语：“世上没有什么难题是一杯热腾腾的茶所不能解决的。”据说，茶叶是有史以来最先在伦敦做广告的商品，不仅贵族趋之若鹜，中产阶级跟着大饱口福，就连英国工人也以茶点为饮食。日本流传俗语："早饮茶，添福运。"一片小茶叶，绘就东西方不同文化交织互鉴的历史图景，浸润中国茶文化"和合"的精髓。这正是品茗悟道的至高境界。

万丈红尘三杯酒，千秋大业一壶茶。人生如茶、茶中有品、由茶入道，深蕴禅机、顿悟涅槃，一苦一甜品味，一沉一浮从容，一动一静平和，一端一放释然，跌宕起伏的一生浓缩在一杯茶中。诚如作家三毛所说："茶如人生，第一道茶苦如生命，第二道茶香如爱情，第三道茶淡如清风。"

刊于《新民晚报》2024年4月21日"夜光杯"

以“六不”清单自警对标自励践行

在迎来中国共产党成立102周年之际，上海市市场监督管理局、上海市民营经济协会联合在中共上海市委党校本部，举办为期三天的民营企业专业市场党组织书记学习贯彻党的二十大精神研修班，我脱产参加学习。此次培训既很重要又有必要，上接天线、下接地气，立意高、落点实、效果好，既是一副充电赋能的良方，又是一次党性锻炼的良机，还是一种思想洗礼的良策，我受益匪浅、受用无尽，概括起来有“三增”。

一是增加见识。专题授课既有宏观研判又有微观实操，帮助我们从战略大局上谋思、从发展大势上谋划、从关键大事上谋定，释疑解惑、坚定信仰、激发信心、憧憬未来、守住底线、增强定力，“不畏浮云遮望眼”，“柳暗花明又一村”。

二是增长智慧。人的大脑如同待点燃的火炬，党校集中学习就是导火索，爆燃智慧的光芒。智慧是视野、眼界、经验、观念、思路、阅历的综合集成，帮助我们打开认识改造世界、认知提升自我的大门，站得高、看得远、想得深、悟得透、抓得实。

三是增进友谊。相遇是缘，相识是福。党校学习机会难得，面对面交流互动、融合信息，点对点碰撞观念、分享成果，集训是短期的，友谊是长期的，正所谓“一朝党校人，终生党校情”。

忙碌之余尤需踱方步，火热之时更要冷思考。坐下来听课、静下心读书，摆进去讨论、跳出来感悟，正如电脑用久了需要整理存储空间一样，作为一名党员民营企业家需要经常通过学习培训来清除头脑中的“思想垃圾”，大力弘扬企业家精神，把品牌做亮、把企业做强、把产业做优。我结合自身学习体悟和实践历练，制订“六不”清单，自警对标、自励践行。

一、信仰是“方向盘”，不能偏。信仰支撑梦想。德国哲学家康德说过：“人类总要抬起头来仰望一些高于我们一切的东西，并在那里找到我们的共识。”这东西就是信仰。信仰是我们内心最好的补给品，是心理指南和行为准则，像日月星辰一样在我们头顶照耀。危险就在身边，雷区就在眼前，失足就在瞬间。我们要坚定不移信党爱党护党，筑牢信仰之基、补足精神之钙、把稳思想之舵，敌情就在身边、腐蚀就在眼前、失足就在瞬间，涉猎掌握海量广博、真实准确、理性客观、浸透力强的信息源，掌握马克思主义真本领，避免“信息赤字”“信息鸿沟”，增强政治敏锐性、鉴别力，厚实政治理论素养，做共产主义远大理想和中国特色社会主义共同理想的坚定信仰者和忠诚实践者。

二、学习是“硬任务”，不能丢。“人才有高下，知物由学。”要把学习作为首要任务和头等大事，作为主责主业、精神追求、生活方式，在持续自主学习中解读理论、解放思想、解决问题，使创新创业的方向明了；底气强了，劲头足了，招数就多了。哲人有言：“经验丰富的人读书用两只眼睛，一只眼睛看到纸面上的话，另一只眼睛看到纸的背面。”用一只眼睛观察表象，另一只眼睛洞察本质、探寻规律，透过现象看清本质；用一只眼睛察看万物，另一只眼睛审视自我，对标一流见贤思齐。为知而学、因喜而久，兴致盎然、享受乐趣，这是我对待读书的姿态。既是“存储器”，更当“处理器”，着力构建逻辑演算闭环的知识体系，这是我看待读书的方式。鞭辟入里，洞识机宜，提升思想水平、激发思维跃迁，这是我期待读书的愿景。

三、勤奋是“助推器”，不能松。成功并非唾手可得，幸福不会从天而降。业精于勤荒于嬉。勤奋是成功之母，懒惰乃万恶之源。人生在勤，不索何获，勤奋播撒希望。勤劳一日，可得一夜安眠；勤劳一生，可得幸福长眠。办企业千头万绪，需要统筹兼顾弹钢琴，做好任务切换和进度管理，以勤奋提升“多线程”工作效能，始终专注于最紧急又最重要的“一件事”。

四、坚韧是“黏合剂”，不能缺。北宋苏轼说：“古之立大事者，不惟有超世之才，亦必有坚韧不拔之志。”郑板桥有首诗：“咬定青山不放松，立根原在破岩中，千磨万击还坚劲，任尔东西南北风。”凡事凡物均有其时，学识才华也是应时而生，却能永恒裨益，哪怕是生不逢时，必有许多其他勃发之机，“东方不亮西方亮，黑了南方有北方”。

五、品格是“护身符”，不能少。企业家要追求品性、品行、品位，讲求格调、格局、格致。政治纪律是高压线，遵纪守法是红线，道德修养是底线。葆本色、守本分、尽本职，明辨是非曲直、增强自我定力，学会分析和解读、擦亮眼睛和心灵，不迷信、不盲从、不妄动、不走偏，追求更有高度、更有境界、更有情怀的人生。

六、本领是“倚天剑”，不能钝。磨刀不误砍柴工，真功夫是真受益，硬本领是硬通货。关系是泥饭碗，会碎的；文凭是铁饭碗，会锈的；本领是金饭碗，会升值的。在新的形势任务面前，谁拥有时代需要的本领，谁就持有担当重任的合格证，握有走向成功的资格证。民营企业家要发现、培养和锻造一批品行好、能力强、专业精、本领高的优秀人才队伍，人才辈出、各尽其才、才尽其用，助推企业裂变式增长、高质量发展。

在 2023 年上海市委党校研修班上的发言

认知力

人与人之间的差别在哪里？

生活中经常讲，“鸡同鸭讲”“对牛弹琴”，问题的实质就在于每个人的认知不同，所以对很多事情的看法想法做法也是不同的。所以说，人与人之间的差别其实就在于认知力！

一、人与人之间的差别在哪里？

先看这样一组所谓的等式："1+1=1""1+2=1""3+4=1""5+7=1""6+18=1"。

看到这组等式，你大脑的直觉会瞬间反应：这根本不可能。

如果在每个数字后面加上单位，就变成了如下式子："1 里 +1 里 =1 公里""1 个月 +2 个月 =1 季度""3 天 +4 天 =1 周""5 个月 +7 个月 =1 年""6 小时 +18 小时 =1 天"。

学会换一个角度看待问题，这组代数式就完全成立，面对困局就能游刃有余。

一位哲学家说："世界上最大的监狱，是人的思维意识。"人与人之间的连接点在于认知感，人与人之间的差异只有认知力。一人之力有穷尽，目光有其局限性，容易囚困于一亩三分地。做事固守惯性思维，一路直撞南墙，往往吃力不讨好。当你感到走进死胡同时，要看看旁边还有没有出口。面对"未知远大于已知"，你往往囿于"熟悉而已知的世界"，也常常陷入"陌生而未知的世界"，根源都来自认知限制，唯有升级认知才能打开意识牢笼。

因此，最重要的是，建立认知闭环，告别认知泡沫，突破认知困局，主动创造拐角，破解成长焦虑，夺回人生掌控权。

二、强悍认知力从何而来？

“人有知学，则有力矣。”“人才有高下，知物由学。”一个人的能力包含很多方面，但最关键的是学习力。活到老学到老，学习是终身课题，是一种优秀习惯、一种生活方式、一种精神追求。读书学习思考是提升认知力的一条捷径，是以认知的力量去探测世界的广袤，借伟岸的灵魂来陪伴心灵的成长。依靠读书学习思考，你可以收获超出自身阅历的风景，领略更辽阔、更深邃的精神世界。

“读万卷书，行万里路，胸中脱去尘浊，自然丘壑内营。”这是明代书画家董其昌所说。很多人也在学习，也在输入知识，但没有及时整理分拣、学以致用，学完后“无处安放”，要用时“查无此件”。当下社会新情况新事物新技术新政策层出不穷，你不想被淘汰出局，就得保持如饥似渴、持之以恒的学习力，充满灵感、热情、欲望、好奇、想象，主动学习、大胆假设、小心求证、身体力行，把学习成果转化为学识、见识、才识、器识、胆识，站得高、看得远、想得深、悟得透、抓得准。

哲人有言：“经验丰富的人读书用两只眼睛，一只眼睛看到纸面上的话，另一只眼睛看到纸的背面。”用一只眼睛观察表象，另一只眼睛洞察本质、探寻规律，透过现象看清本质；用一只眼睛察看万物，另一只眼睛审视自我，对标一流见贤思齐。“耳闻之不如目见之，目见之不如足践之。”如果你坚持自主学习、深度学习、终身学习，训练掌握正确的思想方法和思维方式，学习掌握发现分析解决问题的立场观点方法，那么恭喜你，你必能突破认知的局限、定势、束缚和桎梏，为人处世干事创业的方向明了、分寸清了、底气强了、劲头足了、招数多了。

我总结形成一个管用实用的方法，概括为八字闭环流程、学习—决策—执行—复盘。只要乐于学习、勤于反思、善于破题，厚积而薄发，博观而约取，挖掘出过人的天赋，把天赋训练成能力，构建独特优势标签，日复一日刻意锤炼，你必将成为拥有强悍认知力的顶级高手。

三、如何冲破认知力的“天花板”

一个人的最大困境，就是认知受限。一家企业的“天花板”，取决于创始人的认知力。你永远赚不到认知范围之外的钱。人与人命运走向不同，主要在于认知力的差距。高手并不完全是能力比你强、智商比你高、定力比你好，而是因为他们学识更丰厚、见识更广博、才识更敏瞻、胆识更坚韧，他们形成一个支撑积累更多认知的系统，拥有更强大的认知力，破解错综复杂的问题。

人生成长就像升级打怪，每个阶段都有每个阶段面对的各种各样困局：不喜欢这个专业，可又没勇气转专业；想辞职，但又怕下份工作还不如现在这个；想学习提升自己，却发现自己根本没有整块时间。

俗话说：“夜里想了千条路，早起还是卖豆腐。”想得多做得少，总被直觉和惯性牵着走，在理想和现实之间的差距内耗。这是恶性循环，是一个又一个的局，这些局让你永远不敢迈出下一步。很多“做不好”“做不到”，往往是因为“认知不到位”，缺乏基础的认知做根基。所谓“不破不立”，就是打破常规思考、冲破现有局面，看到更大的世界、走出不凡的轨迹。你想改变转变，那就停止幻想，别指望被世界温柔以待；翻篇归零，不被曾经的拥有束缚；投资自己，把一切事情努力做到极致；持续学习，解锁人生各种可能。

论道对话、交流切磋，是提升认知力的一个法宝。格局大、眼界高的人往往可以高屋建瓴地提供建设性意见，站在巨人肩膀看人生，你才能一步步地爬出井底、走出狭隘。如果你想冲破认知力的“天花板”，这段话一定要认真听进去。开展多线程工作、跨界型社交，多接触自己不甚了解不太注意的领域，多遇见与自己不同志趣不同经历的人群，多聆听与自己大相径庭奇思迥异的想法，多关注被人忽略并不起眼的冷门，多欣赏形形色色五花八门的作品，多借鉴头部企业顶尖机构的逻辑，持续开放观念、开阔眼界、开阔胸怀，避免一叶障目、短视寸光、庸人自扰、夜郎自大，使自己变得灵光、灵敏、灵巧、灵动，感知不一样的体悟、觉知不一致的洞见。

“骐骥一跃，不能十步；驽马十驾，功在不舍。”只要你坚定不移、锲而不舍地提升认知力，追求思想无界、思维无疆、思索无止，这世间就没有能困住你的局，成功和财富一定属于你！

与时偕行

《周易·乾·文言》曰：“终日乾乾，与时偕行。”寓意一天到晚勤勉奋斗不息，随时光世道流转而谨慎通变、自强进取。细品深悟，意味深长。“天不言，四时成焉。”时间的残酷就在于只能带你走向未来，却无法带你回到过去。诺贝尔文学奖得主阿卜杜勒拉扎克·古尔纳说过：“我有两个家，一个住在心里，我每天都牵挂着，另一个是我实际居住的家园，这两个家，一个都不能少。”我行走在创业路上，自认是勤勉之人，像挤海绵里的水那样把碎片化时间拾掇串织起来，对照“四象限法则”管理心智与时间，把创业与生活“两个家”用心经营好，多线程工作、多层次思悟、多维度触达、多领域收获。一位老领导为此赞许点拨我“勤勉多岁月”。

时间是最宝贵的稀缺资源，是世界上一切成就的土壤，给空想者痛苦，给创造者幸福。有一段警世喻言告诫我们：“一生的时间就是你一生的金山银山。你又该怎样来花费这金山银山呢？一不小心，它就会被你挥霍得一干二净。”生命何其短暂，韶华何其难留，我们终其一生都是在与时间赛跑，谁也没有资格挥霍自己的时间。时间是公平的，就在那里不多不少，谁也无法多得一分一秒，在何处播种施肥，就在何处开花结果。时间是常数，也是变数，垂青于惜时如金的人。“时间，每天得到的都是二十四小时，可是一天的时间给勤勉的人带来智慧和力量，给懒散的人只留下一片悔恨。”勤勉的人并非能额外多得一些时间，而是让时间更加充实、更有意义、更大价值、更高产出。

古往今来，时间的概念被人们认知与掌握，成为文明拓进的一个向度。孔子看着浩浩荡荡汹涌向前的河水说：“逝者如斯夫，不舍昼夜。”李白写下《春夜宴桃李园序》：“夫天地者，万物之逆旅也；光阴者，百代之过客也。而浮生若梦，为欢几何？”岳飞慨叹：“莫等闲，白了少年头，空悲切。”在漫长又恢宏的时间洪流里，从“日出而作，日入而息”的识时观念，到“劝君莫惜金缕衣，劝君惜取少年时”的惜时态度，从“不违农时，谷不可胜食也”的守时意识，到“时间应分配得精密，使每年、每月、每天和每小时都有它的特殊任务”的理时方法，都在提醒我们认识时间、把握时间、管理时间、驾驭时间。人类的归处是自然，未来的起始是现在。未来已来、将至已至，不管力量有多微弱、不管挑战如何巨大，定心正念、风雨兼程，珍惜当下、耕耘此刻，时间就会为我们照亮未来方向，将所有期待变成累累硕果。

“明日复明日，明日何其多；日日待明日，万事成蹉跎。”时代车轮驶入以秒计时的当下，“无限的时间”与“有限的生命”更加凸显时间的价值、奋斗的意义。时间这位伟大的魔术师，从不辜负对惜时如金者的允诺，从不吝啬对勤勉如牛者的褒奖。创业就像一座金字塔，越惜时勤勉就越向上向前。市场浪潮随时可能将创业者掀翻，创业者面临不确定的风险与挑战，每时每刻都要耗尽时间、心神、能力、资源、人脉，才有可能在瞬息万变的时代立足站稳，蹚出一条路子、拱出一线光明，否则梦想的价值就与做梦别无二致。创业的江湖，总有许多事要做，永远也做不完，从来就是想改变世界的多，而想改变自己的少。不可复制的价值创造往往需要精打细磨、沉潜积淀，欲速则不达，一步一个脚印，一年一个台阶，奉行“长期主义”，成为“无限游戏”的玩家。激情若没有理智护佑，就是众声喧哗中空洞的呐喊；时间若没有规划利用，就是随波逐流中生命的浪费。正如马克思所说："一切节约归根到底都是时间的节约。"

时间无始无终，空间无穷无际。在时间的渡口，我们皆是过客。对待时空的态度，无非有三种：一是求快，二是放慢，三是淡然。我们应当为时间深耕厚植，而非为空间疲于奔命。一个人无论占有多少疆土，如果不能在时间上当自己的主人，所拥有的仍不过是贫困一生。真正成功的生命，是做时间之主，而非空间之王。忙不胜忙绝非创业路上不可逾越的必然选择，淡定从容才是"勤勉多岁月"的题中应有之义。勤勉既不是盲目庸碌的"5+2""白加黑"工作狂，也不是奔波繁忙无心看身边风景，而是做对正确的事，正确地做对事，劳逸结合、张弛有度、游刃有余，赋予时间以效率、成果、品质和价值，实现自主选择、自由切换、自如收放。

时间管理依据轻重缓急和主次大小设定短中长期目标，排出日程表，用好备忘录，制定任务单，提升使用率，强化专注力，找准平衡点，拼出加速度，打败拖延症，让自己每天保持旺盛的精力、活跃的思维和健康的身心。时间管理有一个"二八定律"：20% 的时间是关键的、主要的，80% 的时间被花在意义寥寥的杂事上。把主要精力聚焦最优先、最重要、最困难的工作，"头重脚轻"地统筹分配每天精力，优化"出口策略"，腾留学习思考的时间；把那些无足轻重、无关紧要、无计可施的工作，外包授权付费给专业人员执行，积攒更多属于自己的时间。在筑梦追梦圆梦的征程中，我们应当忠诚于自己的生命，激发内心的使命感、责任心和约束力；立时间思维，与时间独处，知道我是谁、我从哪里来、我要往哪里去，采用"斯多葛控制二分法"，界定"可控与不可控"。分清"主与次"，把握"大与小"，平衡"快与慢”，把更多的注意力用在可控制的事情，让不可控制的事情顺其自然，瞄准目标、掌控节奏，蓄势谋远、厚积薄发；即知即行、立行立改，不骄不躁、不乱不弃，让自己的生命有质量、有容量、有能量、有分量。

陶渊明有诗云：“及时当勉励，岁月不待人。”梦想不会自发成真，奋斗才是桥梁；愿景不会自动抵达，奔跑才有远方。无论你为自己做过什么、留下什么，时间都是记录者、见证者、守护者。岁月如山亦如海，在时间的岸滩上大浪淘沙，无根的脚印注定刻不牢也留不住，潮水过后终归了然无痕。把学识、眼界、才情与勤勉深耕在每一段时间，把前行每一步都夯牢在坚定的信念、坚实的行动、坚韧的攀登，这样的脚印方能于历史回眸之际，在时间深处灼灼闪耀纯粹且恒久的光芒，最终岁月定会让自己如愿。

孤独是一种生命的底色

孤独作为人性的一部分，蕴藏在灵魂深处，是生命的底色之一。加西亚·马尔克斯说过，孤独是一种“人人都会遇到的问题”，而他自己正是“专门表达这种情感”的作家。他的作品围绕孤独这一共同主题，从各个角度剖析了孤独的不同形态：《家长的没落》诠释了权力的孤独，《枯枝败叶》揭示了自我封闭的孤独，《霍乱时期的爱情》演绎了爱情的孤独，等等。他的代表作《百年孤独》更是一部“孤独百科全书”，阐述了孤独的心理学内涵，也展现了孤独的社会学含义，其中出现的每一个人物都以自己独特的体验，感受到不同形态的孤独情感。

在当下，现代科技和信息网络迅猛发展，日常平实的工作、生活和人际交往方式发生改变乃至颠覆，个人主义、功利主义、享乐主义和消费主义勃兴蔓延，催生了精神世界的低俗化、碎片化、空洞化和荒漠化，导致了我们心灵的迷失和心理的焦躁。孤独既非表象上的空虚、寂寞、孤单，也不是自命清高者的孤芳自赏和百无聊赖者的顾影自怜，而是一种心境上的自在独处、精神上的自我放逐。没有人能免得了孤独，只是孤独的形态表现各异，与其逃避不如直面，用心去品味孤独、享受孤独。

孤独是一种成长的历程

人生本是一场孤独的跋涉。一个人走，一个人跑，一个人游荡；一个人哭，一个人笑，一个人坚强。在行程中，很多人在不同阶段与我们相遇，或与我们擦肩而过，或与我们并肩同行，或温暖指引我们，或伤害磨砺我们，在生命中划过深浅不一的印痕。人在欲望的纠结迷离与现实的生活境地中挣扎，在外界喧嚣纷扰与内心宁静悠然中穿梭，孤独便如花开的幽香寂寥漫溢，透射出人性之光。只有经历孤独的熔炼和洗礼，我们才可能真正获取生活美好与生命养分的意蕴。正如杨绛所言："一个人经过不同程度的锻炼，就获得不同程度的修养、不同程度的效益。好比香料，捣得愈碎，磨得愈细，香得愈浓烈。"

孤独是一种深沉的美丽

她，从青春到老去，孤独是形影相随的伴侣。22 岁时，她温婉秀美、才情非凡，毅然地从窗户爬出去，嫁给了一个 50 岁的男人，为此父母与她决裂。32 岁时，丈夫无奈不舍地离她而去，留下她孤零零地漂泊在人间。她生命中最绚烂的年华逝去，一瞬间燃尽了韶华，连同她精诚笃定的传奇爱情。由于身份特殊，这位美丽的未亡人没有再婚，继承丈夫的遗志，安身于孤寂之中，为国家和民族的事业而燃尽灯火。88 岁时，她安详地离去，留下了举世钦仰的品德情操、优雅高洁的风采魅力。世间独特而美丽的孤独，如光芒从万里高空洒向苍茫大地，穿透岁月，拨动心弦，令人回味。

孤独是一种心性的修炼

古语云："居不幽者思不广，形不愁者思不远。"孤独是人生旅途中一座心灵驿站。很多时候，我们需要与自己的心灵对话；有些美好，需要一个人在孤独中体悟。眼下一些人无所事事、寂寞空虚时，感到一切落空，宁可时刻都有事，心需要不停歇地"逐物"，方觉身心踏实，流连于追名逐利、酒色财气、交际应酬。其实，独处静居之时，有一股清明之气，从孤独中滋生出来，心光一片，照见自己，照亮万物，照彻事物的本质，就像净水洗纤尘，送来了一阵清风凉雨。在四季流光中，或啜饮一杯香茗，或聆听一首乐曲，或手捧一卷书册，或观赏一朵花卉，孤独就会流淌出来，让自己平和简静、云卷云舒，清澈地听见内心的声音，掠过万千虚无。我们应化孤独为智慧、意志、作为和功绩，去浮躁、戒冲动、敛心神，在孤独中养心、养神、养气、养德，追求“静一分，慧一分”的功效。

孤独是一种专注的境界

梅兰芳是一位孤独的艺术大师。电影《梅兰芳》有一句经典对白，梅兰芳的朋友邱如白说：“谁毁了梅兰芳的孤单，谁就毁了梅兰芳。”任何一门艺术、一种事业，要想到达一定造诣，皆是向内而求、苦心磨砺，甘愿与孤独相伴，不会曲意媚俗，不能哗众取宠，不为俗世扰动。贝多芬双耳失聪，坚持以“动听的音乐”为伴，在孤独中成为音乐巨匠；司马迁是孤独的，所以他用 15 年谱写了“史家之绝唱，无韵之离骚”的《史记》；霍金与病痛折磨抗争，在孤独中超越自我，才有了不朽名著《时间简史》问世。

真正的成功者是孤独的，他们的内心总有自己的一片天空，宁静安然地沉浸在不懈奋斗的人生追求中，保持灵魂独舞的状态，坚定执着、勇毅无畏地向它迈进。对他们而言，孤独是一种美好的享受，那是一个人的盛宴、一个人的心醉、一个人的驰骋，更是一种繁花落尽、铅华洗尽的淡定。

刊于《解放日报》2014 年 10 月 24 日“朝花”周刊，荣登微信公众号“朝花时文”当月原创文章排行榜榜首。

附　录

指挥员

熊永新

靶场边，陈琪面对指导员韩鹏站得笔直，直得近乎僵硬，一如他脸上的表情。唯一有些弧度的是嘴角的线条，向下弯曲成两个字：委屈。

陈琪是从军校新分来的排长，虽没有部队工作经历，却有着良好的文字功底，他公文、材料样样拿得起，是公认的“笔杆子”。上海警备区某步兵连刚刚归建，指导员韩鹏经旅党委授权，在全旅范围内挑来了两名排长：一个是军事训练尖子李东光，另一个就是陈琪。当时，陈琪摩拳擦掌，准备在新连队干出些名堂来。可万万没想到，来连队没多久，韩鹏就让陈琪在全连面前现了次“丑”。

那天，上级在连队搞教学试点，课目是战术基础动作示范教学。

“陈琪！”韩鹏朗声点将。“现在由你示范讲解低姿匍匐前进的动作要领。”

队伍里立刻有了一阵倒吸气的声音。按“惯例”，这个示范应该由擅长教学法的李东光来进行，现在竟然让“陈秀才”来，官兵们谁都没想到。

韩鹏眼珠一瞪，队伍中立刻鸦雀无声。

“出列！”口令并没有一丝犹豫。

“是。”应答却不那么坚决。

跑步出列，趟步立定，放臂转身，陈琪的一套动作还算利索，只是跑步距离有些长，立定后连跨了两大步才调整到指挥位置。

“下面，由我来示范……”陈琪突然瞄见官兵们瞪大的眼睛中闪烁着某种奇异的光芒，他不由心里发虚，脸“唰”地成了“红富士”，声音也降了八度：“低……低姿匍匐前进。”

队伍中响起一两声轻笑。声音不大，显然是被极力压抑着，陈琪却感到耳膜被震得“嗡嗡”作响。

韩鹏一声干咳，笑声戛然而止。陈琪开始讲解动作，讲的时候，他突然想起了一个成语“芒刺在背”，感到似乎有一根无形的鞭子在抽打着他，驱赶着他立刻结束这个场面。五分钟后，陈琪停下来，木木地站着。

“讲完了？”韩鹏惊讶地问。因为一般情况下，动作示范、要领讲解、常见错误纠正等进行一遍，少说也要半个小时。

“讲完了。”陈琪不明白指导员为什么这么问——在他的感觉中，自己似乎已经讲了几个小时。

“那入列吧！”韩鹏走到队列前面：“刚才，陈琪以简明扼要的方式给大家讲解了低姿匍匐前进的动作要领，但是有一些需要补充的地方……”

队列里响起一阵压抑不住的笑声……

陈琪想了两天也不明白指导员为什么要出他的丑。第三天，他终于忍不住了，趁着射击训练的间隙来找指导员“理论”。

“您知道，我是憋着一股劲儿地想把工作干好，给新连队树起标杆。可您为什么不用我的长项，却尽揭我的短处，捏我的弱项？”陈琪有些愤愤不平。

“长项？”韩鹏抬起眼来看着陈琪。

“我的长项是文字工作，可到连队后您没有让我处理过一件文书，反倒把文字工作都交给了李东光；李东光的长项是军事技能，可实施教学法您却让我先来。您这不是‘扬短避长’吗?”苦水倒起来像开了匣。

韩鹏没有回答，却摆弄起了手枪。突然，他将桌上一块秒表抛给陈琪：“计时！”

陈琪一时不知道韩鹏想干什么。他一按表，就见韩鹏右手拇指按退弹钮，手腕一磕，弹匣脱离滑入左手，再顺势落到桌上，下落过程如行云流水，绝无一丝磕绊。“噔”“嗒”两声脆响，弹匣下沿先触到桌面，翻转 90 度轻轻倒下，不带丝毫余震杂音。紧接着，卡簧、身管、复进簧、击发机……各个部件一一在桌面上排成整齐的队列。陈琪在一旁看得精彩，不由大声叫道：“好！”

不过这“队列”只是昙花一现，各个部件很快以相反的顺序一一归拢，在韩鹏手中如魔术般又被还原成那把泛着幽蓝光芒的手枪。陈琪用力一掐表：“24 秒！”

接下来，韩鹏又走至射击位置前，准备射击。

金灿灿的子弹堆在地上。韩鹏以令人炫目的速度压弹装枪。取枪、装弹、举枪瞄准，不过 4 秒钟时间。令人惊叹的是，右手扣动扳机的同时，他的左手已将左侧枪套中的手枪取出，他单手卸下弹匣，拇指、食指的指尖夹住子弹，抵住卡口，将子弹压入。八发子弹压满，他手腕一抬，将弹匣装入枪中，再顺势往膝上一蹭，枪筒后移，子弹上膛，手枪就处于战斗状态了。装弹过程中，韩鹏的眼睛始终在瞄准线上，绝不往左手看，丝毫不影响右手射击。子弹打完时，恰好装弹完毕，他又左手举枪瞄向左侧的一块靶子。

如此左右手交替作业，周而复始循环四次，其间没有丝毫停顿，节奏始终保持同一。只在最后一发子弹，韩鹏有意拉长了击发时间。他将手臂在空中一扬，划出一道优美的弧线，然后缓缓下落，仿佛音乐指挥家最后的收官。“啪”，最后一响似乎因这最后的蓄势而有了更多的余韵，回响悠远不绝，仿佛交响乐高亢激荡的尾声。

两块靶子送到陈琪面前，细细一数，32 个弹孔一个不少。雷鸣般的掌声响起，观战的官兵们全都嗷嗷地叫着。

掌声久久未停。陈琪仍是站着，姿势更加僵直，嘴角的弧度也没有了。枪，是军人的语言，血液中流淌着尚武因子的军人信服这种交谈方式，而胜者具有绝对的话语权。

韩鹏拍拍陈琪僵硬的肩膀，二人走到一旁的大榕树下席地而坐。

“我给你讲讲我的故事吧。”韩鹏拾起一颗小石子，中指一弯将石子弹出，目光随之投向远处，仿佛过往的岁月就在那遥远的天际，依稀可见。

陈琪这才知道，韩鹏原非政工干部出身，而是某炮兵学院炮兵指挥专业的高才生。韩鹏当兵时，就曾在警备区兵种联训中一举夺得炮兵侦察第一名，荣立三等功；考入炮院后，又因在全军院校大比武中获得两项第一而荣立二等功。毕业时，学院专为韩鹏空出一个留校名额，并承诺给他高定一级。

痴迷于炮兵专业的韩鹏有一个梦想：他希望有一天能够作为一名指挥员，亲自指挥一次实战条件下陌生地域全程实弹火炮射击。这个梦想只有回到部队才可能实现。于是，韩鹏放弃了留校。

回到部队，他顺理成章地当上了一名炮兵指挥排长。在警备区炮兵干部比武中，他获得炮兵阵地指挥第三名。他担任部队预提骨干培训队炮兵区队长，所培训的 20 多名学员考核成绩全部优秀。他成为一名极具潜力的军事主官候选人。

就在他觉得离梦想越来越近的时候，一纸命令让他担任指导员，而且是到他不熟悉的步兵连任指导员。梦想忽然被拉远，韩鹏有些沮丧，却并不畏难。对于政治工作，他在学校时就选修过，积累了不少知识。开展党支部工作，组织学习、思想工作等，他自信都能做好。

可是不久，韩鹏就发现这个指导员不好当。他是炮兵出身，对于步兵专业一窍不通。连队训练时，他只能在一旁“看一看，转一转”，组织实施使不上劲，遇到难题帮不上忙，总结讲评插不上嘴，成了“局外人”。有时连长不在，只好让排长组织训练，他除了在后面做做鼓动外，就剩卷着袖子干着急了。军事素质不过硬，平日说话就硬气不起来，战士听了也觉得轻飘飘的，政治工作的效果自然打了折扣。

也不能怪战士“势利”。政工干部不懂军事，战士能听你的吗？到了战场上，战士敢听你的吗？韩鹏明白这个道理。他决心拿出读军校时的劲头，从头学习步兵专业。他白天加入班排翻障碍、练射击，晚上彻夜研读步兵理论。一年通，二年精，到了第三年，韩鹏已经是个地道的“步兵通”了。他单独带领步兵分队驻训，组织单兵和班、排、连实弹综合演练。2004 年他在旅和警备区两级比武中均获得军官教练员项目第一名，被评为旅军事训练标兵，并再次荣立三等功。

“政治工作从来就没有孤立存在过。战争年代，从高级将帅到基层干部，军政岗位互换是常有的事。可不知从什么时候起，有些人开始以政工干部自居，将政治工作和军事工作对立起来，似乎‘政工干部’这一头衔成了免学军事的‘令牌’。其实条令条例中写得清楚，政工干部和军事干部同为指挥员，不知兵，何以言战？战场上，敌人可不管你是军事干部还是政工干部，不懂军事不会指挥就注定要吃败仗。”故事讲完，韩鹏如是说。

陈琪在听，也在思考……

年底，连队进行实弹综合演练。

战斗异常激烈。隐蔽地带，全副武装、身背电台的红军指挥员冷静地观察着战场态势。地图上，箭头所指方向遇到了强大阻碍。他决定改变战术，向蓝军后方包抄。

一个班留在原地用零星火力吸引蓝军注意，那边大部队已经在暗度陈仓。

突然，指挥员接到报告：“右前方发现蓝军武装直升机两架。”

“利用地形，实施隐蔽，加强防护，组织反击！”指挥员果断下达指令。

“前方唯一桥梁被炸，进攻受阻！”

“各排注意，火力组负责掩护，其余人员强行渡河，过河后交替掩护！”

……

在指挥员的灵活调度下，部队绕过蓝军主要火力带，成功迂回至蓝军后方。面对突然出现在后面的红军，蓝军目瞪口呆，束手就擒。

山坡上的观察所内，指导员韩鹏通过望远镜看到了整个战斗过程。突然，那个引人注目的指挥员转过身来，一脸自信的笑容。韩鹏也会心一笑。

指挥员正是陈琪。

熊永新，《解放军报》记者。本文刊于《解放军报》2005年3月3日。

文字的随想者

按：本文原刊于《天台报》2016年2月24日，编辑陈翥，包含文集《空谷随想》的两篇序言。

天台素有写书出书的良好文化氛围，最近笔者又收到了一位天台读书人新鲜出炉的书籍。作者叫陈琪，毕业于军事学院，是军事学学士、复旦大学公共管理硕士，早年从上海警备区政治部转业到上海市委某单位工作，现在辞职下海创业。这些年，天台文化人出了不少好书，题材广泛，风格迥异，有学术类的，也有文学艺术类的。这些文化人虽然来自各行各业，但对天台山文化、对文学艺术的热爱是一样的，这些书籍的陆续出版也在一定程度上推动了天台文化事业的发展。

本期读书栏目为读者介绍的这本《空谷随想》是一本内容丰富的随笔集，有散文游记、微型小说，也有言论评论等。自小热爱文学的陈琪，工作之余一直坚持写作，用他自己的话说，这本书就像大杂烩，既不是专集，也不是一部小说，却是他以往文字生涯的真实写照。出书，是因为想把自己的足迹、经历、感悟和研究与读者分享，把自己用各种文体写作表达的思考体会与读者交流。本书由“情思”“政论”“公文”“感悟”“段子”“艺文”六个部分组成，思维敏锐，文字灵动。

《空谷随想》序一
——我们为什么要写作

丁锡满

我的老家浙江天台，是一座文化古邑。儒释道三教汇流，佛教天台宗、道教南宗发源于此，济公出生在城边，寒山隐居于石洞；唐诗之路以此为终，《徐霞客游记》于此开篇，一行大师在此演算天文，书圣王羲之在此向白云先生学习书法，并留下半个鹅字残碑。山似青莲脱瓣，水若白龙飞来。千古文脉，绵绵不绝。这样的地方，当然是风水宝地。一方水土养一方人。文化，就成了天台人的遗传因子。在我们天台，比我年纪大的老一辈文化人，已经成为一个群体。如今，一批年轻文士又相继出山。这些后生中，就有一个陈琪。

陈琪毕业于军事学院，是军事学学士、复旦大学公共管理硕士，从上海警备区政治部转业到市委机关工作。日前，陈琪拿了一叠书稿，说想要出书。我在想：你才三十出头，出什么书？但是读了书稿后，我就觉得不能“小”看这个青年。他喜读、善思、能文，年轻识广，创作颇丰，已在军地主流报刊发表了百篇文章，题材广泛、文体多样，既有评论杂感，又有散文随笔，还有微型小说。有好几篇文章发表在《解放日报》“朝花”周刊，并在微信公众号当月原创文章中阅读量排名第一。

我们为什么要写诗写文章？为什么要出书编报刊？我认为有三个目的，就是以德化人、以智益人、以文娱人。以德化人是以正确的舆论引导人，对人进行怎样处世做人的教育，树立正确的人生观、价值观和世界观。以智益人是传播知识。人的知识来源有两方面，一是行万里路，增长见识；二是读万卷书，积累知识。我们写书写文章，就是把自己所见所闻、所读所思转告于人，与人共享知识财富。以文娱人是用漂亮的文章和诗的语言、美的画面，给人以阅读的愉悦和艺术的享受。好的文章不但要使人受益，还要给人看名诗名画般的享受。我以为，陈琪的散文随笔就达到了这三方面的要求。《孤独是一种生命的底色》，读第一遍时，只觉得作者很会写，两个字可以演绎成一篇长文章；读第二遍时，渐入佳境，味道出来了，深意显现了。陈琪说："真正的成功者是孤独的，他们的内心总有自己的一片天空，宁静安然地沉浸在不懈奋斗的人生追求中，保持灵魂独舞的状态。"这话至少有一半是对的。站在革命洪流中的勇士，处在改革开放大潮中的成功人士，他们在千军万马之中与时俱进，到达成功彼岸时彩霞满天，鲜花遍地，风光热闹。但并非所有英雄豪杰都能如此。帝王之尊，佳丽三千、文武满朝，却自称"寡人"。他会有朋友吗？有人敢同他说真话吗？陈琪文中提到的司马迁、贝多芬、霍金等，都是"真正的孤独者"。

作家最起码的修行是读书。写作不仅传播思想，还是传播知识。一部文学巨著，就是一个时代的百科全书。即使是一篇散文，也应该是一家小小的杂货铺。陈琪读书很多，他的文章就像乐曲，主调鲜明、和声丰富，又像戏曲，生旦净末丑纷呈。他兴趣面广，光是歌曲，就可以写出一篇好文。他品性高洁，书中一百五十条段子，火花迸溅、耀人眼目，既是他个人修为的提炼，也可作为大家共享的人生格言。他文采斐然，文字读来轻松。他在《内心的青春》中描写岁月在人脸上的刻痕，就用了爱美女子揽镜自照的心理素描，把美人迟暮的惊愕和无奈，写得生动有趣。

上面所说的教化、益智、娱人，是写作的三个出发点。但是光有这样的动机，文章不一定写得好。一副教训人的面孔，一腔自以为大师的做派，一堆卖弄技巧的丽句，都不是好文章。好文章最重要的元素是情和爱。2015 年 7 月我购买了一套刚刚出版的《中国散文大系》，其中“叙事卷”的第一篇，是巴金先生的《小狗包弟》。那只通人性的小狗，已经成了巴金先生的良伴。可是在“文化大革命”中，有人要杀死它，巴金先生自身难保，又焉能保住小狗？无奈之下，只好送给医院。那种难以割舍的痛苦，那种追悔莫及的思念，在大文豪的笔下淋漓尽致。不须疾言厉色去批判，只需把小狗的命运写出来就足矣。又如卷中朱自清的《背影》，老父的残年暮景，父子的骨肉之情，那种酸楚，那种离情，真使读者刻骨铭心。陈琪的文章有着这种深刻切肤的爱与情。他将家乡的山水和食品，写得十分诱人；将家乡的人和事，写得十分动人。

陈琪说，他出这本书，既非为名，也非为利，而是为了爱，是一种善举。他出身农村，见到有的人生活如此贫苦，便产生同情之心。他说：“有人以笔为旗，有人以笔为剑，有人以笔为犁，有人以笔为镜，有人以笔为生，而我想以笔为善。”他动员了许多朋友，以众筹模式出版这本书，书款扣除出版费用，剩余用于公益实事，行善助人、救急解难。我十分赞赏小老乡的才华和善良。为此，我就趁还未失去行动能力，赶快写下平生最后一篇序言。

丁锡满，上海市委宣传部原副部长，原《解放日报》总编辑，散文家，评论家，著名诗人。本篇曾刊于《解放日报》2015 年 9 月 10 日“朝花”周刊，略有删节。

《空谷随想》序二

沈世纬

陈琪与我在“以文会友”的机缘中结识。虽然我比他年长很多，但共同的兴趣和爱好，把我们彼此的心联结在一起。他，勤奋好学、知识渊博、思维敏捷，浑身散发出蓬勃朝气与青春活力，洋溢着睿智与才华。我们还是复旦大学校友时，我学的是新闻，他主攻公共管理。我为结识了这位青年才俊而欣慰。

牛顿认为“天才只是长久的耐苦”，郭沫若则说得更直白：“形成天才的决定因素应该是勤奋，有几分勤学苦练，天资才能发挥几分。”我无意夸奖陈琪是天才，但阅读了他的全部作品，感到他视野开阔、底蕴丰厚。他的文字不仅流淌着真挚炽热的情感，而且旁征博引、挥洒自如，除了先天的文学因子萌发，这主要靠他后天的厚积薄发。他勤奋读书，在古今中外典籍中汲取丰富营养，徜徉书海遨游求索；他勤奋思考，思考人生价值，思考人文情怀，思考美好未来，思想的“磨盘”一刻不停地全方位转动，溢出了思维的精华；他勤奋写作，以文为乐、笔耕不辍，“妙手著文章”，在写作的精神家园中收获颇丰。

在陈琪的人生阅历中，长达十二载的军旅生涯最值得回味。在战争年代，人们叫投笔从戎；在和平时期，陈琪称之为“携笔从戎”。他先入军校，后到部队基层“摔打”，当过排长、连队指导员。军旅生涯当然艰苦，这对于从小长在“蜜罐”里的他，无疑是严峻考验。他也曾迟疑与退缩，但他刚毅地挺过来，以坚韧点亮生命之光，前进的步伐在艰苦历练中更加稳健坚实。他在《人生的天平》中就记录了这种心路历程，刊于《解放军报》的报告文学《指挥员》就勾勒了他的军旅风采。他在军旅生涯中以书为伴、与文同行，在军营孤灯下冥思苦想、伏案写作。《克服恐训情绪，保持心理健康》在军队核心期刊上发表，这是他在写作生涯中挖到的“第一桶金”，令他亢奋不已。之后，他更加刻苦钻研，涉猎哲学、经济、法律、历史、心理、管理等专业书籍资料，做了20多万字的读书笔记。在博览群书、补充新知的同时，他结合工作岗位坚持写作。他深入基层调研指导工作，执笔总结了《为奥运放哨站岗，展窗口部队形象》《综合施策、系统推进，增强战斗精神培育实效》《大力弘扬“好八连”优良作风，切实筑牢拒腐防变思想防线》等材料，在军队内部刊物上发表，引起关注反响，并被评为“优质稿件”。他撰写的《大兴艰苦奋斗之风》在中文核心期刊上发表，备受部队领导和机关的重视。他与战士“同吃同住同劳动同训练同娱乐”，摸爬滚打在一起，冲刷了自己身上的书卷气，“把一次次挑战当作胜利冲刺的兴奋剂，把一次次苦累当作跨越人生的助推器，把一次次挫折当作铸就意志的垫脚石”，变得愈发坚强、果敢与成熟。在人民军队的“大熔炉”里，经过锻造锤炼，陈琪成了一块“好钢”，成为撑起共和国大厦的栋梁之材。

写作需要苦思深思。唐代有“吟安一个字，拈断数茎须”的典故。李白曾调侃杜甫：“借问近来太瘦生，总为从来作诗苦。”阿基米德也说：“我只有一个嗜好，那就是不停地思考。”陈琪是一个乐于思考、苦于思考、善于思考的人。他说：“我们的大脑不仅要当‘存储器’，更要成为‘处理器’，勤于思考、独立思考、深度思考，古为今用、洋为中用、他为我用，不断地获得真知灼见。”他注重积累，时常把名言警句、思想火花、点滴感悟记录下来。车尔尼雪夫斯基说：“灵感是一个不喜欢拜访懒汉的客人。”正因为陈琪是一个勤奋好学、专注思索的人，灵感这种顿悟思维就经常来“拜访”他。书中一百五十条段子，就是他顿悟思维的凝结，也是他苦思深思的成果。请看："最清晰的脚印，总是留在最泥泞的道路上""世界上没有均等的起点，但有均等的努力机会""拥有见识比拥有资产重要，拥有能力比拥有学历重要，拥有健康比拥有金钱重要""不惊不惧，不骄不躁，不卑不亢，不张不扬，不猥不亵，不冷不热，不亲不疏，乃真君子"……这些人生格言，言简意赅，其味隽永，独具匠心、字字珠玑，平凡中见伟大，热情中见深沉，自然中见真谛，流畅中见质朴，给人以深刻的启迪。

阅读陈琪的散文随笔，更是一种精神享受，从中可触摸到色彩缤纷的世相人情，也可感受到风云际会的时代脉动。细腻的笔触，唯美的文字，深邃的思想，活跃的想象，心灵的呐喊，交织成一幅幅美丽的画卷。他在《纠治机关"老驴拉磨症"》中，对懒政、庸政、怠政作了鞭辟入里的分析，意在匡正时弊、激浊扬清。《内心的青春》《那些安放于心的歌》《新年畅想曲》《担当时代新责任》《实干成就梦想》等文章，意在弘扬主旋律、传播正能量，呼唤"在快节奏生活里，多一种心灵的宁静；在时尚外表下，多一些思想的厚重；在市场化大潮中，多一份高尚的坚守"，呼吁人们"追求纯洁的信仰、美丽的梦想，秉持做人的品行、做事的品位"。陈琪的作品，还闪烁着创新思维的光彩。创新思维是一种把人的智能发挥到极致的进取性思维，其表现是思维异常活跃，呈"发散状"与"多向型"，纵向、横向、正向、反向联动，实现思维的跨越，既能突破笃信通行的藩篱而另辟蹊径，又能透过扑朔迷离的表象而攫取本质，达到出奇制胜，"见人之皆见，而思人之所未思"。《孤独是一种生命的底色》《有一种修行叫下厨》等作品就是创新思维的结晶，在新老媒体发表后，读者点赞分享，好评如潮。

历来我们不但注重文品，而且看重人品。刘勰在《文心雕龙·程器》里一口气就数落了十多个没有品行的文人。言为心声，文如其人。思想感情是作品之渊源，而德行品格是思想感情之根基。陈琪不仅文品好，人品亦佳，这从他倾力向善、尽心帮助因遭遇不幸而陷入困境的邻居中可见一斑。他不仅自己全力以赴，还把父母、亲戚、朋友、同事、同学、同乡动员起来，加入爱心捐助活动。陈琪认为，要把拥有善良作为矢志不移的价值取向，自觉播撒善的种子，汇成一股股生活和美、人际和睦、社会和谐的道德暖流。

2015 年 7 月 22 日

沈世纬，新华社上海分社原社长，高级记者，享受国务院特殊津贴专家。

走到哪儿都要做“尖兵”

范海红

昔日沙场试身手，今日市场做尖兵。回忆以前，陈琪说在部队的那段时光，培养了他在哪里都“争当尖兵”的品格。走过每一段路，做出每一个重要抉择，他都会以军人的品格与精神指引自己的思路与决策。到奉贤海湾创业，就是因为当年部队在奉贤演练的时候，军民鱼水情打动了他。

如果说军官转业是他人生转身的重要抉择，辞职创业便是某抉择中的再抉择。原本他转业后进入了别人梦寐以求的上海市某级机关工作，但他毅然放弃了工作，选择了辞职创业，转战商海。用他的话说，机关内虽然安稳，但他不想这样平淡地过一辈子。只是戎归地方再启航，就意味着所有的光环全部“失色”，所有的荣誉全部“归零”。

相比战友，陈琪有着更丰富而细腻的情感，富有情怀、才华横溢的他，2016 年创立“思无崖”公司和品牌，有人说军人是“天生的商人”，这点放在陈琪身上很适合。凭借骨子里流淌的军人作风与军人情结，他成为企业不可或缺的“中流砥柱”。他一边遨游商海，一边激扬文字，在省级以上核心报刊发表百篇文章，他还兼任高校特约研究员、硕士生校外导师、奉贤区青商会副会长、海湾镇青商会会长、上海市天台商会副会长、上海市民营经济协会副会长兼任退役军人就业创业工作委员会主任、上海市工商联青年创业者联谊会理事、上海市工商联文化商会理事，被评为 2021 年度奉贤区“五美五强”新青年、2022 年度奉贤区营商环境“贤城体验官”。

你是一个什么样的人，你的企业大概就会是什么样子。他以军人的秉性和文化的情怀走出了一条独特的创业之路，他开始打造自己的文化品牌。二次创业，说是一句话，行有万分难，他在风云变幻的商海迎风起航。但航行中注定会有风浪，“思无崖”也注定会遇上各种复杂气象。军人精神在他的心中埋下了一颗坚毅的“定心石”。

文化工作，是他的兴趣所在，“思无崖”包含了他的思考：思想无界、思维无疆、思索无止，沉积的、流淌的，静止的、跃动的，传统的、时尚的，历史的、现代的，纸质的、影像的，所有与文化有关的内容，与他迎面相遇，就会在他心里停下。陈琪参与编剧投资制作宣发众多影视作品，策划编导摄制上百部微电影、纪录片、宣传片和学习宣传贯彻党的十九大、二十大精神的系列微课，创作编排多部话剧舞台剧，原创“雅士”“智士”“强身”“研学”四大 IP 课程。

创业让陈琪真正体会到了不同寻常的生命意义，绽放出他的创新激情，构筑起他的事业和人生基座。岁月中，他依旧是最可爱的人，在市场经济大潮中拼搏着、奉献着，也享受着创业成功后的喜悦。在一次次“闯”中，他审时度势，开启“战略升级”，完成了从军人到商人的转变，从实现个人价值到追求集体价值的转变。唯一不曾转变的，是他对文化的担当。

“思无崖”能够做的事情很多，为抢抓数字经济风口，注入数字化基因，增加数字化业务，“思无崖”布局优化产业链、供应链、价值链，运用数字化电商技术与经验，发布上线品牌特卖社群电商平台。秉持“普惠共赢、分享利他、成人达己”的理念，携手一批资深实力团队，将需求端与供给端连通，以生态圈跨界聚合私域流量。平台现有超过上万家国内外知名品牌入驻，为军人军属、退役军人、离退休干部、工会职工等提供一站式个性化高品质服务。

铁汉也有柔情，陈琪不仅是一名年轻的企业领导者，还是一名回馈社会的公益践行者。他组织募集爱心款，发起公益活动，参加“蓝天下的至爱”慈善活动，尽绵薄之力捐款捐物。2021 年“思无崖”荣获“公益慈善奉献企业奖”。爱不是年龄的产品，它是心灵的能力。他捐助的原因很简单，他想做一些能直接帮助别人的事。没有石破天惊，只有身边点滴，他不祈求社会为此而鼓掌，但会因自己而感动，为自己的人生刻下印记。

千年杭湾潮起，百年芦花情深。不同的舞台，不变的本色。他身上除了军人固有的铁血，还有为文化沸腾的热血。也许他还不是身家万贯的富豪，但他对文化的执念执着，足以让我们看到他的富足，让我们看到他倾注于文化的十足干劲和四射光芒。

范海红，上海市作家协会会员。本文为上海市奉贤区委宣传部主办、奉贤区融媒体中心承办的“选择奉贤　选择未来”百人融媒采访活动文章，2023 年 9 月 5 日登载于奉贤区人民政府官方微信公众号“上海奉贤”。

奋力奔跑在创业赛道上的“六边形战士”

——访上海思无崖企业发展集团有限公司总裁陈琪

陈　凤

近年来，国家高度重视退役军人就业创业工作。上海市民营经济协会专门设立退役军人就业创业工作委员会，市协会副会长、上海思无崖企业发展集团有限公司董事长陈琪众望所归地当选为该委员会主任。

陈琪是市协会第六届理事会成员中一颗耀眼的“新星”，身上有一种军人与文人融合的独特气质，这一气质连同他的才华横溢和妙语连珠，给大家留下了极为深刻的印象。相信读者与笔者一样，在聆听了陈琪的故事后，一定会被他跌宕起伏的人生阅历和丰厚多姿的精神世界打动。

乐于读书写作　积淀文化底蕴

陈琪，笔名虚谷，1982 年出生，浙江台州人，军事学学士、公共管理硕士，正在攻读博士，作家、思政学者、文创策划师、影视出品人。1999 年 9 月考入军校，2003 年 6 月分配至上海警备区某部，曾任排长、宣传干事、政治指导员、上海警备区政治部干事等，荣获三等功。2011 年 3 月转业在上海市委某单位工作，荣获“优秀公务员”。2016 年 3 月辞去机关工作，创办了“思无崖”公司和品牌。

昔日一手拿枪、一手提笔，今朝一边遨游商海、一边激扬文字，出版两本专著，在省级以上核心报刊发表百篇文章的陈琪，是大家公认的“笔杆子”“大才子”，这与他自幼酷爱读书有着密不可分的关系。

有句话说得好，一个人的才华、气质、境界，透射出他读过的书、写过的文、见过的人。陈琪自牙牙学语那天起，就对书本“一见钟情”，仿佛热爱读书是刻在他基因里的。他从小手不释卷，无论是头顶的小阁楼、还是家门前的稻草垛，都是他遨游书海的“秘密基地”。

进入高中，语文老师每次布置作文，别的同学都大呼头疼，他却“摩拳擦掌”。他的作文，几乎每次都被当成范文在班级里朗读。考入军校后，陈琪如饥似渴地阅读，孜孜不倦地写作，四年时间在军地报刊上发表了十篇文章。胸藏文墨怀若谷，腹有诗书气自华，陈琪在军校颇受领导、老师和同学们青睐。

到了上海警备区，陈琪更是不敢怠慢、发奋工作。军队机关工作常常是“5+2”“白加黑”，白天下部队检查调研，晚上写稿挑灯夜战。一台投影仪连着笔记本电脑，文档投射到洁白的墙壁上，陈琪一人操作电脑敲字，其余三四人你一言我一语，逐字逐句地推敲打磨，绞尽脑汁写出独具匠心的材料。

“博观而约取，厚积而薄发。”陈琪总能冷不丁冒出一些“人人意中有，个个口中无”的“金句”，很多领导喜欢拉着他一起“推材料”，经常为了写一个材料通宵达旦，忍不住就要吃夜宵。眼看着身体一天天圆润起来，他从此有了新头衔——“胖子陈”，还有同事打趣说：“陈琪是吃材料吃胖的。”

转业进了上海市委某单位，陈琪捧上人人羡慕的“铁饭碗”。在他看来，人生如果一切都按部就班，又哪有沿途五彩缤纷的风景？生命给予多元化的生活方式，时代赐予多样性的成功内涵。他不甘平淡，不愿安逸，于是一个惊人举动在他胸中油然而生。

辞去机关工作　跃入市场洪流

2016年初，陈琪递交了一份名为《我想到沙漠的那一边看看》的辞职报告，在单位乃至系统上下都掀起了一阵“风暴”。很多领导、同事都觉得不可思议，朝气活力、文采斐然、敢想敢干的陈琪前途光明，却主动请辞，让人“惊掉了下巴”。在一片质疑声中，陈琪毅然决然地跳出“舒适圈”、选择创业路、勇闯沙漠区。用他的话说：“探索一场未知的旅程，胜过驻足等候一个已知的结局。”

走出机关，走向市场，摆在陈琪面前的首要难题就是如何选择创业方向。思来想去，还是从事自己擅长且熟悉的文化领域工作更有把握。“昔日龌龊不足夸，今朝放荡思无涯。春风得意马蹄疾，一日看尽长安花。”陈琪引用自己很喜欢的一首诗《登科后》中的“思无涯”一词，“涯”与“崖”同音同义，借用改作“思无崖”，作为公司和品牌名，寓意思想无界、思维无疆、思索无止，以思想立意独树一帜，以思维创意一马当先，以思索诚意一蹴而就，蹄疾走日月，步稳度关山。

事非经过不知难，陈琪真正体会到“雄关漫道真如铁，而今迈步从头越”的艰难险阻。公司开业后，一连两个月都没开单，没有收入，内心的焦虑不言而喻。前有标兵，后有追兵，但他不甘心、不气馁、不放弃，决不当逃兵，以出彩服务博得客户喝彩，积攒的口碑口口相传，得到了客户的认可赏识，合作者慕名纷至沓来。

陈琪把“思无崖”定位于“手艺人”“创作匠”“设计师”“传播者”角色，把创意策划、文案写作、设计展示、流量制造作为“起家长板”拉伸，把正确导向、安全保密、纳税缴费、社会责任作为“保家底板”加固，开创“L4I”在时在线在地在场融合发展新场景；品牌策划推广“一站式运营”，影视投资制作“一盘棋落地”，科艺培训比赛“一揽子配置”，展陈设计施工“一条龙服务”，私域社群电商“一键式触达”，服装私订高订“一体化承接”。培植势能、迸发动能、提增效能，努力做到小而美、专而精、优而强，打造跨界融合、有趣好玩、出圈裂变、现象爆款的作品产品消费品，塑造以合规为先、以内容为王、以流量为魂、以科技为核、以生态为根的文化产业集团。

回首七年创业生涯，“历尽千帆，归来仍是少年”这句话用在陈琪身上再合适不过。创业路起起伏伏，他始终保持军人的本色，以“做强企业是硬道理，做精产业是硬实力”激励自己争当“六边形战士”，以一颗纯粹的初心为灯塔，照亮前行的路。

塑造企业文化　厚植家国情怀

与凤凰同飞，必是俊鸟；与虎狼同行，必是猛兽。陈琪深知，人生最重要的选择，就是与谁为伍，与优秀者在一起，才能出类拔萃。对于企业，尤其是文化企业而言，高素质人才是第一资源。陈琪尤为重视人才的选拔、培养和使用，做到“任人唯贤，知人善用”，秉承“人才英雄不问出处、知人善用不拘一格”“优秀者优先，多劳者多得”的理论，设立“忠诚奖”“戎耀奖”“奋斗奖”等奖项，拿出真金白银的股权激励分红和绩效奖金福利，褒奖、表彰和激励为“思无崖”集团做出贡献的员工，树立员工的主人翁意识，增强员工获得感、归属感、价值感、荣誉感，让员工有盼头、有奔头、有甜头、有劲头。

企业文化或许不能拉高产品作品的上限，却能标定产品作品的底线。陈琪培育军旅品质、传媒形态、科创基因、文化底蕴的品性，探索“党建统领、思想政治工作引领、经营业绩挈领”“忠心听党话，铁心跟党走，恒心创基业”“为自己争气，为企业争光，为党旗争辉”的党建思政模式，培塑“一种理念、两个集库、三思定义、四本价值、五类形态、六度空间、七层能力”的企业文化，树立灵魂有趣有品、为人有情有义、奋斗有声有色、生活有滋有味的信条，营造领会意图共商、凝聚认同共识、将心比心换位、推己及人握手的企业风尚，纯正同心同德、同向同进、同频同步的企业环境。

墨子说：“有力者疾以助人，有财者勉以分人，有道者劝以教人。”陈琪不仅是虔诚勤勉的实干家，还是热心公益的行动派。他心怀“国之大者”，义利兼顾，反哺社会，以道德作帆，以文化作舟，成人之美、助人之需、救人之急、帮人之困，积极承担对口支援帮扶的社会责任，踊跃投身光彩公益慈善事业、国防强军建设和应急救灾行动。企业迄今累计捐款捐物达 140 余万元，被评为“AAA 级信用企业”，荣获“公益慈善奉献企业奖”。

创业让陈琪体会到不同寻常的生命意义，绽放出前所未有的创新激情。在市场经济大潮中，他学习着、拼搏着、奉献着，也享受着苦尽甘来后的喜悦。在一次次“闯关”中，他完成了从军人到商人的转变，从实现个人价值到追求集体价值的转变。如今的陈琪，横跨军界、政界、商界、文艺界、学界、产投界，兼任高校特约研究员、客座教授、硕士研究生校外导师、上海市地方史志学会常务理事、上海市光彩事业促进会理事、奉贤区青商会副会长、奉贤区海湾镇青商会会长、杨浦区青联委员，被评为奉贤区“五美五强”新青年、奉贤区营商环境“贤城体验官”、奉贤区“百大贤商”；开设“书香剑气”视频号，打造“六边形战士”IP，跨界学识见识才识胆识，专注创新创造创意创业，聚焦聚神聚势聚力于文化传播。

陈琪白手起家，历经七年摸爬滚打，带领“思无崖”集团爬坡奋进、奋力一跳，核心竞争力日增月盛，市场辐射力开源增收，品牌影响力枝添叶增，组织免疫力踵事增华，千方百计正确地做事，全力以赴做正确的事，在不确定的环境中奋力做好确定的自己。岁月的奔腾从不停歇，奋斗的征程永远向前。在成绩和荣誉面前，他一如既往清醒、低调、谦虚、务实，认为创业路上“行百里者半九十”，“思无崖”集团现在只是“小荷才露尖尖角”，仍需一仗接着一仗打，一年接着一年干，追逐更高的梦想，成就更好的自己。

衷心祝愿陈琪和“思无崖”集团“乘风破浪会有时，直挂云帆济沧海”。正如他本人所言，相信“在岁月斑斓时、前路尽头处，定能实现与梦想挥手相迎的美好时刻，终能映现那首《登科后》的美妙情景”。

陈凤，《上海民营经济》编辑部主任。

随感两篇

陈荦俨

攀登梦想的高度

北宋文学家王安石在《游褒禅山记》中说："世之奇伟、瑰怪，非常之观，常在于险远，而人之所罕至焉，故非有志者不能至也。"无限风光在险峰，有梦不觉登山难。

在贵州旅行途中，我们遇见一座巍峨高耸的多银山。此山似有一种不可侵犯的威严感，但风景迷人、引人入胜，一行人突发奇想，要靠自己的身体力行领略美好风光。于是敢想敢干、足智多谋的伯伯振臂一呼，就带领我和姐姐弟弟们跃跃一试，勇敢攀登。尽管路过的"驴友"提醒我们，此山开发搁浅，游人寥寥无几，不要擅入冒险，可是好奇心终究还是战胜了我们的恐惧。

刚开始爬山，我们都信心满满，以为登上山顶轻轻松松。可事与愿违，山路崎岖，手脚并用，我们越来越吃力，身上携带的水和零食越来越少。渐渐地我们想要放弃，有的叫苦连天、耷拉脑袋，有的犹豫不前、爬爬停停，还有的打退堂鼓，想当逃兵。领队伯伯察言观色，及时勉励我们说："爬山就如人生，登上山顶就拥有一次成功的人生。"这句话看似简单，却意味深长，让我精神抖擞，"满血复活"。于是，我一步一个脚印，像蜗牛一样艰辛地往上爬。

功夫不负有心人，我们坚持不懈，终于成功登顶。"会当凌绝顶，一览众山小。”群山连绵、郁郁葱葱，宛如一幅炫彩的油画映现在我眼前，山谷小道停着几辆小得像蚂蚁似的轿车。山顶不远处有一座亭子，亭中凉爽怡人，我们逗留休憩，思绪纷飞飘扬。此时此刻，我如释重负，“尝”到了胜利的果实，脑海里回荡着 TFBOYS（加油男孩组合）演唱的《我们都是追梦人》：“千山万水奔向天地跑道，你追我赶风起云涌春潮，海阔天空敞开温暖怀抱。”

下山回首，感慨万千。这不仅是一座如诗如画、如梦如幻的野山，更是一座超越自我、追逐梦想的高山。只要心怀勇气、信念与坚韧，我们就能在梦想的高度向前向上、越攀越高……

您懂世界我懂您

您是我挚爱的父亲，身材矮小臃肿，却拥有一个有学问的脑袋、一个有趣的灵魂；工作繁忙交织，却坚持多读书勤摘录、多总结善作文的习惯。早生的几丝华发，也难以阻挡您对知识、对文化的求索。您总用一双深邃睿智的眼睛观察世界、洞察万物、明察生活。日久天长，耳濡目染，我不断地学您，逐渐地懂您……

从小到大，我是一个好奇好问的孩子，逮着机会就问您各种稀奇古怪的问题，大到宇宙奥秘——“有没有外星人”“星星为什么发光”，小到生活常识——“蚂蚁为什么搬家”“芝麻怎么开花”。您总是不厌其烦，或数字论证，或举例说明，或形象比喻，深入浅出解答，直到我听懂为止。犹记得您给我一个问题的答案：月亮上有一位叫嫦娥的仙女，她因害怕广寒宫的孤独，就点亮星星陪伴自己。这一刻，您懂世界的奇妙，我懂您的浪漫。我追随您的脚步，品读《夜航船》光怪陆离的大千世界，领略庄子“安时处顺，逍遥无待”的洒脱，体悟鲁迅的批判、莫言的高深。我尤喜欢您忘情陶醉地吟诵诗词，“人生得意须尽欢，莫使金樽空对月”，这一刻，您懂文学的瑰丽，我懂您的豪情。大手牵着小手，我就在一问一答中渐渐长大，收获好奇心、求知欲和想象力。

时光在桃花开谢中逝去，也在杨柳青绿中开来。年级攀升，学业愈发繁重，我的浮躁才下眉头，忧虑却上心头。有一段时间，我的成绩忽高忽低、时上时下，我抓耳挠腮、垂头丧气。您屡屡开导我：“儿子，学习成绩固然重要，但不是唯一和全部，更重要的是保持学习乐趣、掌握方法要领、提升思维能力，一言蔽之，拥有‘学习力’。”您时时告诫我，“儿子，刀在石上磨，人在干中练，困难挫折不可怕，可怕的是不敢面对，退避躺平。”您说到做到、身体力行，带着我读书摘录、总结作文，帮助我提高学习成绩、改进学习方法，成为我心灵中的一道光，照亮了那寂静的寒夜。这一刻，您懂学习的艰辛，我懂您的父爱。

您总把“书卷多情似故人，晨昏忧乐每相亲”挂在嘴上、落在行动，日复一日地用“书山有路勤为径，学海无涯苦作舟”熏陶引导我。您和我心连心、手拉手，“甘为真理付韶光”。落红化泥，只为护花；乌鸦反哺，只为真情。您懂世界，我懂您，您是我不断向前向上向善向好的原动力。

陈荦俨，陈琪之子，目前就读于上海某国际高中，曾在《少年日报》发表 5 篇文章。

文字因缘常相见（代跋）

胡明刚

去年春节前夕，陈琪打电话说，上海《文学报》发表他的一篇散文新作《"双子星"》，讲他和天台老友崔天送的故事。《文学报》我办的天台"山上书院"有订，它二十年前几次介绍过我，也发过我的一些作品。我在北京，陈琪让编辑邮寄了两份给我，想尽早感受到喜悦。斜躺在铺满阳光的小榻上，我翻开报纸，就看到一高一矮两个天台人的身影，两张熟悉的脸笑容可掬，充满喜悦。我也感到无比的光亮与温煦。

大概十五年前，我与杭州的一位朋友专程去上海，考察清代上海道台应宝时的相关遗迹，并查阅相关文献资料。任务完毕，我在旅舍里一个电话打过去，崔天送带着陈琪、陆天旗、李恭震，还有一个在沪经商的张惠明来了。五个人像一朵五瓣的花，倏地开放了。在上海的小楼晤语，畅然快然。

陈琪个子不高，却很敦实，笑靥如花。几个人酒喝半醉，谈自己的往事经历，自然发一通感慨。他们说起自己的远大前程，觉得应当闯一闯外面的世界，打拼出一番事业，能豪爽快意一阵子甚至一辈子。果然，崔天送成为律师事务所党支部书记、副主任，陈琪成立"思无崖"文化公司，两个人都干得风生水起，红红火火，如同双星。后来我看到陈琪的《我想到沙漠的那一边看看》发表在《解放日报》的"朝花"周刊，才明白他已考虑得很成熟了。这篇文章是真正的男子汉宣言，虽难免有些少年的罗曼蒂克味道。

陈琪他们见多识广，思维敏捷，触类旁通，相比起来，底子极差的我，不知道东西南北。我僵缩在一角，虽然文化北漂二十多年，还是鼠目寸光，只求谋生，不求发展，小打小闹，随遇而安。即使在家乡办文化工作室，也是老师朋友和爱人反复鼓动下做起来的。我的山上工作室设立在国家5A级风景区天台山的石梁镇，东华顶，南佛陇，西桐柏，北石梁，风景很好，生活自由散漫。我很喜欢山中漫行，经常拍照唱歌写文章，发在微信朋友圈里。陈琪看见了，好生羡慕。既然是个文化工作室，我得聚集一批人。众人拾柴火焰高，陈琪他们自然成了工作室成员。既然成了成员，就得更加勤奋创作，陈琪发表作品越来越多，最终加入浙江省作家协会。大家高兴，我也高兴。

上海水汽充足，不像北京那样干燥，但容易让人淹没在灯红酒绿和喧嚣浮华中。陈琪他们通过文学调适身心，功效显著，精神有归宿，灵魂有依靠，这本是随缘的乐事。上海不像天台那样，走来走去都是那么几个熟悉的老面孔，接触交往的大多是大师大咖大佬。国际化大城市给人更多的，是现代先锋的智慧思想，陈琪他们把握的是“天机”。

上海见面后不久，陈琪寄来第一本书稿《空谷随想》。我一一细细阅读，觉得他才情敏捷，富有哲思，文笔清扬，情韵悠长。很快这本书在上海文艺出版社出版了，我在北京家里朝夕品读，到了天台也把它带到石梁山上。“双子星”又要同时出书了，我表示衷心祝贺，这也算我工作室的成果，我们对家乡有交代了。

这本《若如初见》稿子摆在了我面前。我放下案头工作，细细地品读。

天台，是故乡的那座山，山中有属于陈琪的那个水边老家张思村，如同停泊的一艘航船。这个千年古村，拥有诸多古宅深巷和石子路。徐霞客在《游天台山日记》中说他曾经过那里，他不懂天台话，把“张思”写成了“江司”。由村西古道可去明岩寒岩，那是诗僧寒山子隐居的地方。张思在大溪的北岸，不远处就是传说中的“义渡”；大溪往东经过平桥镇，汇入文溪，那里有现代散文家陆蠡的故居；溪再往东流到前山，与崔天送老家的崔岙溪相会，那里有我爱人沱沱居住的老街道。我跟陈琪说，生在平桥张思是有福的。平桥文脉传承源远流长，到了现代，散文家陆蠡创作《海星》《竹刀》《囚绿记》，描写的就是这里的山水风土情怀。

张思村人文荟萃、人才辈出，陈琪的祖上、明代画家陈宗渊画了一幅传世名作《洪崖山房图》，现被北京故宫博物院收藏。我认识的人当中，写书法的陈益民，写诗获鲁迅文学奖的陈人杰等，都是名闻遐迩的张思人。陈琪从小在村里长大，见惯了山水田野间的房舍村道，静谧氤氲的溪山烟云，更能感知乡友邻居给予的脉脉温情。陈琪发表在《新民晚报》的“夜光杯”副刊中写张思村的文字，自然恬淡，情感悠悠，意蕴深深。

陈琪奔赴军校学习，邻居亲人列队送行的情景，宛然如昨，在他的记忆里永远抹不去。华顶杜鹃的光色，伴随家乡饺饼筒的味道，如梦如歌一般永远萦绕心中。对于漂泊异乡的文人作家来说，绵绵不断的乡情，是生命艺术情感的血缘根源。陈琪感念更多的，是亲人乡邻给他为人为文的启蒙和教养。犹记起，陈琪来过好几次北京，我们一起去见百岁老人高汉先生，一起喝酒，一起讲天台风情，甚感欢乐温馨。陈琪与我一样，出自乡村，在城市夹缝里打拼生存，感触良多。他所写的是铭心刻骨的记忆与怀想，伴随他的呼吸与脉动。乡情，真正的取之不竭、用之不尽、与生俱来的乡情啊！

陈琪年幼时就喜欢读书，及至年长，他感谢书本给予他无限的趣味、力量、灵感与思考。他发出由衷的感慨：“书卷多情似故人。”读书如同东坡品茶，“自古佳茗似佳人”，念之弥真，爱之弥切。推窗凝望，百花盛开姹紫嫣红，映衬着日常生活的每个细节，春天来时，陈琪洞察时代大潮中蕴藏着的机遇与挑战。每个人都在“却顾所来径，苍苍横翠微”的惬意中陶醉，谁又能独立思考，坚定地做出属于自己的选择呢？往往这种选择最为艰难！陈琪作为一位文人、一位企业家、一位创业者，陷入凝思，忽又清醒，不断自我解脱解放，继续前进，蹚出新路。在春天稍纵即逝、轰然作响的灿烂烟花中，他正襟危坐，一脸严肃，露出淡定的微笑，看出人生的悲欢离合。

在陈琪眼中，青春靓丽也仅是一瞬，生命是单向道，只有前路，没有归途。一切在变幻莫测中漂浮沉降，你能否抓住这一刻绚丽的光影呢？人生如雾亦如梦，缘生缘灭缘自在。《金刚经》云：“一切有为法，如梦幻泡影，如露亦如电，应作如是观。”“应无所住而生其心”，为何不抓住心中一线的维系，找一处安居，把心静下来，感悟其中的妙趣？陈琪的确是做到了，他写道：

> 人生有“琴、棋、书、画、诗、酒、花、茶”之“八雅”，生命有“雅、静、宁、和、安、逸、儒、清”之“八道”。别墅室雅兰香，简朴不做作，清新不媚俗，凝聚尊重自然、顺应规律的真，传递简约利物、惠而不费的善，散发浑然天成、别具匠心的美。享受慵懒时光，冲泡一壶绿茶，拈香细读书卷，且听窗外风吟，在氤氲升腾的茶香中构思文字，生命被茶水和书香滋润得剔透纯净……

这是多么雅致且充满禅意和智慧的生活方式啊，它体现读书、写作、听音乐、品茶的风雅精神。用陈琪的话来说，就是“闻韶闻道”。韶者，中和韶乐也，音乐之乐，和合大雅，亦是快乐之乐，天地之道。天籁是地籁，更是人籁，津津乐道，妙乐之乐，大道妙行。陈琪在生活的点滴光阴里，深切感悟其中的妙道。

“相思”这个词，仅仅表达男女相爱，思而不得，是很单一的。在陈琪眼里，相思是立体的，多维的：久离别，长相思；得不到，种苦思；已失去，存追思。相思，思人、思物、思乡，更多的是苦思，有惆怅绵长之韵。梁祝化蝶，黛玉葬花，刘阮入天台桃源不复见仙子，牛郎织女七夕鹊桥相会又分离，成了文学艺术的经典。这种高层次之美，就是惆怅之美，相思亦复如是，一个人即使孤独，也可入禅，也可臻化境。

生活中不经意的多姿多彩之美，就在于你的细细发现。陈琪在厨房中下厨，实际上就是在修行，养身养心养性，乃是真正的妙乐之道。豫章故郡，洪都新府，有王勃“风来运转”的滕王阁，也有修炼陈琪的那座洪炉。在军校里，他经受陶冶熔炼、脱胎换骨。他创办“思无崖”文化产业集团，更是在知行合一、义利结合的道路上坚定前行，其身心体魄得以强大，品性格局得到升华。

陈琪在《思无崖》一文说唐朝诗人孟郊的一首名诗《登科后》：“昔日龌龊不足夸，今朝放荡思无涯。春风得意马蹄疾，一日看尽长安花。”“今朝放荡思无涯”，不是春风得意，不是走马观花，而是一步一步踏踏实实的行走。在花丛中，细细观赏百花的味道和光色，这盛开的百花，洋溢着人生的惆怅之美，包含着人生的磨炼，逆境的奋发，成功的喜悦。酸甜苦辣咸涩，点点滴滴在心头，感知丝丝缕缕荡气回肠。几度回首几度凝眸，陪着孩子慢慢成长的点点滴滴，字字句句，饱含热泪，温情婉转，情思九曲，又是一种别样的风味，一种“苍苍横翠微”的感受了。

陈琪写的文章激情澎湃，却又极具思辨理性色彩，信马由缰，驰骋飞奔，走的却是正道，端肃庄严。起承转合，结构严谨，理性务实，逻辑缜密。我觉得，要有真实的生活感触，鞭辟入里的思考，也要随性，顺应天机，对世间万事万物抱着始终如一的敬畏之心，这才是为文做事的道理。

我们必须信守人世间的一切法则，但也需要思想、情感和心性的极大自由；该放手就毫无顾忌地放手，尤其是在写作上，完全不必以什么体裁形式来框定。心里想的，就是手中写的，要力求达到潇洒和风雅，精神与趣味的和合。我喜欢更真切更富感染力的大好文章。总不能把每篇写成四句八对的“骈赋体”或者四平八稳的“论文体”，也不必刻意强调文辞的华美绮丽、文思的滴水不漏密不透风，我们需要情感真实的自然天趣，手法收放自在自如、自然天然的迁想妙得。写好文章，就得博闻广识、博采众长，散文和论文也可以结合得恰到好处。陈琪写的一些作品，政论、时评，甚至是讲话、总结、报告、倡议书，有独立思想、独到见解，动之以情晓之以理，不需要以散文的体裁来界定它。

公文与散文是不一样的，陈琪把两方面结合得很好，而恰恰是这样的写作，具有广度和深度，体现作者文思的多维度，文化素养的广博与深厚。他直截了当地用“坚定不移把大团结精神继承下去发扬光大”“弘扬企业家精神贵在谋道”“在变与不变中永葆本色”“奋进新时代和合之路，共铸现代化和合之城”作题目，言简意赅，直抒胸臆；同时题目写得明快晓畅，如同歌谣一般朗朗上口、可闻易记：“专题研究学习修炼一阵子，传承企业家精神锤炼一辈子”“挺胸收腹抬头，勇士雅士智士”。如此这般，皆深思熟虑，迁想妙得，自成机杼，可谓格言，颇能启发心智。最近，他发表在《光明日报》的时评《培育大国工匠，激活技术技能人才引擎》，高屋建瓴，条分缕析，深有见地，可圈可点，是一篇值得学习的文章。此类文章，我也写过不少，但总是难得精妙，若真正写好它，尤需深厚理论积淀，察势观风、驾轻就熟的笔头功夫。

铁肩担道义，妙手著文章。文章千古事，得失寸心知，既然如此，我们不能拿寻常的框架来约定之，以狭隘的目光看待之，如果真的这样要求，《论语》也可以轻易否定为“语录”“小谈”“小札”。但不管怎么说，《论语》就是经典。《古文观止》收录的许多杂论公文，如《高帝求贤诏》《文帝议佐百姓诏》、诸葛亮的《出师表》、李密的《陈情表》、魏征的《谏太宗十思疏》、韩愈的《诤臣论》《祭鳄鱼文》《柳子厚墓志铭》、骆宾王的《讨武曌檄》、柳宗元的《驳复仇议》、苏洵的《管仲论》《辨奸论》、苏轼《刑赏忠厚之至论》《贾谊论》等，皆是名篇佳作。

陈琪文章如其人，厚实坚定，才华激越，至真至性，充满哲思睿智。

此书名曰《若如初见》，化用清代纳兰性德的诗句：

人生若只如初见，何事秋风悲画扇。
等闲变却故人心，却道故人心易变。

有人读出爱情要忠贞不贰。我想，亲情友情乡情，文学艺术爱好，都要始终如一，坚持不懈。读完全稿，忽然兴起，顺口溜四句打油诗：

天台上海到北京，飞机高铁真方便。

同是天台老朋友，文字因缘常相见。

胡明刚，乡土农民，自由散文作家，浙江天台人，作品发表于《中华散文》《散文》《北方文学》《江南》《文艺报》《文学报》等全国各地报刊。散文《江南蓑衣》作为高中语文训练试题，收入《语文选修　中国现代诗歌散文欣赏　阅读训练》（人民教育出版社，2013 年）等 30 余种教辅教材。著有《蛤蟆居随笔》《北漂者心声》《天台茶》《天台行旅》《徒步寒山》《石梁纪》等，编有《皇家珍宝》《北欧神话》《艺术课堂》等多种文化普及读物，发表、出版作品累计约 250 万字。现居北京，在浙江天台山石梁镇成立“文化名家工作室”，并开办“山上书院”。

后　记

去日似露，来日如歌。走过的是经历，留下的有文字。对未来的一切慷慨，就是把辛勤耕耘奉献给现在。且行且歌、且思且文，孜孜不倦、津津乐道，潜心做有意义有意味有意思的事。结集出版一本新书，与琳琅书籍相遇，莫不是一种荣光；能够被读者阅读分享，已然是缘分。

有梦不觉天涯远。我有一个心愿，在45岁前接续出版一套文集。一位亦师亦友的尊长别出心裁、戛戛独造，点拨我从自己的笔名“虚谷”萃取书名。我豁然开朗、茅塞顿开，遂将文集命名为《致虚守静》《怀材抱器》《若如初见》《空谷随想》，统称“虚怀若谷四部曲”。这既是我写作的一个规划，也是对我人生追梦的一种指引。

写作不怕“从零开端”，就怕“尚未开启”，只要胸怀“一支笔胜于三千毛瑟枪”的豪情壮志，终将“直挂云帆济沧海”。我的写作之路，始于高中时写出范文的“无心插柳”，如今回想起来，倘若失于兴趣、懒于坚持、疏于练习，无心插下的柳枝又怎能成为一簇绿荫呢？创业奔波忙碌之际，继2016年出版随笔集《空谷随想》、2020年策划执笔文化史专著《行歌九亭》之后，散文集《若如初见》出炉，虽姗姗来迟，却让我宽慰如愿，抵达写作征程的节点，标定勇于追梦的基点。掩卷而思，感慨万千。“人应该把中年以后的岁月全部用来自觉和思索，以便找寻自我最深处的芳香。”置身于倏忽流逝的岁月长河，日落月升，一切都在转瞬之间。每当回首往事点滴，写作便会唤醒尘封的珍贵记忆，引领着我抵达难以碰触的心灵深处，既有“一日不读书，胸臆无佳想”的体悟，亦有“纵横正有凌云笔，明日花开别样红”的向往。正如《西方正典》作者哈罗德·布鲁姆所说，写作终究是“与自己的孤独相处的艺术”。陪伴我写作的，春有夜雨，夏有鸣蛙，秋有寒蝉，冬有飘雪，还有美酒雪茄和亲友知音。夜深人静，青灯黄卷，伏案煮字，冥思苦吟，忧愁欢喜，困顿破圈，品之有味、甘之如饴。在创业路上的我，对照“四象限法则”管理心智与时间，多线程工作，多层次思悟，多维度触达，多领域收获。《若如初见》问世，是见缝插针、积微成著、连片成块、聚沙成塔的结果，我利用会上、车上、枕上、厕上、桌上的空隙，以笔为针、以线串珠，拾掇起时光、人物、故事、场景、情感、心境的碎片，糅合成书香芬芳。一篇一段铺展缤纷，一字一句映现跃动，演绎出围炉夜话、对酒当歌、交融思想、快意人生的镜像光影。

“曾经愚蠢地以为，歌唱得好，球打得好，字写得好，文笔好，就是有才华。后来才发现，灵魂的觉醒，思想的升华，人格的独立，才是真正的才华。”据我所知，中国历史上行伍出身，以武起事，而最终以文为业、成为大文豪的有两人，一人是宋朝的辛弃疾，另一人是清朝的虚谷。他们是我敬仰的名家，也是我学习的榜样，他们的作品充满思想的光芒、智慧的能量、才华的魅力。巴尔扎克说：“一个能思考的人，才真是一个力量无边的人。”人是靠思想站立的，有思想者才能行稳致远，拥有诗和远方。这无关财富，无关地位，无关身份，无关学历。我以为，军人的本色是保家卫国，文人的本分是著文立言，政人的本职是济世经邦，商人的本心是义利天下。我“携笔从戎”，由文而武，由武而政，由政而商，经受军界熔炼、政界磨炼、商界锤炼、文艺界淬炼、学界修炼、产投界砺炼，风吹日晒、水煮油炸、摸爬滚打、千锤百炼。跨界学识见识才识胆识，专注创新创造创意创业。我创立“思无崖”品牌和公司，寓意“思想无界，思维无疆，思索无止”，以思想立意独树一帜，以思维创意一马当先，以思索诚意一蹴而就。文字之美在于思想，思想才是写作的真正风景。“人生如逆旅，我亦是行人。”我的所遇所思，迸发出灵感，碰撞出观点，催生出理念，也呈现为随处皆有风景。

明末清初理学家孙奇逢说：“学有源泉方入妙，语无烟火始成家。”一名作家受时代、身份、阅历、处境、秉性、学识、文采、修养、审美等条件因素影响，形成独有的思想观点、思维方式、精神情感、价值取向、风格主张，南北朝文学理论家刘勰归结为“才”“气”“学”“习”四字。文学巨匠巴金说过：“古今往来有数不清的作家，读不完的作品，尽管生活环境各异，思想信仰不同，对人对事的看法不一样，但是所有真诚的作家都向读者交出自己的心。”不论是公文策论、随笔散言，还是散文诗歌、小说剧本，各有千秋、文无定法，但思想方法、心性情感、立意站位、视野角度、逻辑结构、表达方式、风格辞藻、手法技巧、遣词造句等，其实是相通互鉴、相融互生、相辅相成的。我推崇大道至简、大音希声、大雅于凡、大巧若拙，遵循德国哲学家康德名言“一个人所说必须真实，但是他没有义务把所有的真实都说出来”，秉持“我手写我口，我手写我心”。“博学之，审问之，慎思之，明辨之，笃行之”，美人之美，美美与共，打磨“积木式研习—螺旋式原创—颠覆式嬗变”的写作公式，在创作的春天里奔跑追梦，保持向无限眺望的姿态，力求作品“文以载道”，察世道，守正道，铸匠道，蓄力道。

古人云：“施人慎勿念，受施慎勿忘。”感恩我生命过往中的家人、爱人、恩人、贵人、高人、能人、友人、善人、路人，他们为我的生活涂满感恩的暖色，让我心怀真善美走向诗和远方，收获一路成长成果。全国政协常务委员，中国作家协会副主席、书记处书记，著名作家邱华栋先生，在百忙之中撰文作序，关心厚爱，教诲提携勉励。中国作家协会社会联络部（权益保障办公室）主任李晓东先生，一直给予我褒奖鼓舞，点拨助力。良师益友、天台文化名家胡明刚，感染、引领我在写作之路上砥砺前行，还不辞辛劳为此书作跋。岭南诗文书画名家、上海交通大学海派文化研究所直聘教授、翁山诗书画院院长刘国玉前辈，书法名家、上海市地方史志学会会长王依群先生和意象画派创始人张尚明先生不仅欣然挥毫泼墨，为我题写书名与辑名，还对我礼遇有加，送上精妙书评。上海师范大学天华学院教授、语言文化学院院长陈再阳，“七猫文学”创始人、总裁韩红昌，天台诗人、作家胡建新，“华邦旅业”总经理胡维，中国摄影家协会会员丁必裕，不吝金句，满腔热忱，为我“画像”“见证”“代言”“站台”“背书”，令我感动不已。上海学林出版社总编辑尹利欣、责任编辑徐熙纯，诚意用心、专业严谨，不厌其烦、全程跟进，使得此书顺利如期出版。

卓别林说：“时间是一个伟大的作者，它会给每个人写出完美的结局来。”这几年，我坚守“长期主义”，专注深耕 IP 产业，既聚焦主业打造文创 IP 企业做精做强，又聚势长板构造个人 IP 品牌社群，持续输入新知识、新思维、新技能，接力输出文章、课程、作品，连接、影响、帮助和带动更多客户用户，获取养料，实现价值，创造惊喜，成就愿景。少年成名如歌，大器晚成似酒，所有奔跑向前、全力以赴的人生，都是大写的传奇！《肖申克的救赎》里有一句话：“有些鸟注定是不会被关在笼子里的，因为它们的每一片羽毛都闪耀着自由的光辉。”我是一个天马行空、自由独立、不甘安分、总爱折腾的人，无论是写作创业还是立身处世，我都信奉“心中有丘壑，眉间显山河”，不愿当一只毛色黯淡、困囿闲逸的笼中之鸟。“千山万水不曾行，魂梦欲教何处觅。”不断上进、长进、精进、抵进，遇见缘分，遇见思想，遇见世界，遇见未来，遇见更好的自己，以文字记录成长的印迹、跋涉的足迹和求索的痕迹，展现灵魂有趣有品、为人有情有义、奋斗有声有色、生活有滋有味的人生姿态。愿所有美好恰逢其时，愿所有付出称心如意，愿所有深情温柔以待。

终日乾乾，与时偕行。踏歌风驰，纵览风光。总有人间一两风，填我十万八千梦。是为后记。

2024 年 5 月 5 日清晨，作于上海虚谷斋

图书在版编目(CIP)数据

若如初见 / 陈琪著. -- 上海: 学林出版社, 2024.
ISBN 978-7-5486-2021-1

Ⅰ. I217.2

中国国家版本馆CIP数据核字第20242HK966号

责任编辑 李晓梅 徐熙纯

封面设计 周剑峰

若如初见

陈 琪 著

出 版 学林出版社
（201101 上海市闵行区号景路159弄C座）
发 行 上海人民出版社发行中心
（201101 上海市闵行区号景路159弄C座）
印 刷 上海商务联西印刷有限公司
开 本 890×1240 1/32
印 张 9.25
字 数 22万
版 次 2024年8月第1版
印 次 2024年8月第1次印刷
ISBN 978-7-5486-2021-1/I.252
定 价 68.00元